平民推理师系列

寻凶者觅

Seeking murderer

岳勇 著

中国出版集团
现代出版社

图书在版编目（CIP）数据

寻凶者觅 / 岳勇著 . — 北京：现代出版社，2019.9
（平民推理师系列）
ISBN 978-7-5143-7947-1

Ⅰ. ①寻…　Ⅱ. ①岳…　Ⅲ. ①长篇小说—中国—当代
Ⅳ. ① I247.5

中国版本图书馆 CIP 数据核字（2019）第 132526 号

寻凶者觅（平民推理师系列）

作　　者：岳　勇
责任编辑：张　霆　哈　曼
出版发行：现代出版社
通信地址：北京市安定门外安华里 504 号
邮政编码：100011
电　　话：010-64267325　64245264（兼传真）
网　　址：www.1980xd.com
电子信箱：xiandai@vip.sina.com
印　　刷：三河市国英印务有限公司

开　　本：710mm × 1000mm　1/16
印　　张：18.25　　字　　数：255 千
版　　次：2019 年 9 月第 1 版　　印　　次：2019 年 9 月第 1 次印刷
书　　号：ISBN 978-7-5143-7947-1
定　　价：45.00 元

目录 / Contents

第一章　尴尬的相遇

校巴在平京市博物馆门口停下，同学们都已陆续下车。陈觅拔掉塞在耳朵里的耳机，也从最后一排座位上站起身，一边拍着屁股，一边朝前面车门走去。原本以为只有他一个人落在最后面，不想没走几步，却看见车厢里还坐着一个人，一个女生。女生犹豫着刚想站起身，可是看到车上还有其他同学，脸就红了，又急忙坐下，脸上现出不自然的表情。

陈觅不由得朝她多看了一眼，齐肩短发，文静秀气的瓜子脸，感觉有点陌生，应该不是他们政法系的同学。女生在座位上不安地挪动一下身子，陈觅看见她坐着的位置上有个淡红色的印子，蓦然明白过来。想一下，将身上的长袖衬衣脱下，默默地放在她旁边座位上。下车时，见女生正一脸莫名其妙地望着他，他就朝她做了个手势，示意她把衣服系在腰上。女生这才明白他的用意，顿时满脸绯红。陈觅自己脸上也有点发热，戴上耳机，装着若无其事的样子，跳下了车。

陈觅是平京文理学院政法系二年级学生。最近市博物馆搞了一个现代艺术展，参展作品中有两幅人体雕塑出自平京文理学院老师之手，所以学校对这次艺术展特别重视，今天特地组织了一些学生到博物馆参观展览，提高人气。说实话，学法律专业一心想当律师的陈觅对什么现代艺术并不感兴趣，只不过是被辅导员临时抓差，充人数来了。

博物馆是一幢钢筋混凝土结构的旧楼，楼高二层，大理石台阶，拱券大门，台阶上立着的两根爱奥尼式列柱，使得这幢民国时期的建筑透出些许异域风情。从拱券大门走进去，是一楼大厅，大厅四周分布着书店、茶吧和三个大型展览厅。

沿着水磨石铺成的楼梯踏步走上二楼，大厅中央用移动墙隔出一个临时展览厅，门边竖着一块牌子，上面写着“当代艺术空间”几个大字。

陈觅从门口走进去，首先看到的就是本校美术系两位老师的雕塑作品。一个是石膏雕塑《晨读少女》，一位长发披肩的少女正凝神端坐，目光轻轻落在手中捧着的书本上，嘴角微抿，像是在看书，又似在沉思，经过精心打磨的石膏，透出如少女肌肤般的柔润光泽。陈觅虽然没什么艺术细胞，却也能瞬间感受到少女的娴静之美。另一个雕塑，看上去像是一堆扭曲的自行车轮胎黏合在一起的，杂乱无序，毫无美感；陈觅看了好大一会儿，也完全看不出作者想要表达什么。

不知道是谁一声呼哨，他发现了展厅角落里的一个人体彩绘。那是一个裸露着上半身的美女，身上画着一幅精致的水墨山水画，纤腰挺直，一动不动坐在高脚凳上，如果不是那修长的睫毛在微微眨动，还真会让人觉得这又是一幅雕塑作品。

男生们立即围拢过来，掏出手机对着那半裸美女一顿猛拍。

“哎，那位同学，你怎么回事？”

突然间，带队的班导老师不知道冲谁喊了一声。陈觅四下里望望，以为他是在训斥那几个围着半裸模特拍照的男生，谁知班导老师又喊了一嗓子：“那位同学，莫要看别人，说的就是你呢。”

陈觅扭头一看，只见班导老师正用手指着他，这才明白他说的是自己，不由得一怔，讷讷地问：“我、我怎么了？”班导老师朝他走过来，往他身上指指：“你的衣服呢？”陈觅低头一看，这才惊觉，自己刚才把衬衣脱下借给了别人，现在身上只穿着一件背心，袒胸露臂，倒是凉快。他搔搔后脑勺，不好意思地低下头。

“你怎么穿成这样？”班导老师的语气越发严厉起来。

陈觅红着脸说：“刚才我把衣服给了……”话至此处，他忽然感觉到了什么，抬头看看，却见刚才最后下车的那个短发女生，腰里系着他的衬衣，正站在不远处一个景德镇青花瓷大花瓶后面，有点不知所措地望着他。他心里一软，犹豫一下，才结结巴巴地说：“那个……我、我刚才把衣服脱在校巴上面忘记拿下来了。”

“这里可是高雅的艺术展览场所，你光着膀子晃来晃去，也太不像话了。”班导老师挥挥手，像是在驱赶一只臭虫，“赶紧的，回车上把衣服穿好再来。”

陈觅如蒙大赦，低着头，在同学们诧异的目光里快步下楼，回到校巴里，车上自然没有他的衣服，他也不好意思再光着膀子回博物馆，一头倒在后排座位上，把耳机塞进耳朵里，索性躲在车上听起音乐来。

大约一个小时后，参观艺术展的同学才陆续回到车上。

那个短发女生在自己的座位上坐下，然后又站起身，朝车厢后面望一眼，当她看见陈觅时，朝他露出了带着感激之情的腼腆笑容。陈觅的心猛地跳了一下，忽然感觉到这女孩儿的脸，还有她那矜持的笑容，似乎在某个遥远的梦境里见到过。

校巴开回学校，已经是傍晚时分。眼看就要错过饭点，大伙下车时就显得有些拥挤。等到排在最后面的陈觅跳下车时，已经只能看到那个短发女孩儿一路奔向女生宿舍的背影。他呆立了好一会儿，才回到宿舍，找了件衣服套在身上，然后去食堂吃饭。

第二天中午，陈觅正躺在宿舍的床上午休，忽然听到坐在宿舍门边玩手机的舍友牛军朝他喊：“陈觅，有美女找你。”

陈觅闻声从床上坐起，只见门口站着一个女孩儿，正是昨天那个短发女生。女生手里捧着一件折叠得整整齐齐的衣服，正是昨天陈觅让她系在腰间的那件衬衣。

女生看见陈觅，走进来弯腰把洗干净的衬衣放到他床上。“昨天……真得谢谢你了……”女孩儿双眸扑闪，向他轻声道谢。

陈觅慌忙站起身，一不小心，额头在上铺床沿上重重磕了一下，痛得他直龇牙。女孩儿抿嘴一笑，用手指捋一捋垂到耳边的头发，低着头，快步跑出了宿舍。

“哟，”牛军的兴趣立即从手机游戏转移到了陈觅身上，像狗仔队似的围着陈觅嗅来嗅去，“怎么，交女朋友了？”

“没，”陈觅白了他一眼，摇头说，“没有的事。”

“还说没有，这衬衣都给你洗了，下一步就是要给你洗内裤了吧？”

陈觅知道，牛军是他们政法系出了名的八卦大王，今天这事如果不跟这家伙说清楚，以后还指不定给他编派出什么八卦新闻来。他犹豫一下，还是老老实实把昨天去博物馆参观的事，跟他说了。

“哎哟，还真看不出来啊。”牛军翻着眼睛从头到脚把他重新打量一番，“你小子平时挺老实的，想不到肚子里还有不少花花肠子，你说出门在外你盯着哪里看不行，干吗非得盯着人家女生屁股下面看啊？”他凑到陈觅面前，涎着脸说，“不过这女孩儿长得不赖，笑起来有点像景甜，你加把劲儿，说不定真能搞到手哦！”

“我去，你真是狗嘴里吐不出象牙，怎么什么话从你嘴里吐出来都能闻到一股猥琐味儿啊？”陈觅打了他一拳，“我连人家叫什么名字都还不知道，哪有你想得那么长远？”

“她叫宫小羽，比咱们低一届，是文学院的小师妹，也是咱们学校小有名气的才女作家！”正躺在对面床上看书的史学文抬起眼睛瞄了陈觅一眼，一副“兄弟我只能帮你到这里”的表情。

“你怎么知道的？”陈觅和牛军同时睁大眼睛，“你认识她？”

“这就是看书的好处啊，书中自有颜如玉。”史学文劈头朝陈觅甩过来一本书。

陈觅接过一看，居然是一本校刊。他随手一翻，校刊里有一篇小说，作者名字就叫宫小羽。他翻到那篇小说的页面，标题旁边放着作者的小照片，居然正是刚才那个短发女生。

史学文平时喜欢看书，灵感来了还会吟上几句歪诗，是学校文学社社员。他说：“这位小师妹虽然只是一年级学生，可是在咱们文学社大有名头。宁老夫子，你们认识吧？”

陈觅和牛军一起点头。宁老夫子本名叫宁则高，是文学院中文系教授，也是一位全国知名的严肃文学作家，头上还顶着省作家协会副主席的头衔，因为他平时不苟言笑，作风也有些老派，所以虽然才四十多不到五十岁年纪，却在学生中间得了个“宁老夫子”的外号。陈觅还在学校书店买过他一本书，书名叫《活着或者死亡》，读起来颇为艰涩，翻了十几页就弃了。

史学文接着说：“这个宫小羽，据说就是宁则高教授的得意门生。她刚进大学，宁教授就发现了她过人的文学才华，在宁老夫子的推荐下，她接连在一些大型文学刊物发表了好几个作品。去年年底的时候，她有一篇题为《别人的生活》的短篇小说，在国家级文学刊物《人民文学家》上发表，并获得该刊年度最佳文学新人奖，宁教授也有一篇作品同时获得最佳小说奖，师生二人同台领奖的新闻，曾在文学圈里传为一段佳话。我看过宫小羽写的一篇创作谈，她说她的人生目标是成为下一个王安忆。”

牛军用手碰碰陈觅，问：“王安忆是哪个明星啊？”

陈觅白了他一眼说：“王安忆不是明星，是个著名的女作家。”

“我一直以为写小说的女人都是丑八怪，原来文学社也有宫小羽这样的美女。”牛军笑嘻嘻地说，“老史，你们文学社还招人不？”

史学文一脚朝他踢过去：“滚！”

经此一闹，陈觅早已没有了睡意，看看表，离下午刑法课还有一段时间，就躺在床上拿着那本校刊，把宫小羽写的那篇小说读了一遍。那篇小说的题目叫《没有人愿意孤独地死去》，写的是一个农村留守儿童孤身前往大城市寻找母亲，最后被活活冻死在高架桥下的故事。

陈觅几乎不敢相信，这样沉重的小说，竟然出自那样一个文静女孩儿之手。

今天是周五，陈觅下午上完一节刑法课，就没有其他课了。他回到宿舍，准备换件衣服，然后坐车回家。他家就住在城区，他每周在学校住五天，周末回一趟家。

他从柜子里拿出中午宫小羽还回来的衣服，抖开后正准备穿上，忽然“叭”的一声，从衣服里掉出一件东西。他心头一跳，难道是宫小羽还衣服的时候在里面夹了封情书？

他弯腰拾起一看，原来是一张校园卡，上面写着宫小羽的名字，还印着她的照片。估计是她在叠衣服的时候，不小心把自己的校园卡给落在衣服里了。

陈觅自然知道校园卡的重要性。学校实行的是校园一卡通，一卡在手，走遍校园，但如果遗失了校园卡，就真的寸步难行，很可能连饭都吃不上。他连衣服都没有穿好，就拿着那张校园卡，“噔噔噔”地从男生宿舍楼跑下来。他得赶紧将校园卡还给宫小羽。

一口气跑到文学院，转了几个教室，并没有看到宫小羽，正犹豫着不知道该去哪里找她，忽然听到背后有人叫他的名字。转头一看，原来是一个姓蔡的高中同学。

陈觅念高中时，这位蔡同学跟他同班，可是那年高考蔡同学发挥失常没有考好，后来又复读了一年。陈觅只知道他第二年也考进了平京文理学院，但并不知道他在文学院。

两人寒暄了几句，陈觅就说：“原来你在文学院啊，正好帮我个忙。你认识宫小羽吗？”

“认识啊，她就在咱们中文系。”

“现在在上课吗？”

“没有，今天下午的现代文学课早就上完了，她应该回宿舍了吧。她好像住在女生五舍。”蔡同学有点疑惑，“哎，你找宫小羽什么事啊？”

陈觅朝他笑笑，没有说话，快步下楼。

学校里共有十栋学生宿舍楼，男女生各五栋，男生宿舍在北面，女生宿舍在南边，中间隔着食堂和学生活动中心。陈觅又回到宿舍区，找到女生五舍，见到有男生冒冒失失靠近，门卫室宿管阿姨警惕的目光顿时从老花眼镜上方瞪了过来。

陈觅讪讪地停住脚步，跟宿管阿姨打声招呼，然后问她知道宫小羽住在哪个宿舍不？

宿管阿姨人长得有点凶，但态度还算好，告诉他说宫小羽在 408 宿舍。看了他一眼，又补充说："宿舍电话在那边小黑板上写着。"

陈觅道了谢，掏出手机，照着门卫室小黑板上写着的 408 宿舍的电话号码拨过去。

电话很快接通了，陈觅略显紧张地说："我、我找宫小羽。"

对方说："小羽啊，她回家了。"

"回家了？"

"是啊，她是走读生，中午在宿舍住，放学后回家。你找她有什么事？"女生显得很警惕。

陈觅犹豫一下，说："那个……我捡到她的校园卡了，想当面还给她。"

接电话的女生"哦"了一声，说："难怪她刚才一直在宿舍里找自己的校园卡呢。那你赶紧去自行车棚那边看看吧，她刚走没一会儿，估计现在还在车棚里推自行车。"

陈觅来不及道谢，立即挂断电话往女生五舍后面跑，他知道那里就有个自行车棚。刚到车棚门口，就看见一个熟悉的身影一面踩着自行车从车棚里驶出来，一面挥手跟后面的同学说"拜拜"。正是宫小羽。

陈觅急忙"喂"了一声，可惜宫小羽并没有听到，一路响着自行车铃铛，头也不回地往学校门口骑行而去。陈觅追了几步，却无法拉近跟她之间的距离，只能眼看着她骑行的背影越去越远。

虽然推迟到下周一再还给她也行，但他手里捏着那张校园卡，心里却没来由地隐隐生出些遗憾，好像经此一别，这张校园卡就再也没有机会还给她一样。

陈觅在车棚门口站了好久，离开学校时，已经是下午 5 点多。他家住在南门桥附近的丰和里。他在学校门口搭乘 108 路公交车，大约二十分钟后在丰和里站下车，然后沿着小街往里走几分钟，就到家了。

陈觅的家，是一幢二层小楼。房子是他爸爸在世的时候建的。陈觅读高中的时候，爸爸不幸罹患癌症，在医院住了大半年，不但花光了家里所有的积蓄，还借了十多万元外债，结果还是回天乏术，没有能挽救爸爸的生命。自此，这个家里，就只剩下他和妈妈相依为命。

为了生计，妈妈金慧芬在自家一楼开了一间鲜鱼档，每天去水产批发市场进一些鲜鱼拿来摆卖。以前陈觅念高中在家里吃饭的时候，几乎每餐吃的都是鲜鱼档里卖剩下的鱼，导致他现在在大学食堂一看见鱼就想吐。而且因为长年经营鲜鱼档的缘故，妈妈身上总有一股洗不掉的鱼腥味。有次高中开家长会，坐在金慧芬身边的一个家长因为嫌弃她身上的味道，竟然直接拿出一个口罩戴上。从那以后，敏感而自卑的陈觅就再也不让妈妈到学校去开家长会了。

陈觅回到家的时候，天已经渐渐暗下去。见到儿子回来，金慧芬格外高兴，早早地将卷闸门拉下来，收了鲜鱼档，说："小觅，肚子饿了吧？妈给你做饭去，今天妈要给你烧几样拿手好菜。"陈觅一听到她说"拿手好菜"几个字，就一脸苦相地往鱼档里瞧了瞧。金慧芬笑着在他背上拍一巴掌，一边把他往楼上推一边说："你放心，今天的鱼都卖光了，妈不会做鱼给你吃。你先上楼把书包放下休息一会儿，妈很快就做好了。"听到老妈这样说，陈觅也不好意思地笑了。

屋里很快就飘起了饭菜的香味，陈觅下楼吃饭的时候，看见桌子上摆着梅菜扣肉、麻辣炸仔鸡等好几样菜，果然连一条鱼也没有。金慧芬往儿子碗里夹了一块扣肉："快尝尝，看味道怎么样。"

陈觅试吃了一块，只觉得梅菜浓香，肉片酥软，很合自己的口味。他知道这道梅菜扣肉，最难做的不是扣肉，而是梅菜，为了做这道菜，妈妈至少得提前一天将自制的梅菜干泡好。他扒了一口饭说："妈，你这么辛苦，以后就不要专门为我做好吃的了，其实学校食堂伙食挺好的，你看我这都长胖了。"

"你都瘦成这样，哪里胖了？"金慧芬嗔怪地看了儿子一眼，用手捋一捋额角的头发，又给他夹了一块鸡肉。

陈觅一抬头，却忽然发现妈妈的额角，被头发挡住的地方，竟然有一块瘀青。他吓了一跳："妈，你额头怎么了？"

金慧分愣了一下，忙扯下几缕头发将额角遮住，笑笑说："昨天洗鱼池的时候滑了一跤，额头磕到鱼池边上了……没事，擦点红花油就好了。吃饭吃饭！"

"不对啊妈，"陈觅盯着她额角看着，"这伤痕不像是磕的，倒像是被人打的。"

金慧芬一听这话，头就低了下去，放下碗筷，默默地叹了口气。陈觅霍地站起身："还真是被人打的啊？妈，你告诉我，是谁打的，我找他去！"金慧芬抬头看了儿子一眼，眼圈红了，说："还能有谁，不就是毛痞子他们那帮人……"

她的一句话还没有说完，就听得外面鲜鱼档的卷闸门被人踢得"砰砰"作响，还有人在外面骂骂咧咧地喊："开门，快给老子开门！"

母子俩都吓了一跳，金慧芬示意儿子站到自己后面，然后才战战兢兢地从屋里打开卷闸门。

大门一开，母子俩就被停在外面的两辆小车的远光灯直射得睁不开眼睛。陈觅用手挡住强烈的汽车灯光，才看清门口站着好几个手持钢管铁棍的彪形大汉，为首的是一个胖子，染得发黄的头发耷在脑门上，身上穿着一件黑色无袖 T 恤，两条胳膊上文着左青龙右白虎。陈觅心里一紧。他自然认得这些人，为首的胖子名叫毛志华，带着一帮人专门放高利贷，认识他的人都叫他"毛痞子”。

陈觅的爸爸生病住院的时候，家里实在拿不出医疗费了，就向毛痞子借了十万块的救命钱。陈觅的爸爸去世后，金慧芬靠着开鲜鱼档省吃俭用攒下点钱，已经陆续还了几万块，但余下的钱利滚利，到现在已经变成了三十万元的阎王债。毛痞子每个月都要带人来追债，有时看到鱼档里有比较贵重的鱼，还会顺手拎走几条。

金慧芬一见债主上门，立即赔着笑脸迎上去说："毛总，您怎么又来了？昨天不是已经还了您两万块吗？现在我手里实在是拿不出钱了。"

毛痞子对外声称自己开的是融资公司，还让手下的人不要叫他老大，要叫"毛总"。

毛痞子用手里的钢管撩一下她额角的头发，露出那块醒目的瘀伤，冷笑道："是不是昨天那一棍子把你打糊涂了，你还了两万，可还欠着咱们三十万呢。"

陈觅这才知道妈妈额头上的伤竟然是被这个王八蛋打的，呼哧呼哧地喘着粗气，捏着拳头就要往前冲，却被金慧芬死死拦住。

金慧芬说："毛总，你算错了吧，昨天是欠三十万，我已经还了两万，怎么今天还是欠着三十万呢？"

"哪儿来那么多废话，毛总说还欠三十万，就是三十万，隔了一天，利息翻倍了不行吗？"旁边一个马仔一棍子打在鱼档里的一个玻璃鱼池上，玻璃碎了一地，鱼池里的水也泄了出来。

见他拿着铁棍指着母亲，陈觅急忙冲上前将母亲护在身后，叫道："你们再不走，我就要报警了！"

毛痞子斜眼瞧着他，一副根本没有将他放在眼里的表情："那你报吧，欠债还钱，天经地义，就算警察来了，咱们这是经济纠纷，也不归他们管。"

陈觅两只拳头攥得咯咯作响："那你们到底想怎么样？"

"我们想怎么样？"毛痞子翻着眼睛说，"当然是要你们还钱啊。"

金慧芬怕儿子在这群黑社会面前吃亏，急忙把他扯到身边，向毛痞子恳求道："毛总，我们手里现在实在是没钱了，你就再宽限我们一段时间，欠你的钱我一定会还的。"

"一定还，一定还，这话都说了好几年了，也没见你把钱还完啊？我看这钱啊，你们这辈子是休想还清了。"毛痞子有点不耐烦地摆摆手，站在鲜鱼档门口，抬头打量着眼前这栋两层小楼，说，"不过你家这房子还能值几个钱，我看这样吧，你把这房子抵押给咱们公司，我给你出个厚道的价格，五十万元，扣除欠我的三十万，我还能再给你二十万。怎么样，划算吧？你这房子又烂又旧，地点又偏，估计折价十万都没有人要吧，我还出这么高的价格收购，我自己都觉得自己是在做慈善呢。"

金慧芬母子这才明白毛痞子打的是这个主意。

"不行，这房子是我老公留给我们的，当年他病得缺钱救命都没有卖房子，现在更不能卖。"她说，"欠你的钱，我们一定会还的，但房子就算打死我们，我们也不卖。"

"等你们还清这笔债，还不知道要等到何年何月。"毛痞子用手里的铁棍敲着她的头说，"问题是老子等不及了，现在就要你们还钱！"

"现在我们真没钱。"

"既然没钱还，又不肯卖屋，那就别怪咱们不客气了。"毛痞子使个眼色，几个手下立即冲进鲜鱼档，抡起铁棍就准备打砸起来。

陈觅本是个胆小内向的人，这时见母亲被人欺侮，也不禁血冲脑门，回身操起一把用来杀鱼的钢刀，指着那几个人怒吼道："你、你们谁敢乱来，我就捅死谁！"

毛痞子和几个马仔都吓了一跳，下意识地退下了台阶。陈觅手持钢刀守在门口说："我妈说了，欠你们的钱我们一定还，如果你们再敢打我们家房子的主意，我就跟你们同归于尽！"

"小子，看你平时老实巴交的，想不到还有点血性。行，我毛总就喜欢你这样有血性的汉子。”毛痞子挥挥手，让手下都退回去，“既然这样，那我就再给你们三个月时间，如果下回我再上门的时候，你们还是还不起这三十万，老子就直接叫人来收房子。走！”说完最后一个字，他带着手下钻进小车，很快消失在灯光昏暗的小街上。

陈觅松了口气，这才发现自己的手已经抖动得连刀都快握不住了，他扔下刀靠在墙边连喘几口粗气，一边把母亲扶进屋，一边说：“妈，你千万不能把房子抵押给他们，要不然咱们就只能上大街讨饭去了。”

金慧芬点头说：“我知道。其实毛痞子他们看中的不是咱们这栋房子，而是房子下面的地皮。这附近马上要建一个大型商贸城，咱们这里的地皮价格到时至少得翻好几倍，比大街上的黄金地段还值钱。”

“再值钱也不能卖，这房子，这地基，是爸爸留给咱们唯一的东西了。”

“我知道，你放心，无论如何妈妈也不会把房子卖掉的。”

“那欠他们的钱怎么办？”陈觅说，“要不干脆我辍学出来打工，挣钱还债吧。”

“不行，”金慧芬态度坚决地摇头，“你好不容易考上个大学，可不能半途而废。你只管在学校里安心念书，为妈妈争口气，将来毕业了当个律师或法官什么的，让你爸在地下也有个安慰。欠他们的钱，妈会想办法还的，不用你操心！”

陈觅探头朝街上看看，确认毛痞子那帮人确实已经走了，这才转身拉下鲜鱼档的卷闸门。金慧芬拿来扫帚，一面打扫地上的玻璃碴，一边叫他赶紧回屋吃饭，要不然饭菜都凉了。陈觅回到里面小屋，看着母亲在外面忙碌的瘦小身影，想到家里欠下的巨债，心里越发沉重，这一顿饭吃得一点滋味也没有。

夜里 11 点多，陈觅在二楼卧室准备睡觉的时候，还听到楼下传来哗哗的水声，知道是母亲在用水管冲洗鲜鱼档，为明天开档做准备。他把双手枕在脑后，一面听着母亲在楼下忙碌的脚步声，一面想着心事，直到下半夜，才渐渐进入梦乡。

也不知睡了多久，突然听到楼下传来“砰”的一声巨响，他翻身从床上跳起，跑下楼一看，竟是毛痞子那帮人去而复返，开着小车直接将鲜鱼档的卷闸门给撞开了，正在门后干活的母亲也被撞飞好远。

陈觅不由得怒目圆睁，大叫道：“王八蛋，你们欺人太甚！”顺手操起一把菜刀，就朝毛痞子冲过去。不想毛痞子突然掏出一把手枪，冰冷的枪口直抵着他的脑门：“放下刀，不然老子就崩了你跟你老妈！”陈觅脸色一变，只得将手里的菜刀扔到地上。

毛痞子从口袋里拿出一张 A4 纸，递到他跟前说：“赶紧的，在上面签上你的名字。”

陈觅低头一看，居然是一张打印好的房屋转让协议书。他肺都气炸了，怒道：“世上哪有你们这样强买强卖的，打死我也不签！”

“好小子，有骨气！”毛痞子打个手势，立即从后面冲上来两个大汉，一左一右抓住陈觅的手臂，将他从地上架起来。陈觅挣扎道：“放开我，你们想干什么？”

“我再问你一次，”毛痞子将协议书举到他眼前，“你到底签还是不签？”

“不签！”

“那就别怪我不客气了。”毛痞子脸上的表情忽然变得狰狞起来，朝那两个手下使个眼色，两个大汉将陈觅拖到屋角的一个水泥鱼池边，两人同时发力，竟将他一把扔进了鱼池。鱼池里装满了水，陈觅一头栽进水里，连呛了好几口水，挣扎着刚要站起，两个大汉又将他的头死死摁在水里。陈觅感觉到有水呛进了气管，肺像要炸开一般难受，双手乱抓，却抓不到一根救命稻草。在水里扑腾几下，就渐渐失去知觉。

不知道过了多久，他隐隐感觉到自己被人从水里捞了起来，有人拍着他的胸脯在叫他的名字，他想答应，却怎么也张不开嘴。忽然间，有一个温润的嘴唇覆盖在他嘴巴上，用力亲了他几下。

他的眼睛微微睁开，看到了一个女孩儿模糊的脸。他积蓄起全身力气，想要看清这女孩儿是谁，谁知他越用力，视线却越模糊。他心里一着急，身体弹了一下，眼睛就猛然睁开了。

他看到了从窗户外面透进来的昏暗的路灯光，还有白色的蚊帐，自己正躺在床上，原来刚才只不过是做了一个梦而已。

他下意识地摸摸自己的嘴巴，嘴唇上似乎还残留有被那个梦中女孩儿亲吻过后的余温。

也不知道从什么时候开始，他总会梦见有个少女亲吻他的嘴唇。每次当他想要用力看清少女容颜的时候，梦就醒了。他曾在网上看到一个段子，说有个男人经常梦见有一个美女亲吻自己，以为自己有了艳遇，后来才知道是因为他每天晚上吃完夜宵没有擦嘴，嘴边残留着食物残渣，引得老鼠半夜来舔他的嘴巴。为了搞清楚状况，陈觅甚至在自己睡觉的时候开着手机摄像头，却并没有拍到老鼠咬自己的嘴巴。

他躺在床上，一边摸着嘴唇，一边回味着刚才梦境里的那个湿润的少女之吻，忽然心脏快速地跳动了一下，那张模糊的少女之脸，现在回想起来，倒是有点像宫小羽呢。想到这里，他不由得脸上发热，抱着被子不好意思地傻笑起来。

正在这时，楼下传来“哗啦”一声响，卷闸门被拉开，然后就是电动三轮车逐渐远去的声音。

他知道，那是妈妈赶早去水产市场进货了。他翻过身，抓起手机看一下，才凌晨 4 点多。

第二章　离奇坠楼

星期一早上，陈觉回到学校，正是早自习时间。那张印着宫小羽照片的校园卡，已经在他口袋里揣得发热。今天必须还给她，要不然她就真的有麻烦了！他对自己说。

其实连他自己也没有意识到，他之所以这么急着去还这张校园卡，除了怕宫小羽丢了校园卡心里着急，还有一个说不出来的原因，那就是想找个借口再见到她。

他来到文学院，文学院有三个自习室，他一个一个地找过去，自习室里都被放着的水杯、书本等占了座位，但真正在自习的同学却稀稀疏疏的，并不多，而且其中也没有看见宫小羽的身影。找到四楼最后一个自习室，正好看见那位高中同窗蔡同学坐在门边，就凑上去问他看见宫小羽没有？

“宫小羽？她刚才还在这里啊。”蔡同学扭头朝后面看看，“咦，刚才她就跟那几个女生一起坐在那里，怎么一会儿就不见了，我帮你去问问。”他起身向后越过几排座位，走到一个女生身边问了一下，回来说：“宫小羽刚才被宁教授叫到办公室去了。”

“是宁则高教授？”

“是啊。”

“宁教授的办公室在哪里？我去门口等着。”

“在文学院一楼，下了楼梯沿着走廊一直往前走，最后面那间挂着文学院副院长门牌的办公室，就是宁教授的。”蔡同学看他一眼，“我说你到底找宫小羽有什么事啊，这么火急火燎的？”

“小事而已，多谢你了。”

陈觅拍拍他的肩膀，从自习室走出来。

文学院的教师办公室都在一楼。陈觅沿着走廊走过去，果然在最后面看见了一间副院长办公室。房门是关着的，屋里传来人说话的声音，语速很快，听不清具体在说些什么。

他手里捏着那张校园卡，想站在门口等宫小羽出来，但又怕被人误会是在偷听屋里人说话，迟疑一下，还是走开几步，退到了台阶边的一根圆形柱子后面。

不想刚在柱子后边站好，就听见“咣”的一声，宁教授办公室的门被人用力拉开，一个女生从屋里冲出来，披散着头发，很快就沿着走廊跑远了。“宫小羽……”后面跟着跑出来一个戴眼镜的男人，正是宁则高教授。听到宁教授的呼喊，陈觅才醒悟过来，原来刚才跑出来的，正是宫小羽。

他愣了一下：发生什么事了？为什么宫小羽会慌里慌张从宁教授办公室跑出来？心中一个念头还没转过来，两只脚却不由自主地跟在宁教授后面跑动起来。

宁则高追出文学院的大楼，前面就是宽阔的行知路，大路上有许多脚步匆匆的学生和教职员。举目一望，已经看不见宫小羽的影子。

宁教授因为跑得猛，头上冒出热汗，弯下腰两手撑在膝盖上直喘粗气，引来了路上行人诧异的目光。

宁教授似乎有所顾虑，四下里望望，没有看见宫小羽，就平缓呼吸，装着若无其事的模样，掉头回自己办公室去了。

陈觅虽然并不知道发生了什么事，但已经隐隐感觉到有些不对劲。无论如何，先找到宫小羽再说。他观察了一下，按照宫小羽奔跑的方向来看，前面是学生活动中心，从活动中心一楼通道穿过去，就是女生宿舍。她很可能直接跑回宿舍了。

他掏出手机，里面还保存着上次拨打的宫小羽宿舍的电话号码。他一个电话打过去，接电话的还是上次那个女生。

女生说宫小羽去自习室了，并没有回宿舍。难道她跑出文学院大楼后，又悄悄折返回去了？陈觅带着满心疑惑，又跑到文学院四楼自习室，却并没有看见宫小羽。

就这么一小会儿时间，这女孩儿到底跑到哪里去了？看她从宁则高办公室跑出来的时候，情绪激动，该不会有什么危险吧？陈觅心里忽然涌起一种不祥之感。

从文学院走出来，他似乎忽然间感应到了什么，猛地一抬头，就看见对面学生活动中心五楼楼顶天台边站着一个人，是一个女生。他走近一些，手搭凉棚往上仔细一瞧，顿时心里一紧：不好，是宫小羽！他撒腿就往学生活动中心大楼里跑去。

现在是早自习时间，学生活动中心看不到几个人影。他一口气跑上五楼天台，天台上空荡荡的，只有宫小羽一个人站在窄窄的水泥栏杆上，面朝楼下的方向，嘴里喃喃自语，不知道说些什么。晨风将她的裙裾吹得飘飞起来，她的情绪似乎很不稳定，身体不住地摇晃着，好像随时都有可能被风吹下楼去。

陈觅的心都提到了嗓子眼儿，轻轻叫了一声宫小羽的名字。

宫小羽像是触电一般，浑身一颤，转过身惊恐地看着他，大叫：“你别过来，你别过来……”

“宫小羽，你怎么了？我是来还你校园卡的。”陈觅拿着校园卡朝她扬一下。

“还我校园卡？”宫小羽神思恍惚地问了一句。

“是呀，你还我衣服的时候，把校园卡落在衣服里了，我是来还你的。”陈觅上前几步，将手里的校园卡递给她。就在他即将走到栏杆边时，宫小羽突然变了脸色：“你别过来，你想干什么，你别碰我……”她边惊叫着，边往后退。

她本来已经站到栏杆边沿，稍稍往后一退，就一脚踏空，身体摇晃着往后倒去。

“小心！”陈觅大吃一惊，一个箭步上前，伸手想要将她抓住，可惜只抓住她一只衣角，“哧”的一声，扯下一块布片，而宫小羽整个人却已往楼下坠去。

他顿时惊得呆住。

楼下传来一片惊呼声，然后便是“砰”的一声，宛如一记闷雷，却完全不像一个人的身体从楼顶坠落水泥地面的响声。他急忙从栏杆上探身下看，只见楼下不知何时已经围站了许多人，应该是有人报了警，消防员在楼下布置了安全气垫。宫小羽就像一只折翼的天使，重重地坠落在气垫上。陈觅不由得大大地松了一口气，一屁股坐在天台上，这时他才惊觉，自己全身竟然已被冷汗湿透。

等他缓过神，再站起身往下看时，宫小羽已经被抬上了救护车。

看着救护车闪着蓝色警灯疾驰而去，陈觅的心不由得又提了起来：难道她受伤了？不知道严重不严重？不行，我得赶紧下楼找个人问问。

他又拔腿往楼下跑，刚到天台楼梯口，却跟从楼道里冲上来的两个人撞个满怀。

对方二话不说，就合力将他摞倒在地，死死地把他摁在地上。陈觅猝不及防，摔得满脸是血，扭头一看，原来是两个身穿制服的警察。他吐出一口血水，挣扎着叫道：“你们想干什么？”

一个警察快速地在天台搜索一遍，对另一个警察说：“没别人了，这里只有这小子。”另一个警察摁住陈觅的头，大声喝问：“说，为什么要把那个女孩儿推下楼？”

陈觅心里“咯噔”一下，已经知道情况不妙，忙道：“你、你误会了，我没有推她，她是自己掉下去的。”

一个警察踢了他一脚：“臭小子，还不老实，咱们在楼下可都看见了。那女孩儿本来站在栏杆上，你小子上前推她一下，她身子晃几晃，就掉下去了。”

陈觅大呼冤枉，说：“我根本就没有碰到她。”

一个警察对另一个警察说：“算了，我看这小子也不会老实交代，还是带下去好好审问吧。”

两人合力把陈觅从地上拎起，将他双手反转到背后，给他上了手铐，然后推着他下楼。

楼下已经聚积了不少围观者，看见满脸是血的陈觅戴着手铐被警察从楼上押下来，差点没沸腾起来。个个拿出手机对着他一顿猛拍，吓得陈觅赶紧把头垂下去。

两个年轻警察把他直接带进了学校保卫处，屋里除了保卫处长徐工，还有一个头发花白的老警察。两个警察把陈觅摁坐在一把椅子上，保卫处长徐工扯过一张纸巾递给他，示意他擦擦脸上的血迹。见他没接，才知道他已经被上了铐子，就自己动手，在他脸上擦了两把，然后问：“你叫什么名字，哪个系的？”

陈觅说了自己的名字，又说是政法系二年级学生。

徐工指着那个老警察说：“这是咱们辖区派出所的何所长，他问你什么，你就答什么。”

何所长随手拎起一把椅子在他对面坐下，说：“陈同学是吧？你不用紧张，只要老老实实回答我的问题就行了。”

陈觅点点头。

何所长说：“告诉我，你为什么要把宫小羽推下楼？”

我去，还是这个问题！

陈觅情绪有点激动，大声说：“我都已经跟你们说过了，她真的不是我推下去的。”

“那你告诉我，她是被谁推下去的？”何所长显然已经听两个手下汇报过情况，“还有，宫小羽坠楼时，天台上只有你跟她两个人，并没有第三者在场，对吧？如果你不是凶手，我实在想不出凶手是谁，你可别告诉我，她是被风吹下楼的？”

陈觅真想骂他一句白痴，但还是忍住了，说：“除了我推她下去，或者被风吹下去这两种情况，应该还存在另一种可能吧，就是她自己跳下去的或失足坠楼。”

“好吧，就算是她自己跳下去的，那我想问你，为什么她坠楼的时候，刚好你在那里，而且天台上没有别人，就你们两个人。”

“其实……我、我是去还她校园卡的。”

“还卡？”

陈觅点头说：“是的，上周四学校组织一些学生去博物馆看展览，当时宫小羽来了……月经，把裤子后面都浸成了红色，坐在车里不敢下去，我就脱了一件衣服让她系在腰后。第二天她还我衣服的时候，把自己的校园卡落在衣服里了，所以我要尽快还给她……”

“但是我们两个民警明明看见你在天台上有推她下楼的动作。”何所长把目光转向两个年轻警察，“是吧？”

两人点头说：“是的，我们确实看见，那个女孩儿是被他推下楼的。”

陈觅真有点跳到黄河也洗不清的感觉，想了一下说：“那你们干脆去问宫小羽吧，是不是我把她推下楼的，一问就清楚了。”

何所长说：“要是能问她，我也不用在这里跟你废话了。她掉到消防救生气垫上，人就昏迷过去了，到现在也没有醒过来。”

陈觅扭头看了那两个年轻警察一眼，说：“从地面到五楼天台，距离不算近，我怀疑是不是你们俩看花眼了……哎，对了，事情发生的时候，楼下不是有很多人拿着手机在拍视频吗？你们赶紧去找几个从不同角度拍摄的视频，仔细比对一下，就知道我到底有没有推宫小羽了。”

何所长似乎觉得这个办法不错，挥挥手，让两个年轻警察赶紧去问问站在楼下拍视频的人。

十几分钟后，两人拿着三部手机跑回来，有点丧气地对所长说："何所，这小子说得对，那女孩儿确实不是他推下楼的。我们从现场围观学生手中拿了几部手机，里面的视频从各个不同角度拍下了事发当时的情况，你看一下。"

两人打开手机里的视频给何所长看。第一段视频，拍摄位置应该是宫小羽站立位置的正下方，从这个角度看，宫小羽的身体刚好挡住陈觅，两人身影重叠在一起，当陈觅伸手递上校园卡时，从这个视角看过去，确实像是在用手推宫小羽。

而第二、三段视频，则是从左右两边拍摄的，可以明显看到当时陈觅与宫小羽之间的距离，至少还有一米远，陈觅伸出的手，并没有触碰到宫小羽的身体。宫小羽是自己失足从楼上掉下来的。

两个年轻警察当时所处的位置，应该与第一段视频拍摄者站立的位置相同，所以他们就看到了疑似陈觅将宫小羽推下楼的场景。而后面两段视频，则正好从侧面证明陈觅是清白的。

何所长看完视频，狠狠地瞪了两个手下一眼。

两个年轻警察满脸通红，赶紧给陈觅松了铐子，向他道歉。一个警察搓着手说："那个……你脸上的伤不要紧吧？我们车上有红药水，要不我带你去擦点药。"

陈觅摸摸脸上的擦伤，摇头说："还是算了吧，刚才别人看见你们给我戴铐子，已经跟炸开了锅似的，如果再看见我跟你们上了警车，那我就真是跳到黄河也洗不清了。"

保卫处长徐工说："这个你不用担心，学校方面，咱们保卫处会负责给你解释清楚的。"

陈觅瞧了何所长一眼，一边活动着被手铐铐得发麻的手腕，一边说："我可以走了吗？等下还要上课呢。"

何所长朝他做了个请自便的手势，说："没问题了，你可以回去上课了，不过最近几天最好不要离开学校，因为宫小羽坠楼事件，我总觉得有些蹊跷，在宫小羽清醒之前，我们还会继续调查，有什么疑问，可能还会来学校麻烦你。"

"行，没问题，希望宫小羽能早日清醒过来，这样案情就能真相大白了。"陈觅本来已经走到门口，但提及宫小羽的名字时，他心里忽然想到了什么，又回头说，"何所长，其实在宫小羽坠楼前，我就已经发现有些不对劲了。有些情况，不知道能不能说？"

"当然，你说说看，有什么不对劲的地方？"正在喝茶的何所长听到这话，立即放下茶杯，两只眼睛紧盯着他，好像在等着他爆出什么重要线索一样。

陈觅折回身，走了两步，说："今天早上，我去自习室找宫小羽，她的同学说她刚被班主任宁则高教授叫走。我就到宁教授办公室门口等着，原本是想等到宫小羽一出来，就把校园卡还给她。谁知并没有等多久，就突然看见她拉开门从宁教授屋里冲出来，宁教授也跟在后面一面追她，一面叫她的名字。不过宫小羽跑得很快，一下就不见踪影了……"

"哎，你等等！"何所长皱皱眉头打断他，问，"你说宫小羽拉开班主任办公室的门跑出来，也就是说，在此之前那门一直是关着的，对吧？"看到陈觅点头之后，他又问，"那么在开门之前，你有没有听到办公室传出什么不正常的声音或者响动？"

陈觅回想一下，说："当时屋里有人在说话，语速很快，应该是说话的人情绪比较激动吧，不过因为房门是关上的，我没大能听懂他们在说些什么。"

"宫小羽跑出来的时候，是什么状态？"

"我记得当时她头发有点凌乱，嘴里叫了一句什么，不过她跑得很快，具体情形我也没看太清楚。给我的感觉是，她当时似乎受到了什么惊吓，有点情绪失控的样子。"

"接着说。"何所长点点头，抱着胳膊把半个屁股靠在一张办公桌上，

“那个宁教授追出来之后，又怎么样了？后来你又是怎么跟宫小羽一起跑到天台上去的？”

“宁教授嘛，他追出文学院，没有看见宫小羽，就掉头回自己办公室了。”陈觅很少一口气说这么多话，感觉口渴得厉害，自己走到饮水机前接了一杯冷水，“咕嘟咕嘟”喝完，扔下杯子说：“但是我还在接着找宫小羽。我得找到她将校园卡还给她，另外她那个样子从老师办公室跑出来，我也有点不放心，想找她问问究竟发生了什么事。我先打电话到她寝室，她不在，又到自习室找了，也没见到她。最后走出文学院大楼一抬头，就看见她站在对面学生活动中心五楼天台边，随时都有可能掉下来，情况十分危险。我吓了一跳，赶紧跑上天台。她就像惊弓之鸟，看到有人靠近，情绪就变得十分激动，一面大叫不要过来不要过来，一面往后退却。当时她就站在天台栏杆上，那栏杆也就不到十厘米宽，她一脚踩空，就掉下楼了……”

何所长摸着下巴思索着道：“从你现在提供的情况来看，宫小羽早上在教室上自习课，后来被班主任宁则高以某种理由叫进自己的办公室，他们有可能在办公室发生了争吵，然后宫小羽就情绪激动地跑出来，并且独自爬上学生活动中心五楼天台，恰好这时候你追了上去，她神思恍惚，误以为是宁教授追了过来，最终导致情绪失控，失足掉下了楼。整个过程，应该就是这样，对吧？”

陈觅说：“是的，她当时处在极度惊恐之中，应该是把我当成了那个追赶她的人了，所以才……”

保卫处长徐工插了一句话，道：“所以说，要把这件事调查清楚，首先得知道她在宁教授办公室到底经历了什么，对吧？”

“是的，”陈觅点点头，“我建议你们去问一下宁教授，只要他肯说实话，相信很快就可以查明真相。”

何所长“嗯”了一声，说：“你说的这个宁教授，我们肯定要去找他了解情况。你先回去上课吧，有什么需要，我们回头再联络你。”

陈觅先到旁边洗手间擦了把脸，才从保卫处走出来。看看时间，很快就要上课了。今天上午第一节课是法理学。他赶紧跑回宿舍，拿了课本，然后直奔教室。

跑进教室大门的时候，已经年过半百的法理学罗教授正好点到他的名字，他回答了一声“到”，弓着腰，悄悄找了一个空位坐下。只是让他没有想到的是，他的应答声刚落下，几乎全教室的同学都朝他望了过来。他知道因为宫小羽坠楼事件，他一不小心就成了全校关注的对象，不由得脸上一阵发热，赶紧把课本竖在课桌上，遮住自己的脸。

坐在旁边的牛军用肩膀撞他一下，压低声音问：“你不是被警察铐走了吗，怎么这么快就回来了？”

陈觅说：“本来就没我什么事，跟警察把情况说清楚就放我回来了。”

“哎，我说，”牛军也把课本竖在桌子上，挡住罗教授的视线，“宫小羽好好的，为什么要跳楼啊？你们俩在楼上都干了些什么？你们到底什么关系啊，弄得连警察都惊动了？”

陈觅知道他又要开始八卦了，懒得跟他废话，埋头做着课堂笔记，没有再理他。

下课的时候，陈觅从教室里走出来，却看见走廊里直挺挺站着一个人，正是“老夫子”宁则高。有认识他的学生叫着“宁老师好”，跟他打招呼，宁则高表情严肃地一一点头回应。

等到同学们都走了，他才朝陈觅走过来。

“你就是陈觅？”他问。

陈觅点点头，心里怦怦直跳，以为他已经知道是自己将警方视线引到他身上去的。他该不是来兴师问罪的吧？他紧张得手心都沁出了冷汗。

“那个……”宁则高左右看看，见走廊里已经没有其他人，才说，“宫小羽坠楼的时候，我听说你也在天台上？”

陈觅觉得嗓子有点干，咳嗽了一声才说：“是的，我捡到了她的校园卡，想还给她，所以……”

宁则高摆摆手，打断他的话：“宫小羽坠楼前，有没有跟你说什么？”

“没、没有啊……”这个问题有点出乎陈觅意料，他摇头说，“我跑上天台，还没跟她说上两句话，她就在惊慌中失足从楼顶掉下去了。好在下面有安全气垫，要不然后果就不堪设想了。”

“她真的什么都没有跟你说？”

“为什么这么问？”陈觅抬起头看着他，“你认为她会对我说什么？”

“没、没有，我没别的意思，她是我的学生，现在出了这样的事，你又是唯一在现场出现过的人，所以我来问一下。”宁则高避开他的目光，转身要走。

“宁教授，”陈觅犹豫一下，还是决定主动出击，上前两步，叫住他道，“警察有没有找过你，就是派出所的那个何所长？”

听他这么一问，宁则高止住脚步回头说：“找过了，他们说有个学生在事发前看见宫小羽哭着从我办公室里跑出来，如果我没有猜错的话，那个人应该就是你吧？”

“是我，当时我就站在你办公室门口的台阶上。”

宁则高看他一眼，一边点头一边说：“何所长问我把宫小羽叫到办公室干什么，我把详细情况都跟他说了。”

陈觅没有说话，静静地等着他往下说。但宁则高却抿抿嘴唇，并没有再往下说的意思。

陈觅忍不住追问一句：“宁教授，我听到宫小羽跟你在办公室吵起来了，当时到底发生了什么事？”

宁则高叹口气，用低沉的声音道：“前段时间，有个全国性的文学大赛在征稿，宫小羽挑选了一篇自己认为写得最好的小说去投稿，结果却没有获奖。我把她从自习室叫过来，就是为了将比赛结果告诉她。她参加这次文学大赛，自信满满，就是冲着拿一等奖去的，没想到最后连入围奖也没有拿到。

她心理落差太大，一时难以接受，就在我面前骂那些评委没水平，分辨不出文章好坏，我说了她几句，她就跟我吵起来。我也是在火头上，一时没控制住自己的脾气，就甩手打了她一耳光，没想到这样一来，反而更刺激了她，她叫喊着拉开门冲出去……后面的情况，你都了解了。”

“真的是这样？”陈觅睁大了眼睛。

“确实就是这样，那篇落选的小说和征文比赛的详情，我都跟警方说了，他们会去调查我说的到底是不是真的。”他叹口气说，“只是没有想到宫小羽自尊心这么强，仅仅因为一次比赛没有获奖就……”

陈觅“哦”了一声，脸上露出恍然大悟的表情。其实他心里明白，宁则高并没有对他和警方说实话。他的解释虽然表面看来并无破绽，但自己在他办公室门口看到的情形并非完全是这样，宫小羽从他办公室冲出来的时候，脸带惊恐之色，叫声中带着哭腔，仅因一次征文落选何至如此？她一定在宁则高的办公室里经历了比这更恐怖、更绝望的事，才会致其情绪失控，最终产生了爬上五楼天台寻死的念头。但现在自己并没有抓到宁则高任何把柄，也只能把所有怀疑都藏在心里。

当宁则高转身离去的时候，他跟在后面问了一句：“宁教授，宫小羽她，应该不会有什么事吧？”

“我刚才打电话问过人民医院的医生，她并没有生命危险，只是受惊过度，还处在昏迷之中，应该没什么大碍，等她醒过来就没事了。我已经打电话叫她奶奶到医院照顾她了。”

宁则高一边回答他，一边拐个弯，从楼道里走下去。

陈觅这才放下心来。

第三章　疯了

第二天，陈觅听说宫小羽已经苏醒过来，中午的时候，就提了些水果，到人民医院去探望她。除了担心她的身体，其实他更想从她嘴里知道，昨天在宁教授的办公室究竟发生了什么事情。

他先到住院部，找个护士问了一下，护士翻看住院登记后告诉他，宫小羽住在 207 病房。他道声谢，沿着二楼病房区走廊走过去，还没走到 207 病房前，就听见病房里传来宫小羽的阵阵尖叫声。

他吓了一跳，快步来到病房门口，却看见宫小羽身上穿着病号服，抱着病床上的被子，披头散发坐在地上，嘴里尖声叫着："你别过来，你别过来……"她眼露惊恐之色，一边叫着，一边把身体蜷缩在墙角里，浑身上下抖得跟筛糠似的。旁边有一个六十来岁的老年妇女，应该是她奶奶，正在极力安抚她。文学院的宁则高教授，手里提着一些营养品，正有些不知所措地站在空着的病床前。看来这位宁教授的想法跟陈觅不谋而合，也选择了中午时分来医院看望宫小羽。

宫小羽的奶奶一面安抚孙女，一面回头带着哭腔对宁教授说："宁老师，也不知道这孩子到底怎么了，今天早上醒来之后，就一直情绪激动，乱喊乱叫，还不让别人靠近……"

宁则高放下手里的东西说："您别着急，我去叫医生过来看看。"他一回身，看见陈觅站在门口，微觉一怔，没有说话，从他身边走了出去。不大一会儿，就领了一个医生快步走进病房。

医生给宫小羽稍做检查后说："她身体现在已经没有大碍，但因为受到了强烈刺激，精神上好像出现了一些问题，导致其情绪失控，行为异常。我建议尽快将她转送到市精神病防治医院进行积极有效的对症治疗，要不然她的病情只会越来越严重。"

等医生离开病房，宫小羽的奶奶忽然绝望地坐在地上号啕大哭起来："可怜我们家小羽，好好的一个人，怎么就变成神经病了呢？老天爷啊，这可叫我老婆子怎么办呢……"

宁则高急忙将她扶起来，说："您别着急，我有个同学在市精神病防治医院工作，我请他帮帮忙，看能不能尽快将小羽转到他们医院进行治疗。医药费方面如果有困难，我先帮忙解决吧。不管怎么样，先把小羽的病治好再说。"

宫小羽的奶奶握住他的手，抽着鼻子说："那就真是太感谢宁老师了，我们家小羽肯定是上辈子修来的福分，碰上了你这么一个好老师。"

宁则高又安慰了她几句，然后走到外面走廊掏出手机打了个电话，半个多小时后，一辆印有"平京市精神病防治医院"字样的救护车开到了楼下，一个秃顶的中年男医生带着一名女护士走进了病房。宁则高跟这位医生同学握一下手，将宫小羽的病情简单地跟他说了，医生说："现在我初步怀疑患者是因受到强烈外部刺激而引发的精神分裂症，具体情况还需要到咱们医院做进一步诊断。"

"那她能治好吗？"宫小羽的奶奶追问道。

医生说："她这种情况在咱们医院比较常见，多给她一点时间，应该能康复的。"

宁则高对宫小羽的奶奶说："我陪您去办转院手续吧。"又回头看了陈觅一眼，"你别愣着啊，给医生帮把手，把宫小羽扶到楼下的救护车上去。"陈觅"哦"了一声，跟护士一起，伸手去搀扶瑟缩在墙角里的宫小羽。

宫小羽一见有人靠近，又惊恐地叫起来："你别碰我，你别碰我……"猛然间抓住陈觅伸过去的手，张嘴就咬。吓得陈觅赶紧缩手，向后退了两步。护士瞧了他一眼，说："给我摁住她的手臂。"

陈觅只好硬着头皮上前，抓住宫小羽一条胡乱挥动的手臂，用力摁在墙上。护士立即上前给她打了一针，宫小羽翻着白眼，很快就靠在墙上昏睡过去。将宫小羽从地上抬起时，陈觅看见她右手指甲里似乎沾着一点血迹，以为自己刚才被她指甲抓到了，低头检查一下，身上并没有血痕。再仔细一看，她指甲上的血迹已经变得干枯暗红，应该不是今天才染上去的。

护士推过来一辆担架车，陈觅将宫小羽抱上车，将她推下一楼，送上救护车。

这时宁则高和宫小羽的奶奶已经办好转院手续，他一边走下楼梯一边问陈觅："你下午有课吗？"陈觅说没有。他说："那你也跟我们一起去吧，多个人也多个帮手。"

陈觅说好的，就跟宫小羽的奶奶一起上了救护车。宁则高则开着自己的奥迪 A4 跟在后面。

救护车用了半个小时才从市区驶出来，往郊区云峰山方向开去。精神病防治医院就建在云峰山半山腰上，救护车走了好长一段盘山公路，才到达医院。

下车后，陈觅好奇地四下张望，却发现这里跟他在电视电影里看到的那些恐怖压抑的精神病院完全不同，卫生整洁的环境，穿着病号服在院子里走来走去的病人，走廊里脚步匆匆的医护人员，一切都显得那么宁静安详，跟普通医院并没有什么区别，唯一不同的是，大门口的铁栅栏时刻关闭着，三个保安员守在门口，除医院工作人员外，其他所有人出入大门都必须严格登记。

陈觅协助护士将仍然处在昏睡中的宫小羽送进了三楼的一间病房，宁则高则拿着自己的银行卡，陪宫小羽的奶奶去办入院手续。忙了大半个小时，才把事情办妥。宁则高拜托那位同学多照顾宫小羽，然后才跟陈觅一起离开。

回学校的路上，沉默了许久的宁教授忽然扭过头，对坐在副驾驶位上的陈觅说："那张校园卡，你帮宫小羽保管好，她应该很快就能回学校了。"陈觅说："好的。"一抬头，看见他脖颈处有几道细细的血痕，从新鲜程度上看，明显是最近一两天被人用指甲抓出来的。他想起了宫小羽指甲缝里的干枯血迹，不由得心里一沉。

宁则高见他望向自己的脖子，下意识地用手扯一下衣领，将皮肤上的抓痕盖住。这个无意识的动作被陈觅看在眼里，仿佛更加印证了他心里的某种揣测。

回到位于男生二舍二楼的宿舍，其他三位舍友都不在，陈觅重重地倒在床上，只觉得浑身肌肉酸痛，"咔嚓咔嚓"地扭动几下僵直的脖子，随手拿起一本书，漫无目的地胡乱翻着，不想拿到的正是史学文给他的那本校刊，没翻几下，宫小羽的照片就跳到了眼前。印在纸上的黑白照片，并不是十分清晰，但那一双略带微笑的眼睛，却还是给人一种清澈明净、才气逼人的感觉。

陈觅想起今天在病房里看到的宫小羽，那一双充满惊恐绝望的眼睛，让人感觉到的是彻骨的寒意。到底发生了什么事，让她在一夜之间，从一个前途无量的才女大学生，变成了一个谁都不认识的疯子呢？从现在的情况来看，其中的变故，肯定跟宁则高教授有关。昨天早上在他办公室发生的事，是这场变故最直接的导火线。

他把双手枕在脑后，努力回想着昨天早上在宁则高办公室外面听到的声音和见到的场景，希望能找出一点点线索来，就在这时，寝室的门被人推开，三个室友，牛军、史学文和唐大森，带着一身汗臭走了进来。牛军手里抱着一只篮球，看样子三个人是刚刚打完球回来。看到陈觅躺在床上，三人脸上都现出意外的表情。

"我去，"牛军把篮球一下扔到陈觅床上，"小觅觅，原来你没事啊，从中午到下午都见不到人，我们都以为你被警察抓走了呢。"

"谁说我被警察抓走了？"

“学校里的人都这么传说的啊。”牛军一边换下臭烘烘的球鞋一边说，“还传得有鼻子有眼的，说是宫小羽在医院醒过来了，不过却疯了。”陈觅一愣，这事倒是传得挺快的。牛军接着说：“不过听说在她变成疯子之前，已经向警察说明了一切。”

“什么一切？”

牛军端起桌上的杯子，仰起脖子“咕嘟咕嘟”喝了几大口水，抹一下嘴巴才说：“说是你跟她，乱搞男女关系，导致她一不小心怀孕了。上次去博物馆参观的时候，她出现了流产先兆，你脱下衣服让她裹在腰上挡住血迹。回校之后，你觉得这事玩得有点过火了，想跟她劈腿。上周五放学前，你就想找她摊牌，找到人家宿舍去了，结果被宿管阿姨给骂了出来。到了星期一，也就是昨天早上，你再次找她提出分手，结果人家受不了失恋的打击，一口气跑上学生活动中心五楼天台，对你以死相逼，想让你回心转意，跟她重归于好。谁知你小子是个铁石心肠的负心汉，根本不鸟她。结果她一气之下，就真的跳楼了。虽然有安全气垫保护她没有受什么重伤，不过送到医院苏醒过来之后，这位学妹身心受创，竟然一下子就疯了……”

陈觅气得从床上跳起来：“这他妈都是谁说的啊？根本没有这样的事，我和宫小羽以前根本就不认识，这个你们是知道的，她来还衣服的那天你跟老史不是都看见了吗？”

牛军见他用怀疑的目光瞪着自己，赶紧摇头摆手，说：“你别误会，这可不是我说的，反正学校早就传开了，也不知到底是哪个王八蛋造的谣。我也帮你给人家解释过，可人家根本不信啊。你也知道，这样的花边新闻传得最快了，根本挡都挡不住。”

“我操他妈的！”陈觅气得把床上的篮球狠狠砸到地上，“要是被我查出是谁在背后这样黑我，我肯定跟他没完。”

“他们还说，宫小羽在医院苏醒过来后，立即跟警察说了你俩的关系，还说是你想逼死她，结果警察中午就来到学校，悄悄把你给带走了……”牛军越说越兴奋，嘴里唾沫横飞，还想接着往下说，旁边的史学文踢了他一脚，他才意识到什么，赶紧闭嘴。

“这根本是没影儿的事，我跟宫小羽之间什么关系也没有。”陈觅犹豫一下，还是把今天去医院探望宫小羽的经过，跟几个室友说了。当然，他发现宫小羽指甲缝里的血迹及宁教授脖子上的抓痕的事，并没有泄露出来。

史学文拍拍他的肩膀安慰他说：“你的为人咱们兄弟几个都知道，我们都相信你。”

“那也得别人相信才行啊！”牛军撇撇嘴说。

唐大森说：“我觉得这事还是得着落在宫小羽身上，只要她早点治好病，从精神病院出来，回学校把这件事解释清楚，就没你什么事了。”他是宿舍四个人中年纪最大的，考虑事情也远比其他人周到。

陈觅搔搔头，有点无奈地说：“目前来看，也只能希望如此了。”

一开始，陈觅还以为牛军这小子是危言耸听，及至后来，他发现自己无论是在教室上课，去食堂吃饭，到图书馆看书，还是走在学校的某条小路上，都有人在背后指指点点，窃窃私语，甚至还有一些女生朝着他的背影吐口水，他才知道，事情要远比从牛军嘴里说出来的严重得多。他心里很是恼火，真他妈想骂人，可是又找不到对象，总不能把每一个在他背后小声议论的人都抓住骂一遍吧。

因为等着宫小羽从医院出来为自己证明清白，所以陈觅比任何人都关心她的病情。星期五回家之前，他又去了一趟精神病防治医院。在门口被负责任的保安拦住，先拿出身份证在门卫处做了探访登记，然后才被允许进入。

他上到三楼，找到宫小羽的病房，正好那天那个安排宫小羽入院的护士在给她派药。看到陈觅走进来，宫小羽脸上露出惊惧的表情，情绪突然激动起来：“你别过来，你别过来……”一挥手，将桌子上的药片全部打到地上，然后快速地扯过病床上的被子一把盖住自己的头。护士有些恼火地回头看看，见是那天宫小羽转院时曾在一旁帮过手的陈觅，态度这才好一点，示意他在门外等着。

十几分钟后，她看着宫小羽吃完药，才托着药盘走出来。

陈觅在走廊里迎住她，问：“护士，宫小羽的病情怎么样了？”护士透过玻璃窗往病房里看一眼，摇头说：“刚才的情况你也看到了，病情并没有明显的改善。”

陈觅看到病房里除了宫小羽，并没有其他人，就问：“她奶奶呢？”

“她奶奶回去了，听说她们家在农村，家里只有她们祖孙俩相依为命，家中还有很多农活要干，她不可能整天在这里守着孙女。”

陈觅想了一下，又问：“最近几天，有人来看过她吗？”

“有啊，就是宫小羽的班主任老师，那位宁教授，已经来看过她两次了。”

“看来这位宁教授对宫小羽还是挺关心的啊！”

陈觅下意识地说了一句。

“宁教授说这个学生很优秀，希望能帮上点什么忙，让她能早日康复，重返校园。”护士瞧了他一眼，说，“你对你女朋友不也是挺关心的吗？”

陈觅愣了一下，摆手说：“你误会了，她不是我女朋友。”

护士笑笑，没有说话，那表情分明在说：不是你女朋友那你干吗这么关心她？“李钰，过来帮下忙。”有人在走廊里喊了一句。护士答应一声，掉头走了。

陈觅从窗户里看看宫小羽，她吃完药，很快就躺在床上睡着了。这才几天时间，她脸上就瘦得连颧骨都凸了出来。陈觅心里不由得隐隐生痛。

他回家的时候，天上飘起了雨丝，心情更加郁闷。因为没有带伞，身上被细雨打湿了。

回到家，他妈妈正好撑着一把伞走出来：“儿子，今天怎么这么晚才回家？”

陈觅说放学的时候，有点事情耽搁了。一抬头，只见老妈身上穿了一件蓝色的短袖旗袍，脚下踩着高跟鞋，头发梳得一丝不乱，脸上还化了淡妆，不由得一愣："妈，你这是……"

金慧芬一副大忙人的样子，看看手表说："妈没时间跟你说了，饭菜在桌子上，你自己吃吧，我有事，得出去一下。"说完，挥手叫了一辆出租车，急匆匆走了。

陈觅抽抽鼻子，发现老妈今天居然破天荒地喷了香水，将身上那股挥之不去的鱼腥味完美覆盖。看着出租车在细雨中的小街上飞驰而去，他呆呆地站了好半天，难道这是要给自己找后爸的节奏？

他独自一人，闷闷不乐地吃完晚饭，外面的雨还没有停住，本来打算晚上出去找高中同学玩，也只好作罢。把门口的卷闸门拉下来，上了锁，就上楼看电视去了。窝在沙发里，手拿遥控器不住地换台，但心思根本没有放在电视节目上。

从他今天去精神病院探望宫小羽的情况来看，只怕她一时半会儿清醒不过来，看来他想让宫小羽尽快回到学校，将同学们对他二人之间的误会解除，是不大可能了。翻来覆去想了大半个晚上，仍然没有一点头绪，心中不觉越发烦乱。

快到夜里 10 点，妈妈才从外面回来，然后又开始在鱼档里做清洁工作，为明天开档做准备。

第二天，陈觅问妈妈，毛痞子那帮人有没有再来捣乱？他老妈摇头说没有，他这才放心。本想问她昨晚穿着旗袍出门干什么去了，但看到鲜鱼档的生意特别好，店里站着不少熟悉的老顾客，老妈正忙得不可开交，只好作罢。

到了傍晚，妈妈早早地收了档口，把中午剩下的饭菜给儿子热一下，又打扮一番出门去了。陈觅脑子里忽然有种短路的感觉：这是怎么了，怎么老妈像变了个人似的？

星期天下午，他说，妈，我回学校去了。金慧芬有点纳闷，问他："你不是周一早上回校的吗？"

陈觅说："看你这忙里忙外的，我还是早点回学校算了，要不然你还得为我做晚饭，那多耽误时间呀。"他本来说的是一句气话，不想老妈立即点头同意，说："那也好，你早点回学校还可以多点时间搞学习，家里没有学校那种学习氛围。"

陈觅闷声闷气"嗯"了一声，把帆布书包搭在肩上，出门走到街口，搭乘108路公交车回学校去了。

在学校门口公交车站台下车的时候，忽然听到有人叫他的名字，回头一看，只见佟欢欢穿着深咖色背带围裙，正站在街道对面三味食屋门口朝他挥手。

陈觅朝她回了一个勉强的笑容，双手插在裤兜里，站在公交车站台等了一小会儿，待街上的小车都驶过了之后，才走到街道对面，问她："美女，叫我干什么呀？"

佟欢欢嘟嘟嘴说："你这么久不来我们这里喝啤酒，我想你了呗！"陈觅虽然知道她是在开玩笑，但脸还是红了一下，装着漫不经心的样子走进店里，找了张空桌坐下说："我这不是来了吗？"

佟欢欢是他高中时期的同学，就像她的名字一样，她是一个性格开朗活泼欢快的女孩儿。那时候她爸爸是平京市著名的民营企业家，不但开了好几家旅行社和连锁大酒店，还参与了许多房地产项目。作为富二代的佟欢欢，虽然成绩一般，但却是班上最受欢迎的女生，无论走到哪里，身边总有一群同学围着她转。虽然体重有点超标，但她还是被全班同学一致评为"班花"。有一次班里给贫困生捐款，她捐出了自己三千多元的零花钱，校长知道后，当着全校师生的面表扬她说："咱们的佟欢欢同学，人美心更美！"

可是天有不测风云，高中二年级的时候，她爸爸投资房地产失败，最终导致企业破产，被抓坐牢。仿佛一夜之间，佟欢欢从"班花"变成了"班草"，所有同学都跟她划清了界限，当听到有人当面叫她"死肥妹"的时候，她伏在课桌上伤心地哭了。所有人，包括讲台上的老师，都假装没有看见，只有一个平时不太爱说话的男生，拿了一包纸巾递给她。这个男生就是陈觅。正是因为这件事，陈觅被一些别有用心的同学取笑了好久，而佟欢欢却跟他成了好朋友。她妈妈外出躲债的那几天，无家可归的她还到陈觅家吃过几顿饭，对他妈妈做的红烧鱼赞不绝口。

佟欢欢的学习成绩本就不好，父亲破产坐牢，母亲改嫁，遭遇如此人生变故，更是无心学习，高考落榜也是意料中的事了。高中毕业后，陈觅忙着上大学，就再也没有见过她。直到去年年底的时候，陈觅跟同学到学校门口的这家三味食屋吃饭，才发现佟欢欢竟然在这家店里做女服务员。一年多时间没见，佟欢欢竟然长成了一个身材苗条的漂亮姑娘。后来经过了解才知道，她妈妈再婚之后，继父对她并不好，为了生计，高中毕业后她不得不出来打工，一年多时间，已经换了好几份工作。她的一个表姑知道她的处境后，就把她叫到了自己开的这家店里当服务员。

从这以后，陈觅就经常跟同学一起到这里吃饭，或者喝点啤酒，甚至干脆在没课的下午聚在这里打扑克牌，佟欢欢常常利用自己跟老板娘的特殊关系帮他打折。没过多久，她跟他的一帮同学也混熟了。

佟欢欢站在桌子边，看着陈觅一脸疲惫的样子，就问："还没吃晚饭吧？"

陈觅把身子靠在椅背上，摇摇头说："我妈现在是个大忙人，没有时间给我做饭，所以我才提前回学校。"

"金阿姨还好吧？我也好久没有上你家去看望她了。"佟欢欢笑笑说，"我可一直还记着她做的红烧鱼呢。"

陈觅一脸苦相，说："你能不能别在我面前提'鱼'字啊？"佟欢欢吐吐舌头，朝他扮了个鬼脸。"我妈估计最近也挺烦的。"陈觅叹口气说，"我爸以前治病的时候，找一个绰号叫毛痞子的人借了十万元高利贷，这几年我妈靠开鲜鱼档还了一些，剩下的利滚利，到现在已经欠毛痞子三十万了。上周毛痞子带着一帮人到我家讨债，我妈还不起钱，他们就要拿我们家房子抵债。"

"那可不行，把房子抵押了，你跟你妈住哪儿呀？"

“是呀，我们也是这么想的。可是毛痞子看中的，是我们家房子下面的那块地皮，他给了我们三个月时间，如果三个月内还不清债，他就带人来收房子。”

“如果他们真的敢乱来，你就报警吧。”

陈觅一脸无奈的表情：“没有用的，这个属于经济纠纷，估计警察也不会管吧。”

佟欢欢“哦”了一声，一时之间不知道怎么安慰他，深深地叹口气，沉默一会儿，拿起餐牌说：“你想吃什么，今天本姑娘请客。”

“算了，我好像没什么胃口，要不你给我来两瓶啤酒，咱们喝一杯。”

佟欢欢笑着摇头：“我现在是上班时间，不能陪顾客饮酒。”

“那就给我来一个下酒菜吧。”陈觅问她，“对了，你们店里有没有唆螺？”

佟欢欢看看菜牌说：“这个真没有。不过既然你点了，我去叫厨房想想办法，看能不能做出这道菜来。”

陈觅说：“这样不太好吧？”

佟欢欢朝他眨眨眼睛：“没关系，我跟厨师关系不错的。”

她先给他拿了两瓶啤酒和一碟花生，让他边喝边等。二十多分钟后，一碟香喷喷的炒唆螺就从后面厨房端了出来。这是平京的一道特色小吃，主料是乡下农田中随处可见的田螺，剪去尾部三分之一螺壳后，加入八角、桂皮和香油等作料，再由大火爆炒而成。

“这可是我叫厨房特意为你定制的，快尝尝看！”佟欢欢有点迫不及待地拿起桌上的筷子递给他。他夹起一个田螺，“吱”的一声，用力吸一下，螺肉就从螺壳里跳了出来，试试味道之后说：“嗯，你们店里的厨师能做出这个味道，已经很不错了。不过跟我吃过的最正宗的唆螺比起来，还有点差距。”

佟欢欢不由得有点小小的失望：“那你是在哪里吃过最正宗的唆螺啊？”

陈觅放下筷子说：“这个说起来，就有点话长了。”

“那你就长话短说吧。”佟欢欢摆出一副洗耳恭听的样子，“反正店里现在也不算忙，我不赶时间的。”

陈觅将杯子里的啤酒一饮而尽，然后一边往空杯里倒酒，一边说：“那已经是十年前的事了。那时我还在读小学吧，一年夏天，到乡下外婆家过暑假。有一天中午，我跟几个小伙伴出去钓龙虾，钓了大半天也没什么收获，大家都很失望。一个小伙伴说他知道有一个地方龙虾很多，问我们敢不敢去。我们都说敢。他就带着我们来到了邻近的南风村，那里有一条四五米宽的大水沟，沟里鱼虾成群，还有许多青蛙跳来跳去。我们都很兴奋，没多大工夫，就钓上来大半篓龙虾。就在我们准备收工回家的时候，我一不小心，脚下一滑，竟然掉到水沟里去了。那条水沟很深，我两只脚根本触不到底，加上自己不会游泳，立即就慌了神，在水里胡乱扑腾。小伙伴见此情景，吓得四散而逃。我呛了一肚子水，眼看就要沉入水底，这时恰好旁边有个放牛的女孩儿路过，她二话没说就跳下水来救我。女孩儿水性很好，没几下就游到我身边，把我拖上了岸，又费了好大劲，才把已经处在昏迷中的我救醒过来……”

“哈哈，我只听说过英雄救美，怎么到你这里就反过来了？”佟欢欢忍不住笑出声来。

陈觅脸色微红：“你再取笑我，我就不说了。”

“好了好了，我开玩笑的。”佟欢欢忙说，“然后呢，这美女救英雄，最后怎么又跟唆螺扯上了关系呢？”

“这个女孩儿，看年纪应该比我略小，却很懂事，她见我根本没有力气走路，就把我扶上牛背，带回了家。她父母都去广东打工了，家里只有她和她奶奶两个人。她奶奶人很好，听女孩儿说了我掉进水沟差点被淹死的事，看我身体还很虚弱，就让我躺在她家床上好好休息。她想做点好吃的给我补下元气，但是家里并没有什么好菜，于是就挽起裤管到屋后水田里抓回来很多田螺，做了一盘唆螺给我吃。那唆螺鲜香味美，最绝的是，螺肉一唆即出，火候刚好，那是我这辈子吃到的最好吃的东西。后来我在城里吃过许多次唆螺，但都觉得少放了什么作料似的，没有了当初的味道。”

“那后来，你去找过那个女孩儿吗？”佟欢欢问了一句。

陈觅看着她摇摇头，他们现在说的是唆螺，而佟欢欢的关注点始终在那个女孩儿身上，难道这就是男生和女生心理不同的地方？“第二年暑假，我去外婆家的时候，还特意去那个叫南风村的地方找过，听说那个女孩儿家里遭遇了一些变故，举家搬迁到别的地方去了。我再也没有见过她。”他低沉的声音里透着些许遗憾。

“那真是太可惜了，如果你能找到她的话，说不定你们俩……”佟欢欢拍拍他的肩膀，促狭地笑起来。

“你别取笑我了，我怀念的是那唆螺的味道！”陈觅脸色一阵发红，不知是因为佟欢欢的这句玩笑，还是因为喝了酒的缘故。他一仰脖子，又干了一杯啤酒。拿起酒瓶摇一摇，一瓶啤酒已经见底。

他拿起开瓶器，正要打开另一瓶啤酒，佟欢欢拦住他说：“别喝了，你也就这点酒量，再喝就要醉了。”

“醉了更好，醉了就什么烦恼都没有了，什么事都不用想了。”陈觅把空着的酒杯重重地往桌上一顿。佟欢欢看他一眼，眼神变得温柔起来，轻言细语地道：“我知道你最近心里比较烦，可是光靠喝酒，解决不了任何问题呀，你说是不是？”

“你都知道？”陈觅挑起眉毛看着她。

“我当然知道。虽然我没有在你们学校念书，可是光顾我们这里的学生那么多，对于你们学校发生的事，我知道得可不比你少哦。”佟欢欢帮他把杯子洗一下，然后倒上一杯浓茶，“关于你和那个宫小羽之间的传言，我相信绝对是无中生有空穴来风。”

“你相信有什么用，要别人相信才行啊！”陈觅扯着自己的头发，带着哭腔说，“现在在我们学校，‘陈觅’这两个字都快成了绝情寡义十恶不赦的坏蛋的代名词了，无论我走到哪里，都有人在后面戳我的脊梁骨。”

佟欢欢偏着头，眨巴着眼睛，认真瞧了他半晌，忽然“扑哧”一笑：“你说你这么老实腼腆的一个男生，跟我做了这么多年朋友都不敢跟我拉一下手，怎么就成了一个乱搞男女关系作风败坏十恶不赦的负心汉了呢？”

“你能不能正经一点？”陈觅白她一眼，“我这正愁得头都大了呢。”

佟欢欢抄着双手，在桌子旁边走了两步，说：“我觉得这事其实挺简单啊，等那个宫小羽从医院回来，谣言不就不攻自破了吗？”

“问题是现在还不知道她什么时候能回校上课。”陈觅说，“我上周五去精神病院看过她，情况很不乐观，估计这一时半会儿出不了院。”

“哦，原来是这样。”佟欢欢皱起眉头不解地说，“这事确实有点奇怪，你说人家好好一个女孩儿，听说还是会写文章的才女，怎么突然间就变得疯疯癫癫，还从五楼天台跳下来了呢？”

“我要是能搞清楚其中的来龙去脉，那也用不着坐在这里借酒浇愁了。”

“咦，你说会不会跟遗传有关啊？”佟欢欢右手握拳，往左手掌心里一砸，“我好像在哪本书里看到过，说这精神病啊，跟遗传有一定的关系，父母一方有精神分裂症的，其子女发病概率为15%左右，父母双方都患有精神分裂症的话，则子女发病概率高达40%。”

“真的？”陈觅愣了一下，“精神病也能遗传？”

“当然是真的，不信自己上网去查。”

陈觅掏出手机上网搜索一下，好像还真有这么回事。他低头想想，忽然放下酒钱起身就走。

佟欢欢问：“你干什么去？”

陈觅在门口停一下脚步，看着街边次第亮起的路灯说：“我得去打听一下宫小羽家住在哪里，打算明天去她家里调查一下，看看他父母有没有得过精神病。”

第四章　一张旧照片

星期一下午，陈觅一共有两节课，第一节是刑法课，第二节是中国法制史，他上完第一节课后就跟老师请了假，然后骑着找同学借来的自行车，离开了学校。他已经打听到宫小羽家住在麻豆坪六安村，那里位于城南郊区。

从学校出来，沿着校门口的学院路走了一段，再向南拐个弯，很快就出了市区，在乡间公路上骑行了半个多小时，就来到了麻豆坪六安村，那是一个很普通的小村子，村前村后都是稻田，狭窄的村道两边不太整齐地排列着一些房子，村子里十分安静，连狗叫都很难听到一声。

好不容易看见一个光膀子的老大爷叼着香烟在路上溜达，他赶紧把自行车踩过去，问大爷，您知道宫小羽家住哪里吗？

老大爷用手指了一下，说："就在村子最后面，你沿着村道往里面走，快到村尾的时候，那里有一个小湖，湖边有两户人家，第一户就是宫小羽她家。"

陈觅向老大爷道了谢，骑着自行车沿着村道继续往前走，来到村尾，果然看见有一个占地面积约几百平方米的小湖，湖中开满荷花，四周清香弥漫。他沿着湖堤绕行过去，果然看见几株大树后面，有两栋瓦房立在那里。他在湖边停好自行车，从第一间房子打开的大门里走进去，屋里有一个白发苍苍的老人正在喂鸡，仔细一看，正是在医院见过的宫小羽的奶奶。

"奶奶！"他敲敲门框，叫了一声。老人听到响动转过身，疑惑地上下打量着他，不敢应声。

陈觅向屋里走两步，说："奶奶，我是宫小羽的校友，我们在医院见过的，您忘记了？"

老人"哦"了一声，这才想起来："原来是小羽的同学啊，快到屋里坐。"转身搬来一个凳子，但陈觅还没有坐下，老人好像突然想起什么，一把抓住他的手，"该不是咱们家小羽在医院出了什么事吧？"

陈觅忙说："没有没有，我前两天还去看过她，虽然病情并没有明显好转，但那里的医生护士都很负责，把她照顾得很周到，您就放心好了。"停顿一下，他又找了个借口说，"我们一帮同学今天在这附近搞一个关于农村留守儿童的社会调查，正好路过六安村，所以顺道过来看看您。"老人这才放下心来。

陈觅坐下后扭头四望，见屋里并没有其他人，就问："小羽的爸爸妈妈呢？"

"咱们家小羽读小学四年级的时候，她爸爸在外地打工出了车祸，人就没有再回来。后来她妈妈在广东又嫁了人，这家里边啊，就只剩下我跟小羽两个人了。唉，我可怜的娃！"说到最后，老人眼圈发红，声音都有点哽咽了。

"她妈妈再没有回来过吗？"

"唉，她妈妈早就不要她了。"老人叹口气说，"不过她妈也挺难的，在广东有了新家，也不方便回来看她，但过年过节的时候，还是会偷偷寄些钱过来。"

陈觅没有想到宫小羽的身世竟然如此凄惨，自己虽然少年丧父，但好歹还跟母亲一起生活，而她却只能跟年老的奶奶相依为命。

见老人在悄悄抹眼泪，他赶忙转了个话题，说："小羽她每天都骑自行车上下学啊？"

老人点头说："是啊，她是走读生，每天早上很早就骑着自行车出门上学去了，下午放学又骑回来，有时候要上晚自习，回来得就更晚了。"

“为什么不住在学校宿舍呢？”

“她说我一个人在家，她不放心，晚上要回来照顾奶奶。”老人脸上露出欣慰的笑容，“另外，她每天回家还要自己写东西，有时写到下半夜，她说在学校宿舍不方便，所以宁愿踩上几十分钟自行车，也要回家来。”

陈觅这才知道，宫小羽发表的那么多优秀作品，竟然都是学习之余熬夜写出来的。一扭头，看见堂屋左边的一个小房间里，门口的书桌上摆着一台旧笔记本电脑。

他指着电脑问：“小羽就是用这台电脑写作的吗？”

“是呀，这台电脑还是她上大学后，宁老师送给她的，是一台旧电脑。”

陈觅听她提到宁教授，不由得感觉到有点意外：“宁老师对小羽还真好啊！”

“是啊，宁老师不但在学习上关心咱们家小羽，平时也很热心指导她写作，推荐她去参加写作比赛，他还到咱们家来家访过，他说咱们家小羽很有才气，只要好好培养，将来一准能成为一个大作家。”

“我可以去小羽房间里看看吗？”陈觅起身说。老人点头说：“可以呀，她房间里也没有什么特别的东西。”

陈觅走进宫小羽的房间，房间不大，估计也就十几平方米，门边放着一张油漆斑驳的书桌，书桌上放着电脑、闹钟和几本书，另一边靠墙放着一个简易书柜，里面摆着许多文学书籍，其中有一排专门放着王安忆的作品。书柜旁边是一张老式木床，床头柜上放着一束不知名的干花，透着淡淡的好闻的花香味儿。屋里的摆设虽然比较简陋，但却收拾得十分整洁。

他趁老人没有注意，打开书桌上的手提电脑，按了一下开关键，屏幕上闪过启动页面之后，很快就跳出要输入开机密码的提示窗。他只好关了电源，重新把电脑合上。

“同学，喝杯冷茶吧。”老人用陶瓷杯端了杯茶进来。

陈觅接过茶杯喝了一口，问道：“奶奶，小羽出事之前，可有什么跟平时不一样的地方吗？”

“她出事之前那两天，是星期六和星期天，都在家里，没什么跟平时不一样的地方呀，白天她下地帮我干活，晚上在自己房里写东西。那两天我得了重感冒，她晚上一直照顾我，很晚才上床睡觉。星期一早上，给我做完早饭，就去上学了。谁知一去学校，还没上完早自习，就……”老人说到伤心处，禁不住扯起衣角擦起眼泪来，“这孩子，也不知道到底发生了什么事，好端端的，怎么就要去跳楼，怎么就发疯了呢？”

陈觅趁机说：“奶奶，我看资料上说，精神分裂症可能跟遗传有关。小羽她爸爸妈妈得过这个病吗？”

“遗传啊？”老人睁大眼睛想了半天，才大概明白这个词的意思，摇头说，“没有啊，小羽她爸爸妈妈都没有这个毛病，再往上数，她那死去的爷爷和我，也都没有啊……”

陈觅不由得隐隐有些失望，看来宫小羽突然患上精神分裂症，跟遗传并无关系啊。

就在他转身准备从宫小羽房间里走出来时，忽然一眼瞥见书桌上，在一摞码放整齐的文学杂志后面，放着一个小相框，里面镶着一张微微有些泛黄的照片。

他随手拿起相框看一眼，却不由得呆住。那是一张合影，照片上共有四个人，一对年轻夫妇牵着一个七八岁的小女孩儿的手，旁边还站着一位身形微胖、约莫五十岁的圆脸妇女。

宫小羽的奶奶见他在看照片，就跟在后面说：“这个啊，是咱们家十多年前照的一张全家福。”她指指照片上的年轻夫妇和那个小女孩儿，“这个是小羽和她爸爸妈妈，旁边这个是我。你看，那时候我还挺胖的呢，头上好像也没有什么白头发。”

陈觅看看照片，又抬起头看看她。照片上的小女孩儿，与现在的宫小羽已经完全不同，只有这位老奶奶，如果仔细对比一下，却还能从眉眼间看出几分相似，只是跟十多年前相比，奶奶明显瘦了许多，脸上布满皱纹，像一个熟透的苦瓜。

“奶奶，”陈觅说话的声音有点轻微发抖，“您家以前，是不是住在南风岗南风村？”

老人一愣：“是呀，你怎么知道的？小羽的外婆住在南风村，当时我们也跟着住在那里，小羽的爸爸出事后，她妈妈改嫁了，我们才从那里搬回老家这边住。”

陈觅突然兴奋起来，拉着老人的手说：“奶奶，您不认得我了吗？”

“我认得啊，你是小羽的同学，我听宁老师叫过你的名字，好像姓陈，叫陈什么来着……”

老人敲敲自己的额头，一时想不起他的名字。

“我不是说这个，”陈觅摇晃着她的手说，“我是小觅啊。”

“小觅？”老人家一头雾水，“什么小觅？”

“看，您就是不记得我了。”陈觅说，“大约十年前，照片上的这个小女孩儿，也就是小羽，在放牛的路上救了一个落水少年，她把这个小男孩儿放在牛背上驮回家。您看到这小男孩儿身体虚弱，就到田里抓了许多田螺回来，给他炒了一盘唆螺……小男孩儿走的时候，告诉您他叫小觅！”

“小觅？”老人一拍脑袋，“哦，我想起来了，是有这么回事。难道你就是……”

“对呀，我就是那个小觅。”陈觅笑着说，“我至今还记得您给我做的那盘唆螺，那可是我吃过的最好吃的东西。”

“原来你就是……”老人看着他笑起来，“就是那个小觅呀。那时候，我们家小羽还经常念叨你呢。她为了救你，可费了不少力气。你被救上来的时候，都已经没气了，好在她爸爸在城里读书的时候学过游泳和急救，后来又教给了小羽。她说她把你救上岸后，先是给你控水，然后又做了人工呼吸，好不容易才把你救活……”

“她还给我做过人工呼吸？”

“是呀，不做人工呼吸怎么能把你救活呢？”

陈觅脑中一阵恍惚，又想起那个遥远的梦境，一个温软的小嘴唇轻轻覆盖在自己的嘴巴上……原来那女孩儿不是在亲吻自己，而是在给他做人工呼吸。而那个救他一命的小姑娘，十年之后居然与他同读一所大学，成了他的小师妹。这世界，真的是太小了！

他红着脸说：“第二年暑假，我到那个村子里去找过你们，可惜你们已经搬家了。”

“我就知道你肯定会回来找咱们的。”老人脸上带着欣慰的笑意，“小羽后来还埋怨说这个人真不懂事，过后也不知道到咱们家来看望一下。我跟她说，说不定人家来找过咱们，只是咱们在那之后没多久就搬家了，所以人家想找也找不到。”

陈觅也笑了，说：“我也没有想到，当时没有找到你们，却在十来年后还能在这里见到奶奶……”

老人亲热地抚摩着他的手背，眯着眼睛仔细打量着他，十年前的回忆被勾起之后，似乎还真能从他脸上依稀找到当年那个落水少年的模样。想着那时候，儿子还活在世上，儿媳也还在这个家里，一家人平安地过着生活，但是现在，儿子不在了，家已经散了，作为自己唯一依靠的孙女又不明不白地患上了精神分裂症……想到这里，不觉悲从中来，眼圈一红，又流下眼泪来。

陈觅知道老人心里的痛楚，紧握着她的手，一时之间竟不知道该怎么安慰她。老人抽噎着，混浊的泪水滴落在他手背上。他的手像是被火烫了一样，心也缩得紧紧的。他暗暗下定决心，无论如何也要查清楚宫小羽的事，还这祖孙二人一个公道！

跟老人道别，从屋里走出来的时候，突然传来的一阵噼里啪啦的炮仗声，把陈觅吓了一跳。

他转头望去，原来是隔壁家有人过世，正在堂屋门口竖起白幡，摆起法坛，准备作法事。几个道士敲着响器，口诵经文，一个披着白色孝布的女人跪在那里一抽一抽地哭着……

天色渐渐阴沉下来，一大块铅灰色的云低低地压在头顶，再加上耳边这低回的哀乐，呜呜咽咽的哭声，让陈觅心里愈发觉得压抑。他掏出手机看看时间，已经不早了，跨上自行车，匆忙赶往学校。

回到市区，已经是晚上，学校食堂早已关门，同学们已经开始上晚自习。学校早晚自习制度一向宽松，去不去自习室上自习课都关系不大，只要你考试能过关就行。他也懒得去自习室了，就在学校门口锁上自行车，走进了街边的三味食屋。

小店里已经坐了好几桌客人，大多数都是文理学院的学生。佟欢欢和另外三个服务员正忙得不可开交。

陈觅在角落里找了张桌子坐下，叫了一个炒饭，就狼吞虎咽地吃起来。吃完饭，再喝杯茶，就已经是晚上 8 点多。店里的顾客渐渐走了，四周又安静下来。

佟欢欢送走最后一拨客人后，一边捏着自己的胳膊，一边朝他走过来："怎么跑到这里吃快餐，没在学校吃饭吗？"

陈觅说："我下午去了一趟宫小羽家，她家住在麻豆坪六安村，回来得有点晚，学校食堂已经关门了。"

"怎么样，查到什么了吗？"佟欢欢把手撑在桌子上问。

陈觅默默地摇头，不过想一下，又说："也不能说完全没有收获。"

"什么意思？"

"我也没有想到这次去宫小羽家，居然会有意外收获。"陈觅看着她说，"还记得我跟你说过的，那个在大水沟里救过我一命的小女孩儿吗？她居然就是宫小羽，那个炒唆螺给我吃的，就是她奶奶。"他按捺不住心中的兴奋之情，把到宫小羽家调查的经过，全都跟她说了。

"哈，"佟欢欢不由得张大嘴巴，也觉得惊奇不已，"想不到居然还有这么巧的事！”

陈觅也感慨地说：“是啊，就是这么巧，有那么一瞬间，我真的感觉到这世界好小好小。没想到当年救我的那个小姑娘，现在竟然成了我大学学妹。这样一来，我就更加有责任要把她的事情调查清楚，争取让她早日从精神病院出来，让她和她奶奶重新过上平静的生活。”

佟欢欢皱皱眉头说：“既然她的精神分裂症并非遗传，那情况就比较复杂了。你想要调查清楚，可不是一件容易的事。”

陈觅扭头看着窗户外面一辆辆亮着车灯疾驰而过的小汽车，语气坚定地说：“就算再难，我也必须去做。而且目前，我已经稍稍有了一点眉目，但仍然还需要深入调查。我去宫小羽家，也只是为了排除遗传致病这个因素而已。”

“你有什么眉目？”佟欢欢顿时来了兴趣，“快给我说说。”

陈觅看她一眼，摇头说：“我只是心中有所怀疑，但还要去想办法证实，在没有调查出真相之前，我是不会说的。”

佟欢欢肉嘟嘟的嘴巴噘得高高的，每当她假装生气的时候，都会使用这个招牌动作：“哼，真小气，居然对我都不肯说！”

陈觅笑笑，不再接她的话茬儿。

吃完晚饭回到学校宿舍，三个室友正挤在史学文的床上打升级，牛军输得最惨，脑门上已经贴满纸条。

看见陈觅回来，三个人都愣了一下，史学文手里的一张牌举得高高的，竟然忘记放下来。

牛军扯掉脸上的纸条说：“小觅觅，从下午到晚上都没见到你，你跑到哪里去了？”

陈觅一怔：“平时可没见你这么关心我啊？”

“我去，现在是非常时期，你情绪又这么低落，哥几个不是怕你一时想不开，到外面去寻短见吗？”

牛军口没遮拦地来了一句。

“王八蛋，你就不能想我点好？”陈觅踢了他一脚，说，“我去了一趟宫小羽家。”

“你去她家干什么？”问话的是睡在陈觅上铺的唐大森。他是四个人中年纪最大的，所以顺理成章成了宿舍里的老大。

“宫小羽得了精神分裂症，我怀疑可能是遗传，所以就去她家找她奶奶问了一下，结果她父母都没有得过这个病。”

“你这是在调查宫小羽的案子吗？就像神探福尔摩斯一样。”史学文看着他问。

“谈不上查案，只是想把事情搞清楚，毕竟我已经牵扯进去了，如果没有个说法，那我身上这黑锅可就真的甩不掉了。”

陈觅从床底下拿出脸盆，把毛巾搭在肩上，走进了冲凉房。等他洗完澡出来，牛军他们三个已经结束牌局，准备出去吃夜宵。问陈觅去不去？陈觅摇头说：“不去了，我刚从三味食屋吃完晚饭回来。”

牛军听他提到“三味食屋”，忽然露出一脸的坏笑，凑近来说：“小觅觅，我总觉得三味食屋那个小妞对你有点意思啊！”

“哪个小妞？”

“还有哪个，就是那个佟欢欢啊，每次我们去了，她都黑口黑面，好像咱们不是去消费，而是去找她借钱一样，可是每次你一去，那小妞就笑得跟花痴似的，热情得不得了。我说你们该不会早就有一腿了吧？”

“没有的事，她是我高中同学，对我自然要热情一些。”

“真的没有？”

“真没有。”

牛军把手搭到他肩上，一脸贱笑地说：“那正好，哥们我刚跟女朋友吹了，现在正是空窗期，要不你给牵个线搭个桥，把你这位高中同学介绍给我做女朋友呗。事成之后，我请你吃大餐，怎么样？”

陈觅淡淡地瞧他一眼，说：“你的意思我可以代为转达，不过我觉得你不是她的菜。”

牛军问：“为啥？”

“因为佟欢欢跟我说过，她跟嘴巴长的人接吻，会有心理障碍。”

牛军摸一下自己的嘴巴：“我嘴巴不长啊。”

陈觅说：“你嘴巴不长，怎么跟猪八戒似的想吃嫦娥肉？”

牛军脑子转了一圈，才明白他这是绕着弯儿骂自己是猪八戒，作势要打他，史学文和唐大森早已笑得不行。

三个室友离开之后，寝室里一下就安静下来。陈觅躺在床上，宫小羽的奶奶那悲伤绝望无助的眼神，立即在他脑海里跳了出来。宫小羽的事，一定要查个水落石出，他下定决心对自己说。但是，到底要怎么查呢？既然不是遗传，那就只剩下医生说的那种可能，因为某件事让她受到强烈刺激，导致她患上了精神分裂症。

从现在掌握的情况来看，6 月 13 日，也即上周一早上，从宫小羽离开文学院四楼自习室，到她突然跑上学生活动中心五楼天台，这中间她只去过班主任宁则高教授的办公室，而且他也目睹了她情绪失控从宁教授办公室冲出来的全部经过。所以说，如果真有什么让她受到强烈刺激的事，一定就是那段时间，在宁则高办公室发生的。

他闭上眼睛，把那天早上发生的事，在脑海里重新过了一遍。他从文学院四楼走下来，来到宁教授办公室门口，屋里有吵闹的声音，宫小羽在快速地说话，她说了什么呢？好像当时并没能听得太清楚。等等，再好好想想。他努力回想着当时的场景，“你想干什么，你别碰我，你别过来”，对，当时他听到宫小羽在宁教授办公室里说的，就是这句话。后来在学生活动中心五楼天台和医院里，当他靠近宫小羽时，她又重复说过这句话，这时候她实际上已经受惊过度神志不清，应该是恍惚中把他当成了某个人，所以才会下意识地对他说出这句话。

“你想干什么，你别碰我，你别过来”，从这句话的语境，以及事后发现的宁则高教授脖子上的那道蹊跷的抓痕来看，当时在他办公室里发生过什么事，已经呼之欲现了。

第二天早自习，陈觅到自习室冒了个泡，然后悄悄溜出来，跑到文学院，先是上到四楼，在自习室找到了上周一自习时跟宫小羽坐在一起的那位女生，当时蔡同学就是从她这里了解到宫小羽被宁老师叫走这一情况的。

那个女生看见他，略觉有点意外。陈觅在她身边坐下，放低声音说：“打扰了，我想向你打听点事。上周一早自习的时候，宫小羽跟你坐在一起，对吧？”

见那女生点头，他又接着问：“后来她是怎么被宁老师叫走的呢？”

女生想了一下，说：“当时我们都在这里自习，后来宁老师背着双手走进来，在自习室里转了一圈，然后停在宫小羽身边，敲了一下她的桌子说，你到我办公室来一下。当时宫小羽愣了一下神，好像没有听清。宁老师重复一遍，她才点点头，起身跟在他后面走出自习室。大概三四十分钟以后，突然有人说宫小羽在学生活动中心那边跳楼了。当时我还不信呢，跑出去一看，她已经被救护车拉走了。”

“你知道宁老师叫她去办公室有什么事吗？”

女生摇头说：“不知道，当时宁老师没有说。”

“当天早上，在宁老师来之前，宫小羽有没有什么异常之处？”

“好像没有什么异常之处吧，只是感觉她好像有点走神，手里拿着书本，但看得出心思并没有放在书本上，不过她经常是这样的，说是脑子里在构思小说，咱们中文系的大才女嘛，可以理解。”

陈觅离开自习室，下到一楼，看看时间，跟上周一他到文学院找宫小羽的时间差不多。他沿着一楼走廊走过去，沿途碰到一些学生，问他们上周一早自习时，有没有经过这条走廊，大多数人都摇头，也有几个学生说经过这里上楼去自习室。再问，经过宁教授办公室的时候，是否听到屋里传来异常响动，学生们都摇头说，没有注意。他又问了一些人，并没有什么收获。

陈觅并不气馁，接连几天都到文学院去走访调查，虽然没有结果，但却找到一个目击证人，看到了宫小羽进入宁教授房间时的情形。那个男生说，那天早自习他迟到了，经过楼下时，正好看见宁教授带着宫小羽进入自己的办公室，进去之后，宁教授还特意把头伸出来，看看办公室门口有没有其他人，然后才把门关上。

陈觅知道，一般情况下男老师将女学生叫到自己办公室时，为了避嫌，都会将办公室的门打开，或者将门虚掩着，宁则高把宫小羽叫进自己办公室后，就立即将门关紧，这本就有违常理。再加上这个男生说的，关门前还特别留意了一下办公室外面有没有其他人，这就更令人生疑了。但是，至于宁教授将宫小羽叫进办公室，关上门后都做了些什么，就无人知晓了。

调查了几天，陈觅发现自己越来越没有头绪了。他很想直接去问宁教授，可是如果没有实证，他绝不会说实话，肯定又会拿出对警方说的“宫小羽参赛落选大受刺激”之类的说辞来敷衍他。

第五章 目击证人

星期五早上，因为接连数天的调查都没有收获，陈觅正犹豫着要不要接着在文学院再调查下去，忽然手机响了。看了一下，是一个陌生的座机号码。这时陈觅正在图书馆里看书，看到管理员正在向他翻白眼，急忙拿着手机跑到外面走廊，才按下接听键。

“是陈觅吗？”对方是一个女生。陈觅脑子飞快转动，很快断定，对方并不是自己熟识的人。

“我是，”他问，“有事吗？”

女生说：“听说你在调查宫小羽的案子？”

陈觅微觉一怔，说：“是的。”

“其实你早已知道这事跟宁则高有关，只是现在还没有掌握相关证据，对吧？”

女生一针见血地道出了他眼下的困境。

陈觅顿时警惕起来，问：“你是谁？你是怎么知道的？”

女生冷笑着说：“我当然知道，因为我目睹了整个事发经过。”

“什么？”

“那天早上，宁则高在办公室对宫小羽做了什么，我都看见了。”

陈觅的心脏好像停跳了一下：“你、你真的看见了？”

女生说：“是的，我把当时的所见所闻都写了下来，装在信封里，用一个红色塑料袋包着，放在了田径场南边第一个垃圾桶里。如果你想看，最好抓紧时间过去拿，要是迟了，就被保洁员收走了。”

“好，我这就去。”陈觅一边朝楼下跑，一边在电话里说，“你是谁？我想跟你面谈，你放心，我会为你保密……”话没说完，电话里传来“嘟嘟嘟”的响声，对方已经挂断电话。陈觅“喂”了两声，拿着手机从图书馆冲出来，穿过羽毛球场，直奔田径场。

田径场是一个充满青春活力的地方，一些人正在环形跑道上快速奔跑，一些人则在中间的绿草地上踢着足球。陈觅四下里看看，不能确定是谁给他打过电话，对方使用的是座机，显然不可能是站在田径场上给他打电话。他很快放弃了将那个打电话的女生找出来的想法，沿着跑道一直跑到田径场南边。那里放着一排垃圾桶，他来到第一个垃圾桶前，里面已经堆满垃圾，散发出一股难闻的酸臭味儿。

他一手捏着鼻子，一手将里面的垃圾翻出来。旁边的同学看见，都向他投来异样的目光。

垃圾翻到一半的时候，他果然发现一个丢弃的饭盒下压着一个红色小塑料袋。他掀开饭盒，拿出塑料袋，打开后发现里面装着一个牛皮纸信封。信封口用两枚订书针钉上了。他顾不上洗手，用翻过垃圾的脏手直接撕开信封，里面有一封信，居然还是手写的，字迹娟秀，一看就知道是出自女生之手。信是这样写的：

陈觅，你好！

我是宫小羽的同学，虽然平时与她交往并不多，但她遭此厄运，同为女生，我也感觉到十分悲愤。听说你在调查她的案子，我觉得自己应该鼓起勇气，将我看到的一切告诉你。

6 月 13 日，也就是上个星期一，早自习的时候，我在四楼自习室做卷子，当时我坐在最里面靠窗的位置，可能是头顶上吊扇风力太大，一不小心，我的卷子从窗户里吹了出去，掉到了教学楼后面的花坛里。我跑下去捡时，才发现卷子掉落的地点，正在咱们班主任宁则高教授办公室窗户后面。

我小心地踏进花坛，捡起自己的卷子，抬头不经意地透过窗户玻璃，往宁老师的办公室望了一眼，不想却看到了惊人的一幕。宁教授办公室后面的窗帘当时是拉上的，但旁边还留着一条小缝隙没有拉满，就是从那条缝隙里，我看见宁教授正抱着宫小羽，将她压倒在沙发上。宫小羽一边大叫放开我放开我，一面拼命挣扎，还打了宁老师一记耳光。宁老师愣了一下，宫小羽趁机推开他，想要开门离去，却又被宁老师从后面拉住。

宁老师居然向她表白说，小羽，我很喜欢你，你就从了我吧！自从你入校以来，我就对你格外关心和照顾，难道你感觉不到我的心意吗？我跟我老婆离婚好多年了，现在单身一人，只要你喜欢，我们马上就可以结婚。你不是想当作家吗？只要你跟我在一起，我保证动用所有关系，把你打造成当红才女作家。

他一边说，一边朝宫小羽动手动脚。宫小羽一边退开，一边叫道你想干什么，别碰我，你再这样我就要报警了……当宁教授再次冲上去，想强行将她抱住时，宫小羽突然抬起脚，踢中了他裆部，趁他弯下腰去的时候，她打开门冲了出去……

直到后来宫小羽从五楼天台跳下，并且精神失常被送进精神病院，我才知道这件发生在宁教授办公室的性侵案，对她的身心造成了多大的伤害。这样一个如花似玉的女孩儿，竟然活生生地被宁则高这个衣冠禽兽给逼疯了！

当警察到学校调查时，我怕惹火上身，担心如果得罪了宁教授他可能会让我毕不了业，所以不敢吭声。事后我心里感到很后悔，我觉得自己成了宁则高性侵女学生的帮凶。直到看到你站出来调查宫小羽的案子，我才觉得自己有义务，也有责任将自己看到的事实说出来。至于能不能让宁则高这个衣冠禽兽受到法律制裁，就看你的能力了。

陈觅看完信，并没有感觉到有多少意外。其实在他心里，早已猜到当天在宁则高办公室发生了什么事，这封信和这个神秘目击证人的出现，只不过更加印证了他的揣测而已。

他一边在田径场上走着，一边低头又把这封信重新看了一遍，确认自己没有遗漏信上的任何内容之后，才连同信封一起，揣进口袋。

他来到文学院，围着那幢教学大楼转了一圈。大楼前面不远，就是学生活动中心，后面是学校两米多高的围墙。围墙与楼房之间，有一米多宽的空间，被砌成了花坛，种着一些花草。教学楼后面并没有路，所以平时几乎没有人从这里经过。

陈觅踏着花坛里花草的间隙，走进这条狭长的通道，大楼那头，一楼的第一个房间，就是宁则高的办公室。他从花坛里艰难地走过去，来到宁则高办公室后面，可能是觉得房子后面不可能有人经过，所以屋里的窗帘并没有完全拉上，还留着一道很宽的缝隙。陈觅凑近去往屋里瞧了瞧，办公室里没有开灯，光线很暗，并没有人。

离开花坛后，他又将那封信里的内容回忆了一遍，教学楼后面的花坛，留着一道缝隙的窗帘，屋子里靠墙摆着的沙发……这许多细节，都跟那个神秘女生在信中所写的相符。他有理由相信，那封信的内容，绝不会是空穴来风。

那么现在的问题是，接下来他要怎么办？

回寝室的路上，他想了很久，最后摸着口袋里的那封信，觉得自己已经掌握如此直接和重要的线索，那么现在，已经是时候正面去找宁则高问个清楚明白了。

中午的时候，他再次来到宁则高办公室，敲敲门，并没有人应门。他不想再等了，找中文系的那位蔡同学问到了宁则高的手机号码，然后打了个电话过去。

他自报家门说：“宁教授，我是陈觅，有事想找您。”

宁则高略觉意外，迟疑着说：“那个……我下午有课，现在比较忙，要不等下午下课后再……”

陈觅鼓起勇气果断地说：“不行，必须就是现在。”

“是吗？”宁则高想一下，“那好吧，我在图书馆现当代文学区，你过来找我吧。”

陈觅来到图书馆，在现当代文学区，果然看见宁则高正站在一排书架后面在找什么书。

虽然早有准备，但当陈觅真的面对这位宁教授时，心中还是有些紧张，叫了一声“宁教授”，一时之间竟不知道从哪里说起。

宁则高看他一眼，一边在书架上翻书，一边问：“听说你去医院看过宫小羽了？”

“你怎么知道的？”陈觅顿时警惕起来，难道他也在调查我？

宁则高头也不抬地说：“昨天我去看过她，是她的护士李钰告诉我的。”

陈觅问：“宫小羽她……怎么样了？”

宁则高叹口气，摇头说：“还是老样子，并没有明显好转，很快就要放暑假了，估计她这个学期是很难返校上课了。”

陈觅迟疑了一下，抬头看着他：“宁老师，您能告诉我，那天早上宫小羽在您办公室，到底发生了什么事吗？”

宁则高的眼睛从正在翻阅的一本书上抬起来看着他：“我不是已经跟你说过了吗，她是因为参加一个重要的征文比赛没有获奖，一时难以接受，所以才……”

到了现在还是这副说辞，陈觅顿时心中火起，两眼直瞪着他，说：“我希望您能说真话。”

“难道你以为我说的不是真话？”宁则高用他那一贯冷傲的语气反问。

看着他脸上那冷漠的表情，陈觅真恨不得冲上去掐住他的脖子，但他深吸一口气，还是忍住了。他从口袋里掏出那个神秘女生写的信，递给他说：“我这里有一封信，希望您能认真看看。”为了防止宁则高狗急跳墙将信撕毁，他特意把这封信拿去复印了两份。现在递给宁则高看的，就是一份复印件。

宁则高疑惑地看他一眼，接过信低头看一遍，然后把信还给他，嘴角微翘，现出一丝嘲讽之色：“你不会幼稚到相信这信上写的是真的吧？或者说，这封信干脆就是你自己炮制出来的？”

“不，这封信是你们班一个女生写给我的。她目睹了整个事发经过，她看到你在办公室对宫小羽实施性侵行为，虽然最终未能得逞，却直接导致宫小羽受惊过度，精神错乱，最后爬上学生活动中心五楼，从上面坠落下来。”陈觅忽然想了起来，“难怪你后来一直追问我，宫小羽在坠楼前有没有对我说过什么，你是担心她在坠楼前对我说出了你的丑行，所以才会那么紧张的吧？”

宁则高直直地盯着他，脸色渐渐阴沉下来。他冷声说：“我给你两个选择，要么找出你那个所谓目击证人，当面跟我对质，要么马上给我滚，别在这里浪费我的时间，我还要找些资料为下午的课做准备。”

“我会找到那个目击证人的！”陈觅毫不畏惧地与他对视一眼，掉头就走。

直到走出图书馆，他才发现自己的两只手抖动得厉害，不知道是因为气愤，还是紧张。

我一定要找到那个写信的女生，让宁则高这个衣冠禽兽现出他的本来面目！他双拳紧握，暗暗下定决心。加快脚步，再一次来到了田径场。

正是六月的天气，中午热得厉害，田径场上已经空无一人。他又来到那个垃圾桶边，这里的垃圾每天早晚 9 点，都会有保洁员来清理一遍。今天早上他在垃圾桶里找到那封信时，那个红色塑料袋正夹在一堆早餐饭盒中间。

可以断定，这封信应该是在今天早上被那个神秘女生扔进垃圾桶的。当时在田径场锻炼身体的人很多，不大可能有人会特别留意一个往垃圾桶里扔垃圾的女生。所以现在想要根据这条线索找出这个女生，只怕比较困难。想要把她找出来，必须得进行大面积的走访和排查，绝非他一人之力可以办到，除非……

“对，报警，”他一拍脑门，“现在只有动用警方的技术和力量，才有可能找出这个女孩儿。”

他想起了派出所的那个何所长，记得当时他曾给过自己一张名片。他回到宿舍，在一本书里找到那张已经被他用来当书签的名片，照着上面的电话号码拨过去。

“喂，你好，哪位？”接电话的正是何所长。

陈觅在电话里说：“何所长，我是陈觅，平京文理学院的那个学生。”

“哦，原来是你。”何所长很快就记起他来，“你想问宫小羽的案子吧？她这个事，后来我们又跟进调查过了，没有明显的疑点。我们本来打算等她从医院苏醒过来后再给她做一份详细的笔录，谁知她居然出现了精神方面的问题，被送到精神病院去了，所以咱们暂时也没有办法……”

“不，我不是来问宫小羽案子进展情况的。”陈觅打断他的话说，“我有关于这个案子的重要线索，想提供给你们。”

“线索？”何所长愣了一下，“哪方面的线索？”

“我已经知道是谁把宫小羽逼疯的了。”陈觅站在宿舍外面的走廊里，看到有人走近，就压低声音说，“这事在电话里很难说清楚，我必须跟你面谈。”

“行，”何所长爽快地答应，“十分钟后，咱们在你们学校大门口见。”

陈觅挂了电话，立即从宿舍楼下来，快步走出校门，正好看见有一辆上白下蓝的警车从学院路驶过来，在街边一个停车位上停下。车窗放下来后，陈觅看见何所长坐在车里朝他招手。

他跑过去，何所长打开副驾驶位的车门，示意他坐进去。陈觅上了车，才发现后排座位上还坐着一个年轻警察，正是上次在学生活动中心五楼天台将他按倒在地的两个警察之一。

“说吧，到底有什么线索，害得我们大中午的，火急火燎地赶过来。”何所长点了根烟叼在嘴里。

陈觅把身子向他那边倾了一下，说：“何所长，关于宫小羽情绪失控坠楼，并最终导致她患上精神分裂症的原因，我并不相信宁教授所说的仅仅是因为一次参赛落选。我一直在暗中调查这件事，而今天，终于掌握到了一条重要线索。今天早上，有一个宫小羽班上的女生给我留下了这封信，你看看……”

他把那封信的原件，递给何所长。

何所长疑惑地瞧了他一眼，接过信快速地看一遍，然后沉吟着说：“从这封信上所写的内容来看，上周一早上，宫小羽是因为在班主任办公室遭到了宁则高教授性侵，她受此刺激，才导致其心智失常，对吧？”

“是性侵未遂。”陈觅纠正道。

何所长点点头，目光又落到那封信上：“你觉得这封信上所写的内容是真的吗？”

“我想不出人家有什么理由给我写一封无中生有的假信，”陈觅说，“这对写信人有什么好处呢？”

“那倒也是。”何所长把身子往座椅靠背上重重地靠一下，让自己坐得更舒服些，“你已经拿着这封信去找过宁则高了，对吧？”

“是的，我拿给他看过，但他不承认自己对宫小羽有过侵害行为。他说这封信上所写的，都是无中生有的事。”

“那你觉得呢？”

“我觉得他在说谎。”

何所长叹口气说：“这可不好办了。你相信信里面写的是真的，而宁则高则说你在捏造事实诬陷他。”

“想要搞清楚到底谁对谁错，唯一的办法是……”坐在后排座位上的年轻警察插了一句，“找到那个写信的人，让她跟宁则高当面对质。”

“是的，这正是我来找你们的原因。”陈觅回头看看年轻警察，说。

“那这封信到底是谁写给你的呢？”何所长问道。

陈觅叹口气说：“我要是知道，就不会来找你们了。”他就把这封信的来历，跟他们说了一遍。然后他说：“那个写信的神秘女生到底是谁，靠我一个人的力量估计很难查到，所以只能借助你们警方的技术和力量。”

何所长把手里的烟屁股从车窗里扔了出去，“我们警察又不是神仙，不是什么事都能调查得一清二楚的。你们学校的田径场我去过，面积很大，周围又没有安装监控探头，所以这事对咱们来说，也是束手无策，我看还是……”

陈觅听出了他话语中的敷衍之意，就说：“这事确实挺麻烦的，既然警察帮不上忙，那我只好去找别人另想办法了。”

“你去找谁？”

“我认识晚报法制版的一个记者，相信他一定会对这样的新闻线索感兴趣的。既然你们警方不想管这件事，那我只好把这封信交给他，让他把这事报道出来，公开寻找这名目击证人。”

何所长立即把手里的信揉成一团，说：“这封信得由咱们警方来保管，你现在已经拿不回去了。”

“这信你尽管拿去，我已经复印了两份另外保存着。”陈觅打开车门，就要下车。

“哎，等等，”何所长拉住他，嘿嘿一笑说，“我跟你开玩笑的，这么大的事，咱们派出所怎么能不管呢？我只说这事难办，又没说不办。你把这封信交给我，就是对咱们警方的信任，你放心，我们一定会把这件事查个水落石出的。”

“那行，我等你们三天时间，如果三天之内没有调查结果，那我就只好跟那位记者联系，用我自己的方法来展开调查了。”

何所长有点无奈地点点头，说：“那好吧，我们会认真调查的。”

“那就辛苦你们了，我下午还有课，先走了。”陈觅跳下车，跑回了学校。

下午上完第一节课，他往背包里塞了两本书，正准备坐公交车回家，手机忽然响了，一接听，是派出所何所长。

何所长说：“我已经带人到你们学校开展调查，有些工作还需要你协助一下，你能不能马上到田径场来一趟？”

陈觅说：“没问题。”他想一下，还是决定这个周末不回家了，扔下书包，一边往田径场跑，一边给妈妈打电话，说妈我最近有点忙，周末就不回家了。金慧芬在电话里说：“好吧，你妈也正忙着呢。”

他跑到田径场，已经有几个警察在那里对正在田径场上进行锻炼的人展开问询。何所长跟学校保卫处长徐工一起，正背着手站在一排垃圾桶前。看见他来了，何所长问：“那封信，是扔在哪个垃圾桶的？”陈觅指了一下，说：“这边第一个。”保卫处长徐工瞪了他一眼，有点怪他多事，再次把警察给招来了的意思。陈觅扭过头去，假装没有看见。

何所长叫来一个警察，让他好好把那个垃圾桶检查一下。又问陈觅：“你不是说那个女生早上给你打过电话吗，把她的电话号码给我，看能不能查到些线索。”

陈觅翻了一下手机，找到早上那个已接电话，把号码报给他。何所长直接给电信部门打了个电话，咨询这个座机号的相关情况。对方回应说，这是个公共电话，地点就在平京文理学院东侧门外约三百米远的上朗路。

何所长马上叫人去上朗路口查看，回来的人报告说，上朗路正在搞拆迁，整条街上都是空房子，也看不到几个人，那个公共电话亭就在上朗路路口，周围没有任何监控设备，想要调查一个今天早上在那里打过电话的人，只怕不是一件容易的事。

一直忙到晚上，警方和学校保安一起，把能确定早上到过田径场的人，全都排查了一遍，并没有什么收获。何所长只好挥挥手，带着派出所的人失望而归。

第二天，陈觅起了个大早，再次来到田径场。他觉得很多人的运动习惯都是相对固定的，昨天早上在田径场跑步的人，在今天相同时间段继续来这里锻炼的可能性很大。他相信只要他仔细询问和调查，总能找到看到过那个往垃圾桶里丢下红色塑料袋女生的目击者。

田径场上的场景，跟他昨天早上看到的一样，跑道上正有一些人耳朵里塞着耳机，一边听音乐一边跑步，环形跑道中间的足球场上，学校足球队的队员正在紧张的训练，一个小个子的替补球员手持 DV 机，正在拍摄队员们的训练场景。小个子球员站在球场那边，镜头对着的，正是陈觅所站的方向。陈觅朝身后的垃圾桶看一眼，心中一动，快步穿过塑胶跑道，走进了足球场。

他扬扬手，跟那个手持 DV 机的小个子球员打了声招呼，然后问他："同学，咱们校队训练，为什么要录视频啊？"

那个球员说："咱们校队暑假前，跟平京职院的球队有一场比赛，现在的训练很重要，教练老师让咱们把每天的训练内容都录下来，然后拿回去观看和分析，找出不足，好在下次训练中有针对性地练习和提高。"

"每天都要录吗？"

"差不多吧，已经连续录了一个星期了。"

"昨天也录了吗？"

"当然。"

陈觅凑近他说："师兄，昨天录的视频，可以让我看一下吗？"

"你？"那名球员扭头看了他一眼，"这个有什么好看的？"

陈觅搓着手说："我嘛……平时也爱踢足球，可是水平太臭，不能像师兄这样进入校队为校增光，听说昨天大家踢得不错，所以想看看视频学习一下……"

小个子球员戴着他送的这顶"高帽"，顿觉精神一振，挺一挺腰杆说："那你快点，我这儿还要接着录呢。"他在 DV 机里调出昨天早上录下的视频，然后打开让他看。

陈觅接过DV机，按下快进键，仔细看着。视频是从昨天早上6点30分开始拍摄，拍摄者站立的方位，应该也是现在这个位置，DV机的镜头由北往南对准球场，球场南边的那一排垃圾桶，也正好被录进了视频里。

从快进的视频中可以看到，陆续有一些人走到垃圾桶边丢垃圾，但看上去都没有什么可疑之处。直到7点左右，有一个女生从侧门进入田径场，与别人不同的是，她穿着连衣裙，而且进来之后，并没有立即做准备活动，也没有开始跑步，而是东张西望一番，确认没有人注意到她之后，才慢慢地走到垃圾桶边，又小心谨慎地回头张望一下，同时从背包里拿出一个什么东西，快速地扔进第一个垃圾桶，然后掉头离开了田径场。

陈觅将她扔垃圾的镜头定格放大后仔细辨认，可以确定的是，那连衣裙女生扔进垃圾桶的，正是一个红色的袋子。可惜的是，因为拍摄地点距离垃圾桶那边太远，他只能看到那个女生模糊的轮廓，根本看不清她的相貌。

陈觅扭头看看，那个小个子球员正全神贯注地看着队友在绿茵场上训练，他转过身去，趁那球员没有注意，立即将DV机里的SD卡拔出来，插进自己手机里，快速地将那个视频文件复制下来，然后将SD卡插回DV机，还给对方，道谢之后，转头离去。

离开田径场后，他立即给派出所何所长打电话，问："何所长，你在哪里？"

何所长说："我在咱们派出所值班呢。"

陈觅有些兴奋地说："关于那个写信女孩儿的身份，我找到了一些线索，想提供给你们。"

何所长问："是什么线索？"

陈觅说："是一段视频，正好拍到了她把那封信装在红色塑料袋里扔进垃圾桶的全部经过。"

何所长说："那你过来吧，我在派出所等你。"

陈觅走出学校，在路边叫了一辆出租车，直奔辖区派出所。

派出所是一幢新修的四层大楼，门口停着几辆警车，大门边有一个警务公示栏，陈觅瞧了一眼，何所长的照片也贴在上面。他看了照片下面的“姓名”和“职务”两行文字，才知道何所长全名叫何建国。他不由得笑了一下，这个名字倒是跟他本人挺般配的。

他在一楼大厅找个民警问了一下，民警告诉他说，何所长在二楼所长办公室。他爬上二楼，找到所长办公室，何建国正坐在沙发上抽烟，屋子里已经是烟雾缭绕。

“你小子，尽给我找事，”何建国让他在沙发上坐下，给他倒了杯茶，“说吧，你又有什么新发现？”

陈觅不好意思地笑笑，先是把自己在田径场调查到的线索跟他说了，然后拿出自己的手机，将那段视频播放给他看。当放到那个穿连衣裙的女孩儿拿出一个红色塑料袋扔进垃圾桶时，陈觅将视频暂停，指着女孩儿手里的东西说：“我敢肯定，我在垃圾桶里找到的装着那封信的红色塑料袋，就是这个。”

何建国点点头，看了一下视频上显示的时间，说：“这个女生把信放进垃圾桶的时间，是昨天早上 7 点零 5 分，而你昨天早上接到她的电话，我记得是早上 7 点 37 分，这中间大约有半个小时的时间，已经足够她从学校里出来，去公共电话亭给你打电话了。”

陈觅点头说：“是的。”

何建国看看视频截图说：“只是这视频拍得太模糊了，根本看不清这女孩儿的相貌啊。”

陈觅说：“这正是我来找你的原因，你们的电脑技术员应该可以把这张截图搞清晰一点吧。”

何建国说：“我去找个技术员试试看。”

他带着陈觅上到三楼，来到一个大办公室，里面有四五个民警正在忙碌着。

何建国把陈觅的手机递给一个正在电脑前打字的女民警，让她把那个视频拷贝进电脑，在播放的过程中找到连衣裙女孩儿扔完红色塑料袋后转身面向镜头的画面，截取其面部截图。

那名女技术员还真有两下子，不知道用了什么软件，在电脑里将图片刷新几下，截图的清晰度就有了明显提高，已能基本看清图片上那个女孩儿的相貌了。

陈觅凑到电脑前认真看一眼，不由得怔住："原来是她？"

何建国问："你认识她？"

陈觅摇头说："不认识，但是我在文学院教学楼里见过她。我在教学楼一楼走廊调查时，曾遇见过她，还问过她宫小羽出事的那天早上，她从宁则高办公室门口经过时，有没有听到屋里传来什么特别的声音，她摇头说自己当时并没有注意，但是离开的时候，她奇怪地回头看了我好几眼。"

"这么说，她是文学院的学生？"

"应该错不了。"

何建国在他背上拍了一下："这就好办了，咱们把照片打印出来，马上去你们学校！"

第六章　校园裸贷

派出所所长何建国带着陈觅，还有那个年轻警察，一起驱车赶到平京文理学院。

年轻警察拿着那张打印的照片，在文学院找人问一下，很快就打听出来了，照片上的女生名叫秦雨馨，是中文系二年级学生。

何建国又让人找来秦雨馨的一个作业本，不用请专业的笔迹鉴定专家做鉴定，就凭普通人的眼睛都可以看出来，作业本上的字迹，跟写给陈觅的那封信上的字迹如出一辙，可以肯定是出自同一人之手。

“嗯，就是她了。”何建国合上作业本，“走，咱们去见见这个秦雨馨。”

警方找到这个名叫秦雨馨的女生时，她正在女生宿舍后面的晾衣场晾晒刚刚洗过的衣服。

看见陈觅和两个警察一起朝她走过来，她顿时脸上一片苍白，手里正在晾晒的衣服也“叭”的一声掉在地上。

“你叫秦雨馨是吧？”何建国朝她亮了一下证件后问。女孩有点不知所措地点点头。

何建国指指掉在地上的衣服说：“你先把衣服晾完再说。”

等她晾完自己的衣服，何建国才把她叫到一边，问她：“知道咱们为什么找你吧？”

秦雨馨抬头看看他，又看看陈觅，脸上闪过一丝慌乱的表情，很快又低下头去，小声说：“我、我知道，是为了那封信的事。”

“你知道就好。”何建国脸上的表情渐渐变得严肃起来，掏出那封信递给她看一下，“这封信是你写的吧？”

秦雨馨看了一眼，点头说：“是、是我写的。”

“你在这信上写的，都是真的吗？”何建国盯着她问。陈觅也向她望过去，脸上带着想知道最终答案的急切表情。

“是、是真的，那都是我目睹的事。”秦雨馨点头说，“那天我在教学楼后面捡试卷时，碰巧从宁教授办公室后面窗户里看见他把宫小羽按倒在沙发上，如果不是宫小羽拼死挣扎，他很可能就得手了……没过多久，就听说宫小羽从五楼跳下来，疯了。当时我不敢将自己看到的事情告诉任何人，因为宁教授是文学院副院长，我害怕他报复我，让我毕不了业。直到后来，我看见他……”她朝陈觅望了一眼，“看见他在为宫小羽的事苦苦寻求真相，我才觉得自己不应该再隐瞒下去，可是我又害怕说出真相会给自己带来麻烦，最后想来想去，还是决定把我看到的一切写在信里，然后用一种隐蔽的方法交给他。为了不暴露自己的真实身份，我还在信里说自己是宫小羽的同班同学……我以为经过这一番掩饰，就不会有人能找到我，却没有想到你们这么快就……”

“你真的看见宁则高在办公室对宫小羽有过侵害行为？”陈觅盯着她追问了一句。

“是的，我看见了，我亲眼看见宁则高把宫小羽按倒在沙发上，还动手扯她的裙子，我想宫小羽当时一定吓坏了……”

陈觅扭头对何建国说：“何所长，我建议你们立即拘捕宁则高。”

“不急不急，心急吃不了热豆腐，办案这种事，得按程序一步一步来。”何建国眯着眼睛，好像没有睡醒一样，用两只手掌使劲搓着自己的脸，老狐狸一样的目光却从指缝中露出来，直盯着秦雨馨，“秦同学，请你把当天的事发经过，再跟我们详细说一遍，好吗？”

“再说一遍吗？”秦雨馨有点犹豫，“详细情况我都已经写在那封信上了。”

何建国说：“那封信我已经看过，但还有些不明白的地方，想听你亲口说一遍。”

秦雨馨无奈地点点头，深吸口气，又将事发经过说了一遍，跟她在信中所写的并没有多大出入。

陈觅实在受不了何建国这温暾水一般的办案风格，怒声道：“你们警察还等什么，要不干脆将宁则高叫过来当面对质。”

何建国瞪他一眼，说：“不急，如何办案，我心里有数，用不着你来教我。”又问秦雨馨，“6 月 13 日，也就是事发当日早上，你在哪里上早自习？”

秦雨馨说：“在文学院三楼自习室。”

何建国点点头，对身边那个年轻警察说：“小赵，对于她说的这个情况，你赶快去核实一下。”

姓赵的年轻警察心领神会地点点头，跑步离开。

何建国一脸淡定，掏出一支烟，坐在花坛边不紧不慢地抽起来。“别傻站着啊，来，坐！”他用手拍拍旁边水泥花阶上的灰尘，示意陈觅和秦雨馨坐下来。

陈觅看了他一眼，只得按捺住自己急切的心情，坐了下来。但秦雨馨却垂着头站在那里，十个手指绞在一起，紧抿双唇不再说话。

大约十几分钟后，那个姓赵的年轻警察跑了回来，手里拿着个笔记本，一边看上面的调查记录，一边说：“何所，我找到他们班的一些同学问过了，事发那天早上，秦雨馨确实在三楼自习室自习，有两个女生就坐在她旁边。据这两个女生回忆，当时秦雨馨座位是在教室中间，并非秦雨馨所说的靠窗位置。而且自从 7 点早自习开始之后，并没有看到秦雨馨离开教室，直到 7 点 50 分左右，听到外面说有人在学生活动中心跳楼了，她们才一起跑出去……”

最后，他合上笔记本说：“从我调查的情况来看，秦雨馨在早自习时间内，并没有发生试卷被风吹下楼，及她跑下楼捡试卷的事。”

何建国一边点着头，一边说：“据我们调查，宫小羽被宁则高叫进办公室，大约是在当日早上 7 点 15 分，大约 20 分钟后，也就是 7 点 35 分左右，陈觅看见她从宁则高办公室惊慌失措地跑出来。而你，”他严厉的目光突然转向秦雨馨，“从早上 7 点至 7 点 50 分，一直在三楼自习室没有离开过，所以我想问你，你是如何知道宫小羽在一楼办公室遭遇了宁教授侵害的？”

“我、我……”在他的逼问下，秦雨馨显得有些慌乱，低头后退一步，嗫嚅着说不出话来。忽然，她转过身去，跑开几步。小赵以为她要逃走，正要去追，却被何建国拦住。秦雨馨没跑多远，忽然蹲在地上，把脸埋在膝盖上，轻声抽泣起来。

“我在信上所写的内容，确实并非我亲眼所见，”她蓦地抬起一双泪眼，咬牙切齿地说，“但是宁则高他、他确实是个衣冠禽兽，这一点，我并没有冤枉他！”

何建国踱步走到她跟前，皱眉道：“此话怎讲？”

“因为他……”秦雨馨站起来看看他们，犹豫片刻，最后握紧拳头，像是鼓起了莫大勇气似的，说，“因为他曾经对我做出过……”

“做出过什么？”何建国追问一句。

“做出过禽兽不如的事！”秦雨馨咬咬牙，像是终于下定决心似的，抹一抹眼泪，“他就是一个畜生！”

秦雨馨说，去年下半年的时候，她家里遭遇变故，她上大学的学费和生活费一下就成了问题，最后找一个远房亲戚借了一万多块钱，总算到学校缴清了大学二年级的学费。但是让她没有想到的是，还不到两个月，亲戚就催他们家还债，他们家无力偿还，亲戚就带人上门逼债。爸爸妈妈受不了亲戚的逼迫，天天打电话到学校找她哭诉。

正在她无计可施的时候，忽然听到同学说，现在有一种专门针对在校大学生的高息贷款，叫作校园贷，无须担保和抵押，仅凭一张身份证，就能借到几千至几万元不等的钱。学校里有很多人都用这种方法借过钱。后来她在同学那里要到了一个网名叫作钱三多的校园贷公司负责人的微信号。加了微信后，对方十分热情，主动问她要借多少钱？她说要借一万五千元。

钱三多说这个数目有点大，按他们公司规定，借款人须提供一张照片给公司存档。秦雨馨问什么照片？

钱三多说："你去浴室里脱光衣服，将自己的身份证放在胸前，拍下一张全身裸体照片传给我，用来作为你还款的保证。如果你在规定期限内足额还款，我们会将你的照片删除，绝不外传。如果你欠债不还，或者想逃债，我们就会把这张照片在网上公布出来，并根据你身份证上的地址，到你老家去追债。"

秦雨馨这才知道，这其实是一家传说中的"裸贷"公司。见她有点犹豫，对方又说："你放心，我们是有信誉的大公司，只要你把钱还清，我们绝不会为难你。"秦雨馨考虑一下，最后还是咬牙同意了对方的要求，将带有自己身份证的裸体照片传送给对方后，对方果然没有食言，很快就将一万五千块钱从手机里转给了她。她把钱全部拿回家，还给了那个天天上门讨债的远房亲戚。

后来她出去做家教挣了些钱，家里粮食丰收，谷子也卖了些钱，凑到一起，正好一万块，先还给了钱三多。剩下的五千块本金，加上利息，大约总共还有一万元债务。大学二年级第一学期放寒假的时候，她留在学校没有回家，趁着假期她在外面一边做家教，一边发挥自己文科生的特长，接了几单给广告公司写宣传文案的活儿，今年春节过后，她手里就攒到了一万元。

把这一万元还给钱三多之后，钱三多却告诉她说，现在利滚利，她已经欠他们公司两万五千元，还了这一万元，还欠一万五千元。而且她如果不在两个月内还清的话，这笔债很快就会滚到三四万元。

秦雨馨这时才明白过来，自己掉进了钱三多布下的高利贷的大坑里。按照他这个算法，自己可能这辈子都还不清这笔钱了。正好这时，学校里有个女生割腕自尽，她手持身份证的裸体照片已经在网上传得满天飞，大家都明白，她是被校园高利贷给逼死的。秦雨馨感到很害怕，就想跟钱三多来个彻底了断。

钱三多在微信里说："你想要把债务一次性了断，并不难，我们公司最近在搞宣传，想做一个宣传文案，你不是学中文的吗？写个宣传文案对你来说，应该不是什么难事吧？如果你能帮我们公司做出一个令人满意的宣传广告文案，那咱们之间的债务就一笔勾销，我保证以后绝不再找你麻烦。"秦雨馨觉得这对自己来说并不是什么难事，于是就点头同意。

钱三多说："我们公司在长安宾馆 212 房设有办事处，你过来一下，咱们商量商量广告文案的事。"秦雨馨并没有多想，就去了宾馆。谁知刚一进门，就被人从后面用手帕捂住口鼻，那手帕上浸有乙醚，她很快就被迷晕过去。

等她清醒过来的时候，发现自己正赤身裸体地躺在宾馆房间的床上，身上疼得厉害，下身全是血，房间里已经没有其他人。

她自然已经知道发生了什么事，马上在微信里找到钱三多，钱三多说："想不到你还是一个处女。看在咱们已经有过这一夜情的分儿上，你欠我的债，就一笔勾销吧。"

秦雨馨哭着给他发过去一段语音："你这个畜生，我要报警，我要让警察把你抓去枪毙！"

对方毫不在意地回过来两行文字："你想报警，尽管去报吧。不过我这里有一段视频，你在报警之前，最好仔细看一下。"

钱三多很快就给她发过来一个视频文件。她打开一看，差点昏倒在地，那视频拍摄的，正是对方在宾馆房间里强暴她的全部经过，已经被迷晕的她，一丝不挂地躺在床上任他摆布，而钱三多却在自己脸上打了马赛克，根本看不清面目。

钱三多威胁她说："如果你敢报警，我就把这个视频传到网上。"秦雨馨顿时瘫倒在地上，如果钱三多把这个视频公布出去，那她就真的再也没脸活在这世上了。最后，她只好含悲忍辱，一边流泪一边穿好衣服，默默地离开了宾馆。

回到学校，回想这件事时，她忽然觉得视频里的那个男人，虽然打着马赛克看不清脸，但看他的身形，却似乎有点熟悉。她又忍着眼泪，把那个视频重新看了一遍，看着男人赤身裸体在视频里晃来晃去的身影，她脑海里忽然跳出一个人来，那就是宁则高宁教授。

大一的时候，她上过宁则高的现代文学课，对他算是比较熟悉。从这个钱三多的身形和走路的动作来看，竟然像极了宁教授。而且她忽然想起来，自己从来没有在微信里对钱三多说过自己是中文系的学生，而他却能准确地说出自己是中文系的学生，还叫她帮忙写宣传文案……几乎可以肯定，这个钱三多，就是宁则高。

她真的很想拿起电话报警，可是自己被性侵的视频还在他手里，万一他知道自己报警，抢在警方去抓他之前把视频公布出去，那她就……明知宁则高是个衣冠禽兽，却奈何不了他。她心里万分悲愤，甚至想过在某个夜晚，突然闯进他的办公室，一刀割断他的喉管。

6 月 13 日早上，她听说了宫小羽坠楼的事，后来又听说事发之前，宫小羽曾披头散发惊慌失措地从宁则高办公室跑出来，她心里就猜想，肯定是这个畜生又向宫小羽下手了。可是她并无确证，不敢吭声。后来遇上陈觅在调查这件事，她不由得心生一计，决定把他的调查视线引导到宁则高身上来，说不定因为宫小羽的事，可以让这个畜生受到应有的惩罚。于是她就以目击者的身份，给陈觅写了封信，将自己臆测的宁则高在办公室性侵宫小羽的经过，都写在了信上，希望能借陈觅之手扳倒宁则高，为自己报仇雪恨……

听秦雨馨说完自己的遭遇，陈觅非但没有因为她写信欺骗自己而感到恼火，反而觉得她所经历的事，更加印证了自己先前的推测：宁则高就是一个不折不扣的衣冠禽兽！他跺跺脚，对何建国说："何所长，你还愣着干什么，赶紧去抓人啊。要不然，宁则高知道你们来找秦雨馨，心生警觉，提前逃走了怎么办？”

这次连民警小赵也有点沉不住气了，说：“何所，这小子说得有道理，不管怎么样，咱们还是先把那个宁教授控制起来再说吧。”

何建国背着双手，踱着方步，还是一副慢悠悠的表情，说：“不着急，不着急，秦雨馨，你说的那个视频在哪里，能给咱们看看吗？”

秦雨馨摇头说：“这样的视频，我怎么敢一直放在自己手机里呢，万一被人看见，那岂不……我早就删除了。”

“那个叫钱三多的男人的微信呢？”

“也早就删掉了。”

“这可就难办了。”何建国双手一摊说，“宁则高好歹是你们学校的一个教授，我总不能凭你空口白话地讲一个故事，在没有任何有效证据的情况下，就去把他抓起来吧？”

“我没有撒谎，我说的都是真的。”秦雨馨忽然激动起来，上前抓住他的衣服说，“他、他就是一个衣冠禽兽，你们把他抓起来一审就知道了……”

何建国慌忙摆手说：“好的好的，你先别激动，虽然你已经将视频删除，但我们还是会想办法把这件事调查清楚的。”

见她的情绪渐渐平复下来，他才问：“你能告诉我们，你说的那个钱三多，或者说宁则高，他把你叫到宾馆，对你实施侵害行为，是什么时候的事吗？”

秦雨馨浑身轻颤，咬咬嘴唇，说：“我永远记得那个日子，对于我来说，那是一生中最黑暗和痛苦的时刻表。那是今年 3 月 9 日，我到宾馆时，是下午 6 点，离开的时候是晚上 8 点多。”

“好的。”何建国把这个时间在笔记本上记录下来，然后瞧了她一眼，说，“今天就到此为止，你先回宿舍去吧，安心学习，不要多想。对于你所提供的线索，我们会很快调查核实的，有什么情况，我们再联络你。”

“我连微信聊天记录都删除了，你们怎么去核实？”秦雨馨以为他在敷衍自己。

何建国说：“我们准备去你说的那家长安宾馆，调查事发当日的住房登记信息，以及宾馆的监控视频。如果能确定当日当时，你进入的那个房间，是宁则高开的，再结合你的证词，那咱们就可以对他采取强制措施了。”

“好吧，那我先回去了。”走出好远，秦雨馨又回过头来，用恳求的目光看着他们三个人，“我今天所说的事，你们不要告诉别人，好吗？”看到三人点头，她才拿着洗衣服的脸盆，默默地往女生宿舍走去。

直到看着她的身影离开晾衣场，何建国才挥挥手，对小赵说：“走，咱们去长安宾馆看看。”

陈觅自告奋勇地说：“我也跟你们一起去吧。”

何建国回头打量他一眼，摇头说：“这可不行，警察办案，你小子就别瞎掺和了。”

“可是这案子的线索，是我提供给你们的。”陈觅有点不服气。

何建国哈哈一笑说：“这条线索，确实是你提供给咱们的，但你小子给咱们提供了一条假线索，那封信上写的全是无中生有的事，这笔账老子还没找你算呢。你小子就给我在学校好好待着，有什么事，咱们回头再说。”

他一转身，带着小赵，头也不回地走了。看着他们离去的背影，陈觅虽然心有不甘，但也只能站在那里干瞪眼。

他回到宿舍，闷闷不乐地躺在床上，双手枕在头下，闭上眼睛，正想整理一下思路，手机忽然响了，他以为是何建国打来的，急忙翻身起床接听，电话里却传来佟欢欢咋咋呼呼的声音：“陈觅，这个周末你没有回家呀？”

陈觅一怔，问：“你怎么知道的。”

“我听你妈说的。”

“我妈？”陈觅感觉到有点意外，“你到我家去了？”

“嗯。”

“去干吗？”

“我今天休息，本来想约你看电影的。”

陈觅又是一愣，佟欢欢忽然在电话里恶作剧般笑起来，说：“骗你的啦，今天我跟姑妈一起去你家附近的菜市场采购厨房菜品，顺道去你妈的档口买了几条鱼，问你妈的时候，你妈说你这个周末没有回家。得知我就在你们学校门口的餐厅上班，她还问我最近你在学校是不是很忙呢。”

“那你怎么说？”

“我跟金阿姨说，陈觅他们大学是很清闲的，他之所以不回家，是在学校谈女朋友了。”说完，她自己先哧哧地笑起来。陈觅当然知道她是开玩笑的，也知道她是特意带着她们店里的老板娘去照顾他妈鲜鱼档的生意，心里颇为感动。

“哎，你今天晚上有空吗？”佟欢欢问。

陈觅也笑：“怎么，真的请我看电影呀？”

“电影有什么好看的，”佟欢欢说，“我今天晚上不用上班，想请你喝啤酒，顺便送你一个惊喜。”

“什么惊喜？”

“到时你就知道了。”

陈觅想一下，说：“那行，我晚上过去三味食屋找你。”

刚挂下电话，手机又响了：“我说大小姐，你还有什么事啊？”他按下接听键问。

“什么大小姐？”电话里传来何建国的声音。

陈觅吓了一跳，忙说：“不好意思，我看错电话号码了。你们查到什么了吗？”

何建国在电话里有点丧气地说：“宾馆的监控视频只保存三个月，3 月份的视频文件已经被新视频自动覆盖了，事发当日有什么人进入过 212 房，已经无从查找。”

“那住房登记呢？”陈觅说，“现在住宾馆酒店，都得登记身份信息吧？”

“这家宾馆是今年新开的，规模也不算大，当时还没有配备身份证阅读器，只是用手抄一下住客的身份证号码和姓名，以备公安部门查阅。我看了一下当日 212 房住客的登记姓名，居然就是钱三多，但后面的身份证号码却不是他的，可以肯定的是，当时他用的是一张假身份证。他肯定是知道这家宾馆当时刚刚开业，还没来得及配备身份证阅读器，无法用机器识别假身份证，所以才把作案地点选在了这里。”

陈觅没想到竟会是这样一个结果，迟疑一下，问：“那现在该怎么办？”

“不知道你有没有发现，”何建国应该是在大街上给他打电话，声音提得很高，“截止到目前为止，其实并没有任何证据能够证明秦雨馨说的那些话，是真实可信的。”

陈觅皱起眉头问：“那你的意思是说，她说的都是假话？”

“既然她能给你写一封假信，当然也有可能在警察找上门的时候，为了掩盖自己的说谎行为而撒下一个更大的谎。”

“现在只能说，她所提供的线索一时找不到有力的证据支撑，但并不能断定她说的就是假话，对吧？”

“我说你小子怎么就这么犟呢！”何建国明显有些不耐烦了，“那你说现在该怎么办？所里还有一堆事情等着咱们回去处理呢，总不能为了你这点破事，一直在这儿耗着吧？”

陈觅想了一下说：“我觉得咱们如果能正面跟宁则高接触一下，也许能从他身上发现一些蛛丝马迹。”

“行，今天就再相信你小子一次。如果这次再没有什么结果，那这事咱们以后就不管了，免得再浪费警力。”

陈觅说：“行，那你们赶紧过来，我知道宁教授在哪里，我可以带你们去找他。”

何建国这次没有拒绝，说：“好吧，你可以跟我们一块儿去。”

二十多分钟后，何建国带着小赵再次来到学校。陈觅在学校门口迎住他们说：“今天星期六，宁则高在继续学院给一个成人大专班的学员上写作课。”

他带着两人来到继续教育学院，正好碰见刚刚下课的宁则高从楼梯间走下来。这位宁教授身形瘦高，白色衬衣下摆扎在裤子里，腋下夹着课本，脸上表情严肃，连走路的时候都目不斜视，倒是与“老夫子”这个外号十分贴切。迎面碰见陈觅带着两个警察来找他，他颇感意外。

“你居然报警了？”他以为陈觅这次来，还是为了那封信里所写的事。

“难道只允许你做坏事，就不允许我报警吗？”陈觅针锋相对地盯视着他。

何建国上次已经在保卫处见过宁则高，也不跟他客气，开门见山地说：“宁教授，我们接到贵校一名女生举报，说你曾对其有过性侵行为，我们这次来就是为了……”

“你们说的是宫小羽吗？”宁则高有点意外，“她清醒过来了？”

陈觅说：“不是宫小羽，是另外一名女生。”

“另一名女生？”宁则高看看他，又看看两个警察，一脸莫名其妙的表情，“谁？”

何建国说：“她是谁咱们暂时还不能跟你说。这名女生说，今年3月9日晚上，你在长安宾馆212房强暴了她，而且还拍下了视频，请问你……”

“什么乱七八糟的，我完全听不懂你在说什么。”宁则高打断他的话说，“今年3月9日我在天津参加一个文学颁奖会，根本就不在咱们平京市。”

“真的吗？”小赵问，“都已经过去这么久了，你为什么记得这么清楚？”

“当然记得清楚了，”宁则高瞧了他一眼说，“3月8日妇女节，我应邀到天津担任一个女性文学奖的评委，第二天，也就是3月9日，全天都在天津召开颁奖大会及作品研讨会，直到3月10日晚上我才回到平京市。这个文学奖影响很大，网上有很多新闻和图片，你们可以自己上网查看一下。”最后，他对陈觅他们说出了那个女性文学奖的名称，听起来有点拗口，怕他们三个人听不懂，又拿起钢笔写在纸上给他们看。

陈觅立即掏出手机上网搜索那个文学奖的名字，果然跳出一大堆新闻来，还配发了许多照片，照片里也有宁则高的身影，有的是给获奖作者颁奖，有的是在研讨会上发言，看新闻上写明的时间，正是今年3月9日发生的事。

宁则高补充说："哦，我想起来了，那天我们开完会吃过晚餐后，很早就回了宾馆，我跟一位姓冯的江苏作家住在一个房间里，傍晚我们相约到宾馆楼下的街上散了一会儿步，后来下起了大雨，我们跑回酒店房间后就再也没有出来。我手机里储存了这位冯作家的电话号码，你们可以打电话过去核实。"

他随手从课本里夹着的一个作业本上撕下一块纸片，快速地写了一个手机号码交给何建国，然后再也没有看他们一眼，侧身从三人中间挤出来，径直走了。

何建国立即就在楼道里拨打了那个电话号码，陈觅没有听清他在电话里说了什么，不过从他挂断电话后的表情就看得出来，宁则高说的是真的，秦雨馨被钱三多强奸的那个晚上，他根本就不在平京市。要么是秦雨馨搞错了，施暴者另有其人；要么，她说的根本就是一个弥天大谎。

何建国忙活了大半天，没想到竟然是这么一个结果，对陈觅自然没有好脸色，狠狠瞪他一眼，带着小赵掉头走了。

陈觅也觉得很郁闷。在他心里，早已认定宁则高是一只披着羊皮的狼，本来想就算宫小羽的事没有证据能够证明跟宁则高有关，但单凭秦雨馨的案子，就足够将他抓起来了。谁知最后关头，竟然被他轻而易举逃过一劫。哪怕是到了现在，陈觅仍然不相信秦雨馨说的是假话，如果她是在演戏，那她的演技就实在太高明了。

一定是哪个地方出了问题！回到宿舍，宿舍里空无一人，陈觅把自己重重地摔在床上，转动着脑子，想把这几天发生的事情理出个头绪来，但他想得头都痛了，也没有想明白到底是哪个环节出了问题。宫小羽的案子，秦雨馨的校园裸贷案，似乎都在指向宁则高，但仔细深究，却又完全找不到宁则高与这两件事有关的任何确凿证据。是他一开始就怀疑错了，还是对手太高明，完全没有留下痕迹？

他用手重重地敲一下脑袋，好像要把答案敲出来一样，但所有线索在他脑子里交织成了一团乱麻，完全理不出个头绪。也不知道在床上躺了多久，竟然迷迷糊糊进入了梦乡。

“喂，你没事吧？快醒醒！”一个清亮的声音在耳边响起，有人在轻轻摇晃着他的身体。陈觅想睁开眼睛，但眼皮却重似千斤，根本无力打开。忽然间，他感觉嘴上一热，一个温软的嘴唇，覆盖在他的嘴巴上。他那几乎已经停止跳动的心脏，又渐渐恢复搏动，缓缓睁开双眼，蒙眬中看见，宫小羽正跪在地上给他嘴对嘴做人工呼吸……

他心里一惊，猛然睁开眼睛，才知道自己做了一个梦。还来不及回味，手机就在枕头下叫起来。一接听，是佟欢欢打来的。佟欢欢在电话里问：“你过来没有啊？”

陈觅扭头看看窗外，天已经黑下来，这才想起跟佟欢欢约定的事，赶紧翻身起床，说：“很快就来了。”擦了把脸，赶紧出门。

他来到三味食屋，已经是晚上7点多，店里十多张小桌，几乎坐满了人，唯有一张靠窗的桌子还空着。

“这是我特意为你留的。”佟欢欢把他推到桌子边说。她今天上身穿一件粉色条纹T恤，配上一条深蓝色紧身牛仔裤，显得爽朗自在，充满青春活力。

陈觅见她身上并没有穿工作服，就问：“今天你不上班啊？”佟欢欢说：“不是已经告诉你我今天轮休吗？反正也不知道去什么地方玩，所以干脆叫你过来陪我喝酒算了。”

陈觅故意苦着脸说：“原来我在你眼里，就是一个‘三陪’啊？”

“怎么，你有意见呀？”佟欢欢嗔怪地瞧他一眼，陈觅赶紧说：“完全没有意见。能给你大小姐做‘三陪’，那是小生的荣幸。”佟欢欢呵呵一笑：“没意见最好，有意见也要保留。”她招招手，一名女服务员立即送上来两瓶冰啤，还有几样小菜。

陈觅刚拿起筷子，佟欢欢忽然一拍桌子站起来：“等一下，我差点忘了，还有一道菜呢。”起身跑进后面厨房。

不大一会儿，就见她端了一碟热气腾腾的炒唆螺过来。还没放上桌子，陈觅就觉鲜香扑鼻，差点流出口水来。

佟欢欢把唆螺放到他面前，拍拍手坐下说：“快试试看今天的唆螺做得怎么样。”

陈觅用筷子夹起一颗田螺，送到嘴里轻轻一唆，螺肉就溜进了口里，他咂咂嘴巴，好像没有回味过来，又干脆放下筷子，直接用手抓起两个田螺，双唇一吸，螺肉入口，只觉香辣脆嫩，风味别致，好像唤醒了他记忆中的某种味道。

他不由得愣了一下，问：“怎么，你们换厨师了吗？记得上次在这里吃唆螺，味道并没有这么正宗啊。”

“怎么样，好吃吧？”佟欢欢笑眯眯地看着他，“实不相瞒，这道菜其实是出自本大小姐之手。”

“这道菜是你做的？”陈觅大跌眼镜。佟欢欢点头说：“是啊。”

陈觅问：“味道竟然比你们店的金牌厨师做的还好，你是不是有什么秘诀啊？”

佟欢欢扬一下头，“当然有秘诀啊。”

“快说来听听。”

“嘻嘻，你叫我一声好听的，我就把秘诀告诉你。”

“好了，欢欢姐，您老人家就别卖关子了。”陈觅摇着她的胳膊说。佟欢欢比他大一岁，叫她一声“姐”也不算吃亏。

佟欢欢说：“要想做好这道菜，一共有三个小诀窍，一是要选用新鲜的活的田螺，二是用清水浸泡田螺时，在水中滴少许香油，可以使其彻底吐出杂质污物，这第三嘛，就是田螺焯水之后，立刻用凉水浸一下，这样能使螺肉更加鲜美脆嫩。”

陈觅不由得对她刮目相看：“真想不到你还能下厨做菜，这道炒唆螺做得十分地道。”

“跟十年前宫小羽奶奶做的那盘唆螺相比如何？”佟欢欢身子前倾，看着他问。

“嗯，已经无限接近了。”陈觅一边吃螺喝酒，一边点着头说。

佟欢欢笑笑说：“算你有品位，这道菜，就是宫小羽的奶奶教我做的。”

“她教你的？”陈觅一时没有反应过来。

“对呀，你上次不是说宫小羽的奶奶做的唆螺，是你吃过的世界上味道最正宗的唆螺吗？所以，我前几天就到麻豆坪六安村找宫小羽的奶奶拜师学艺，让她老人家教我怎么把唆螺做出最正宗的味道来。你还别说，这位老奶奶还真有两下子，我按照她教的方法做出来的唆螺，果然秒杀好多酒店大厨。”

陈觅忽然明白过来：“这就是你说的，给我的惊喜呀？”

“对呀，惊不惊，喜不喜？”

“嗯，确实是一份大大的惊喜。”陈觅抬头看着她，他知道想要做好一道炒唆螺，考验的不但是她的厨艺，更是一个人的耐心，因为光是钳去螺尾这一项工作，就已经十分烦琐，让人望而生畏了。想不到这女孩儿平时大大咧咧的，却也有这样心细如发的时候。

他心中不由得生出一份莫名的感动。

佟欢欢见他呆呆地望着自己，以为自己的心事已经被他发现，不由得脸色微红，不好意思地低下头去。

第七章　电抽搐治疗

一个星期后，学校开始放暑假了。

在离开学校后，陈觅又去了一趟宫小羽家里，看望她奶奶。宫小羽的奶奶因为孙女的事，这段时间一直忧心难过，白天要下地干活，晚上却整夜睡不着，可能是因为经常流泪，这几天她眼睛肿得厉害，而且看东西也模糊不清。

陈觅来的时候，她正因为看不清路踢到自家门槛而摔在地上，好在只是膝盖擦破了点皮，并不算严重。

陈觅忙将她扶起，先帮她包扎好膝盖，然后又带她到镇上的卫生院看眼睛。医生说眼疾是因为睡眠不足引起的，并无大碍，拿些眼药水回去擦擦，然后多休息，就行了。去药房拿药时，陈觅看了一下处方笺，才知道老人家姓汤，叫汤四妹。

回来的路上，汤奶奶说她两天前去看过宫小羽，但孙女仍然不认识她，看上去病情并无好转。说着，竟又流下泪来。

陈觅也不知道该如何劝慰她，想了一下，问道："宁教授交付的住院费，还够用吗？"

汤奶奶一边拭泪一边点头说："还够的，而且小羽她妈也汇了一些钱过来，你不用担心。"

"她妈妈……"陈觅迟疑一下，问，"知道小羽出事了吗？"

"知道的，我给她打过电话，把小羽的事跟她说了，希望她能回来看看小羽，也许对治好小羽的病有帮助，但是她……”

“她不肯回来吗？”

“她说她去年刚生完孩子，现在不方便出远门，然后汇了一些钱过来，说是作为小羽的医疗费。”

陈觅一脚把路上一块石子踢得老远，他没想到世上居然有这样感情淡漠的母亲。

他把汤奶奶送回家，叫她不用太过担心，宫小羽一定会好起来的，他也会经常过来看望她。

“等小羽回家后，您再给我炒唆螺吃，我可还一直记着十年前您给我炒的那盘唆螺，那可是我吃过的最美味的东西了。”最后，他拉着汤奶奶的手说。

汤四妹也被他逗笑了：“好好好，到时奶奶一定做给你吃。”

陈觅回到自己家，金慧芬正在鲜鱼档里忙碌着，今天生意看起来不错，都已经傍晚了，还有好几个街坊过来帮衬生意。金慧芬一边把一条大鱼放到电子秤上称重，一边抬头瞧他一眼，问：“今天不是放假了吗，怎么这么晚才回来？”

陈觅撒了个谎说：“在路上碰到个高中同学，被他拉去玩了一会儿。”

“高中同学啊？是佟欢欢吧？”金慧芬笑着说，“你别说，这姑娘还真懂事，那天她把他们店的老板娘带到我这里来了，说以后他们店里厨房要用的水产品，都到咱们这里拿货。”

“是啊，她还说你做的鱼特别好吃呢。”

“那以后有时间你再带她回来，妈给她做好吃的。”金慧芬用湿漉漉的手在他背上拍一下，“我觉得这姑娘挺不错的，儿子你可要加油哦！”

“我加什么油？”陈觅愣了一下。

金慧芬朝他眨眨眼，一副“你懂的”的样子。陈觅还没回过神来，她却已经把身上的围裙挂到了他脖子上：“妈今天还有事，你先替妈顶一会儿档，卖完这些鱼你就可以收档了。”

她急匆匆跑上楼，换了一条色彩鲜艳的裙子，然后骑着电动车匆匆忙忙地走了。

“放假第一天，就让我看档，这还是我亲妈吗？”陈觅一脸苦相。

他在鲜鱼档里一直忙到晚上7点多，天完全黑下来，才算是完成了老妈交给的任务。收档后，他到厨房将老妈中午吃剩下的饭菜热一下，草草吃罢晚饭，然后上楼休息。

躺在沙发上拿起手机刷微博的时候，他看到一条新闻，说北京某大学教授以不让其毕业为由威胁自己的女学生，多次强行与其发生性关系，最终导致该名女生染上性病后悲愤跳楼自尽。再一搜索，大学老师性侵学生事件，已经层出不穷，但因为受害人不敢站出来指证，或警方取证困难，施暴者往往很难受到实质性的惩罚。再想到宫小羽的案子，又何尝不是如此？他明明知道是宁则高这个衣冠禽兽将宫小羽逼疯的，却苦于没有证据，就算警方出马，也根本奈何不了他。派出所何所长已经明确表示，以后不会再管这件事，看来要想查明真相，就只能靠他自己了。可是现在，又该如何查起呢？他使劲搔搔头，唉，要是自己是福尔摩斯就好了！

晚上9点多的时候，金慧芬回到了家。陈觅见她一脸疲惫，就问：“妈，你干什么去了？这么晚才回来。”

金慧芬一面脱下高跟鞋，换上拖鞋，一面说：“有个同学从外地回来，邀请我们几个老同学一起聚一下，聊得太高兴，所以回来迟了。”陈觅明显看得出老妈是在说谎，但也不好多问。

在家里休息了几天，陈觅正想出去找同学玩，忽然接到了佟欢欢的电话。佟欢欢说她搞到了两张动漫展的入场券，问他要不要一起去看？陈觅上高中时曾迷过一阵动漫，想不到她还记得，就说：“好啊，一起去吧。”两人相约晚上在南门桥见面，然后一起去看动漫展。

晚饭后，陈觅换了件衣服就出门了，来到南门桥，佟欢欢已经在那里等着他。

两人叫了一辆出租车，直奔市科技馆，本届动漫展，就是在那里举行。

这已经是平京市动漫协会连续举办的第七届动漫展，参展作品种类众多，有漫画、动画、网络动漫、手机动漫、动漫舞台剧、动漫衍生品等，吸引了很多观众前来参观，不过大多都是初、高中生。在互动区摆着几台抓娃娃机，陈觅用三个硬币夹到一个雪影娃娃。

他把娃娃送给佟欢欢，佟欢欢“哇”的一声，既意外又高兴，立即把雪影娃娃抱在怀里，好像生怕别人抢走一样。

看完动漫展出来，已经快晚上 9 点了，两人沿着科技馆前面的科技大道慢慢地走着。被洒水车洒过水的路面还是湿漉漉的，白天的暑气已经褪尽，夜风吹来丝丝凉意。

佟欢欢一边玩着手里的雪影娃娃，一边问：“听说宫小羽之所以会发疯，完全是因为你们学校那个宁教授，对吧？”

陈觅停下脚步，扭过头来看着她：“你怎么知道的？”

“我听你们学校的学生说的呀。”佟欢欢告诉他说，“你们学校还有一部分学生放假后没有回家，在我们店里吃饭的时候，我听到他们在议论这件事。还说警察来学校调查过了，怀疑这件事跟宁则高脱不了干系，还差点把他抓走了。”

陈觅因为怕她担心，一直没有告诉她自己在深入调查宫小羽的案子，这时见她问起，想了一下，还是把事情从头到尾跟她说了，包括收到秦雨馨的神秘来信，及警察当面质证宁则高遭其否认的事。

佟欢欢“哦”了一声，说：“既然警察都没有抓到他什么把柄，那是不是证明他是清白的呢？”

“这可不一定，他肯定跟宫小羽的案子脱不了干系，只是咱们一时找不到什么证据罢了。”陈觅挥了一下拳头，坚声道，“这件事不可能就此结束，我一定要想办法调查清楚。”

佟欢欢看了他一眼，感觉有点意外：“你为了宫小羽，还真是改变了不少啊。我记得你以前可是一个腼腆内向，甚至有点胆小的男生，平时连大声跟老师说话都不太敢，现在居然有胆量去调查你们学校的知名教授了。”

陈觅笑笑，说：“人总是会变的嘛！”扭头看到街边有一家大排档，又说，“走，我请你吃夜宵。”

佟欢欢一边穿过街道走向大排档，一边摆手说：“还是我请吧，你还是个学生，我毕竟可以领工资了。”

吃完夜宵，陈觅将佟欢欢送上出租车后，自己步行回家。

他走到莲花湖附近，发现旁边的莲花湖公园里的景观灯还亮着，公园里人影幢幢，有人在跳广场舞，也有人坐在黑暗中乘凉。因为这附近有几座老年公寓，来这里游玩和锻炼的多是已经退休的老年人，所以大家都俗称这里为“老人公园”。

为了能早点回家，陈觅决定抄近道，从公园里穿过去。

“帅哥，要不要耍一下嘛？”突然从黑暗中闪出一个浓妆艳抹的女人，扯了一下他的衣袖。陈觅吓了一跳。他早就听说有很多站街女专门在这里做老年人的生意，想不到居然叫自己给撞上了。他赶紧甩一下手臂，急匆匆走了。

沿着脚下的卵石路，走到公园侧门，他才舒一口气。公园侧门里边种着几棵雪松，他往树下瞧一眼，那里的石凳上坐着两个人，一个老头，还有一个穿花裙子的女人，两人低声说笑着，一副相谈甚欢的样子。女人还剥了一瓣什么水果送到老头嘴里，老头吧唧吧唧地吃着。远处有小车驶过，灯光扫到女人的侧脸，陈觅一见，不由得大吃一惊，几乎不敢相信自己的眼睛。这女人居然是……

他像是胸口突然被大铁锤砸了一下，连气都快喘不过来了。脚步踉跄地跑回家，却看见一楼亮着灯光，老妈正满头大汗地在鲜鱼档里忙碌着。他这才知道自己在公园里认错人了，拍拍胸口吐出一口长气，暗叫一声：吓死宝宝了！

“去哪里玩了？怎么这么晚才回来？”金慧芬看了儿子一眼，一边脱下橡胶手套擦着额头上的汗，一边问他。

“哦……我跟同学去科技馆看动漫展了。”陈觅拿起屋角的拖把，一边帮妈妈拖地，一边回答。幸亏妈妈没有接着问是跟谁一起去的，要不然说出佟欢欢的名字，她又要多心了。

在此之后的一个多月时间里，陈觅除了完成学校布置的暑假实践作业，其他时间都留在家里，帮妈妈在鲜鱼档干活。每有附近街坊到店里来买鱼，金慧芬总忍不住要当着顾客的面夸奖陈觅两句：看，我儿子上大学后，懂事多了吧？街坊们碍于她的面子，也都点头回应：是啊是啊，确实懂事多了！搞得陈觅面红耳赤，好像他在上大学之前，从来没有懂事过一样。

8月的一天，陈觅再次到精神病防治医院看望宫小羽。

他上到三楼，在病房里并没有看到宫小羽，只有一个戴口罩穿蓝色工作服的女保洁员正在打扫卫生。陈觅问了一下，才知道宫小羽被护士带到五楼治疗室治疗去了。

他上到五楼，来到治疗室门口，忽然听到屋里传来“啊”的一声惨叫，听声音，正是宫小羽。

他不由得吓了一跳，急忙把头贴近门上的小玻璃窗口，往里面看去，只见治疗室里摆着许多他从来没有见过的治疗仪器，宫小羽仰面向天，被人死死按在一张治疗台上，两个电极片贴在她头部两侧的颞颥部，旁边有一个医生正在操作仪器，一按通电开关，电流通过电极传到宫小羽身上，宫小羽发出一声惨叫，全身抽搐起来。

趁她张嘴惨叫的时候，旁边的护士迅速将一个牙垫塞进她嘴里。她嗯嗯地叫着，却没有人理会。几分钟后，医生加大电量，再次通电，这次通电时间更长，宫小羽翻着白眼，全身上下不断抽搐，头痛苦地扭到一边，口中流出白沫……

怎么能这样虐待病人呢？陈觅看得胆战心惊，悲愤不已，举起拳头，就要去砸治疗室的门，忽然有人在后面扯了他一下，回头一看，原来是刚才在病房里的那个保洁员。

保洁员一边用带着消毒水味儿的湿拖把拖着走廊的地板，一边对他说：“这个叫电抽搐治疗，医生说对她很有用的。”陈觅这才略略松下一口气来。

但是治疗室里却好像出了状况，一个护士观察过宫小羽的情况后，有些慌乱地问医生：“患者停止呼吸超过30秒，且面色发绀，怎么办？”医生立即给宫小羽注射药物，另一名女医生上前对宫小羽进行人工呼吸急救。几分钟后，宫小羽才“哇”地喘出一口粗气。

陈觅不敢再看下去，心情沉重地回到三楼病房。很快，宫小羽也被那个名叫李钰的护士送了回来。这时的宫小羽，披着枯黄的头发，身体消瘦，脸色苍白，双目无神，看到陈觅，倒是不像以前那样激动和狂躁，却是完全没有了反应，好像她眼前这个人根本就不存在一样。他和护士一起将宫小羽扶坐在床上，宫小羽如同虚脱了一般，身子一软，倒在床上，面无表情，双目定定地望着白色的天花板。

陈觅问护士，她怎么样了？

护士说，因为宫小羽有兴奋躁动及易激惹症状，最近几周医生对她进行了电抽搐治疗，效果比较明显，你看她现在情绪明显安静下来，看到你也没有以前那样狂躁了。

陈觅扭头看看宫小羽，她的情绪确实比以前平复了许多，可是整个人看上去，像是一个没有魂魄的木偶一样，倒是越发让人担心了。如果她奶奶在这里，看到孙女被电击到抽搐，甚至停止呼吸，不知道会不会心疼得当场晕倒。

他看到宫小羽眨动了几下眼睛，似乎渐渐恢复过来，就问：“宫小羽，你还认识我吗？”宫小羽把目光缓缓移到他脸上，面无表情，既不摇头，也不点头。

陈觅拿出她的校园卡给她看：“我叫陈觅，上次你给我还衣服的时候，把你的校园卡落在衣服里了，我几次想还给你，可是……”看到她现在这副形销骨立神情木然的样子，想到她上次到宿舍来还衣服的笑模样儿，他心里不由得一阵一阵地抽痛。

经过辛苦治疗后的宫小羽，仿佛连睁开眼睛的力气也没有了，扭过头去，很快就昏昏入睡。陈觅拿出纸巾，轻轻擦去她嘴角残留的白沫，然后悄悄退出病房。

离开医院，走到外面，陈觅心里像是压着一块石头，难受得靠在医院围墙上，哀痛地流下泪来。

第八章　街头命案

9 月初，暑假结束，陈觅回到学校，花了差不多一个星期，才总算将新学年开学事宜全部搞定。忙完之后，他做的第一件事，就是去文学院找秦雨馨。

秦雨馨见到他，感觉有点意外，问他是不是警方调查宁则高的事，有了新进展？自从上次陈觅告诉她派出所对宁则高的调查结果之后，她觉得难以接受，说宁则高肯定在说谎，你再去和警察说说，让他们再仔细调查一下。

陈觅摇摇头说："没用，自从上次调查无果之后，那个何所长觉得咱们在耍他，已经明确表示不会再管这件事了。"

秦雨馨说："这么大的事，警察怎么能不管呢？你跟他们熟，那你再去找找他们，让他们再调查一下，我说的都是真话，宁则高绝对是个大坏蛋。"

陈觅皱眉说："我也相信宁则高这个人有问题，可是光凭你嘴上说的这些是没有用的，你得拿出证据来。只有拿出有力的证据，警方才有可能对宁则高采取措施。

秦雨馨急得要哭起来："可是我就是没有证据啊，当时的微信我早就删除了，那个视频我生怕放在手机里被别人看见，也彻底删除了。"

"那你再好好想想，那个视频你有没有在其他什么地方备份过？"

"没有了，"秦雨馨拿出自己的手机说，"我只在手机里接收过一次，根本没有特意保存，看过两次后就赶紧删除了。"

陈觅的目光落在她的手机上："我听说即便是删除的文件，电脑高手也可以想办法找回来。我认识一个修手机的大叔，技术很牛，如果你愿意的话，我们可以去找他试试，看能不能从你手机里恢复那个被删除的视频。”

秦雨馨犹豫着说：“要是被他看到里面的内容怎么办？”

“你放心，我让他帮忙找回文件，但是不让他打开视频查看里面的具体内容就行了。”

秦雨馨这才点头同意。陈觅带着她来到学校附近的学院路三巷，那里有一家小小的手机维修店，店主姓刘，陈觅以前曾到这里修过几次手机，跟刘师傅也算是熟人了。

他把秦雨馨的手机拿给刘师傅，把情况简单跟他说了，刘师傅问秦雨馨视频是在什么时候删除的，秦雨馨说是在今年 3 月。刘师傅不由得面露难色，不过还是把手机连接到自己的电脑上，鼓捣了一阵，最后摇头说：“时间太久，而且中间你还自己刷过机，手机储存卡上的数据已经被多次覆盖，没办法恢复了。”两人不由得大失所望。

回学校的时候，已经是中午，太阳当头照，天气热得厉害，街道上看不到几个行人。当他们从巷子里拐上学院路时，忽然从学院路迎面跑来一个人，陈觅闪避不及，被对方的肩膀重重地撞了一下。他一个趔趄，差点摔倒。

他一边揉着自己被撞疼的胸口，一边回头瞪了那家伙一眼，看到的只是一个中年男人的背影。那家伙大热天的，竟然穿着一件长袖衣服，低垂着头，好像被人追赶一样，脚步匆匆，好几次差点自己把自己绊倒。有风吹来，掀起了他的衣角，陈觅看见那家伙右手藏在衣服下摆里，手上好像握着什么东西。他不由得愣了一下神。

秦雨馨并没有注意到这些，见他忽然停下脚步，就问怎么了？陈觅说没什么，再回头看时，那个长袖男子不知道躲到什么地方去了，竟然不见了踪迹。他心里不由得暗生疑窦。

陈觅和秦雨馨想在中午食堂关门前赶回学校吃午饭，所以并没有多作停留，又匆匆往学校方向走去。不想在学校门前学院路的人行道上，刚走出二百多米远，就看见前面的绿化带边上伏倒着一个男人，穿着黑色皮鞋和白色短袖衬衣，身形瘦高，脸仆在绿化带边沿的方砖上，两边额角微秃，看不清相貌。陈觅心里猛地一跳，这不是宁则高吗？

两人急忙上前，一边问“你怎么了”，一边将那人翻转过来，秦雨馨立即“啊”的一声惊叫，捂住自己的眼睛。那人胸口被刺了一刀，鲜血正汩汩流出，胸前衣服已经完全被染红了。而陈觅也看清楚了，这人并不是宁则高。他摸了一下那人鼻息，已经没有呼吸。

他立即掏出手机，拨打110报警，想了一下，虽然这人已经停止呼吸，但为了以防万一，还是拨打了120急救电话。

在等待警察和救护车赶来的时候，又陆续围过来一些路人，其中有两个是文理学院的学生。那两个学生胆子倒挺大，凑到近前看了看，忽然发出一声惊呼：这不是咱们董老师吗？

陈觅有点意外，仔细看看倒在地上的那个人，果然觉得有点眼熟，细想一下，这才想起来，这人确实是他们学院建筑系副教授董行。

就在这时，学院路上响起了警笛声，一辆警车和救护车同时赶到。辖区派出所所长何建国带着小赵和另一名民警，从警车上跳下来。

看到陈觅，何建国不由得皱一下眉头，说：“怎么什么好事都有你小子一份啊？”

陈觅不好意思地搔搔头：“我真不是故意的，只是刚巧遇上而已。”

“是你小子报的警吧？”何建国一边走向现场，一边说，“说说看，到底是什么情况？”

“刚才我和秦雨馨从……”陈觅顿了一下，觉得还是不要说自己去手机修理店请技术人员试图恢复秦雨馨手机视频的事，“我们从外面回学校，走到这里的时候，看见有个人仆倒在人行道边。一开始我以为他只是晕倒的路人，谁知扶住他一看，他胸口被人捅了一刀，鲜血正从刀口往外直冒。我探了一下他的鼻息，已经没有呼吸，所以赶紧打电话报警。”

何建国钻进围观的人群，在被害人身边蹲下来，一边看着，一边问：“你认识他吗？”

陈觅点头说：“认识，他叫董行，是咱们学校建筑系的副教授。”

急救医生上前对被害人进行了检查，发现其瞳孔散大且无光反射，脉搏、心跳和呼吸都已经停止，于是摇摇头说：“没救了，已经死了。”

何建国扯开死者胸前衣服，看到胸口有一个明显的刀口，很显然，这是一桩恶性凶杀案。他叫两个手下立即将周围围观的群众劝退，在四周拉起警戒线。

他自己走到一边，向市局刑警大队打电话求助。没多大一会儿，几辆警车、法医车和刑事勘察车就呼啸着开到了现场。

何建国上前迎住一个目光犀利一脸严肃的中年警察，说：“宋队，想不到把您给惊动了，真是不好意思。”

带队赶过来的，正是市公安局刑警大队的大队长宋铎。宋铎朝何建国点一下头，说了声：“辛苦了！”何建国一边把刑警大队的人领向现场，一边把事发经过简单地说了。

宋铎边听边点头，越过警戒线，进到案发现场，往尸体上看了几眼，尸体距离旁边那摊血迹约有一两尺远的距离，而且旁边脚印十分凌乱，脸就沉了下来，说：“老何，你这现场是怎么保护的？”

何建国解释道：“没办法，报案人曾翻动过尸体，所以现在看到的尸体位置并不是死者最先倒地的方位，在我们派出所的人赶到之前，已经有不少人围在这里看热闹，所以地上的脚印就乱了。”宋铎“嗯”了一声，回头对后面的人说：“开始干活吧！”后面的法医、技侦和刑侦人员，就开始在现场忙碌起来。

法医孟瑜检查过尸体后，很快得出初步结论，死者系被人用单刃刺器刺穿心脏，顷刻毙命，死亡时间大约在半个小时以前。宋铎看看手表，现在是中午 1 点，也就是说死亡时间是今天中午 12 点半左右。

孟瑜往尸体身上瞧了一眼，又补充说：“凶器嘛，我觉得很可能是水果刀之类的锐器。”宋铎点点头，案发现场没有发现凶器，有可能是凶手作案后带走了，也有可能被凶手扔在了附近的垃圾桶里。他叫过两名年轻刑警，让他们在四周仔细搜索，尤其要检查周围的垃圾桶，看能不能找到凶手扔下的凶器。

“你刚才说，死者是这附近文理学院的老师，是吧？”宋铎问旁边的何建国。

何建国点头说：“是的，据了解，死者名叫董行，系平京文理学院建筑系副教授。”

“是谁最先发现死者的？”宋铎掏出烟盒，甩了一根烟给他，自己也咬了一根在嘴里。

何建国向陈觅招招手，把他叫到跟前，说：“最先发现尸体的，就是他，打电话报警的也是他，他叫陈觅，是文理学院的学生。”宋铎掏出打火机点燃嘴里的烟，对旁边一名女刑警说：“你先给他做个笔录，我去抽根烟再回来。”

那名女刑警把陈觅带到旁边树荫下，掏出笔记本，正想开口发问，陈觅看看她，忽然说：“您是苏晚晚苏警官吧？我在电视台法制新闻里看到过你，就是那个‘变态色魔惊现平京街头，美女警察孤身色诱一举擒魔’的新闻报道。”

“是吗？”这位名叫苏晚晚的女刑警盯了他一眼，“这个新闻后面还有一段故事，你知道吗？”

陈觅摇头说：“不知道。”

“后来我一拳把那个色魔打成了九级伤残，因为他在我面前废话太多。所以你在我面前最好老实点，我问什么你答什么，多余的话一句也不要说。”

陈觅脸一红，忙说：“是是是。”

苏晚晚缓和一下语气，道：“说说你发现被害人的经过吧。”

陈觅往命案现场瞧了一眼，说：“今天中午，我和一个同学从外面回学校，走到这里的时候，忽然看见前面倒着一个人，因为天气炎热，我们还以为是路人中暑晕倒了，谁知上前将他的身体翻过来一看，才知道是被人捅刀子了。吓得我们赶紧报了警。”

“还记得你们发现被害人时候，大概是几点钟吗？”

“应该是中午 12 点 40 分左右吧，因为我和我同学急着赶回学校食堂吃午饭，路上一直在看表，所以对时间记得比较清楚。”

“你们发现他时，他已经死了，对吧？”

“应该是吧。”陈觅点点头，“我检查了他的呼吸和脉搏，都已经没有了，不过当时他身体还是热的，伤口正在往外流血，死亡时间应该不会太久，我估计没有超过十分钟。”

苏晚晚把这个时间点记录下来，看来法医推断被害人死亡时间是今天中午 12 点半左右，是准确的。

“当时路人还有其他人吗？”她又问。

陈觅回想一下，说：“我只能说，人行道上并没有其他人，外面机动车道上应该还有车辆往来经过，不过人行道与机动车道中间隔着绿化带，就算大街上有人开车经过，也很难发现人行道上倒着一个人。直到我报完警，在这里等待警方到来时，才陆续有几个人经过，有人看见尸体吓得大声惊叫，然后引来了更多的人。”

“按照你的说法，”苏晚晚一边在笔记本上记录着，一边问，“你并没有看到行凶者，对吧？”

“是的。”陈觅回答道。

苏晚晚的目光从笔记本上抬起来，四下里看看：“跟你同行的那个同学呢？”

陈觅朝正坐在绿化带边沿的方砖上发呆的秦雨馨指了一下。苏晚晚走过去，又问了秦雨馨几个问题，秦雨馨无端受了这个惊吓，似乎还没缓过神来，结结巴巴的，根本无法回答警方任何提问。

苏晚晚只好回头给了陈觅一张名片，说："等你这位同学情绪平静下来，如果有什么需要特别向警方说明的情况，或者你自己想起什么跟案子有关的线索，可以打名片上的电话找我。"

陈觅点点头，接过名片，犹豫一下，问："那个……我们可以走了吗？我们得回学校去了，下午还要上课。"

"当然，"苏晚晚表情淡然，"你们随时可以离开。"

陈觅又朝命案现场望了一眼，这时围观的人越来越多，早已是里三层外三层，估计现在想挤都挤不进去。他只好放弃了再去现场看看的想法，跟秦雨馨一起，回学校去了。

这时宋铎已经蹲在路边连续抽完三支烟，总算把涌上来的烟瘾给压了下去。他把烟屁股丢进绿化带，起身朝苏晚晚走过来："死者名叫董行，听说是平京文理学院建筑系的一个副教授。你去他们学校看看，看能不能找到他家里人。"

苏晚晚点点头。案发地点距离平京文理学院正门也就三四百米远，她很快就走到学校，先向门口保安亮明身份，让他带自己去找学校保卫处长。保卫处长徐工这时已经从一些学生那里知道有本校老师在外面出了事，正急匆匆往外赶，刚好在门卫室附近碰见苏晚晚。

苏晚晚道明来意后，问他董行的家属在哪里？徐工说他并不住在学校，家在城区，老婆是城区中心小学教师。苏晚晚说："那请你帮我通知一下他老婆，让她赶紧过来一趟。"徐工说行，走到一边打了个电话，大约二十来分钟后，一个中年短发女人匆匆赶到学校。徐工对苏晚晚小声说："这就是董行的老婆梁洁莹。"

苏晚晚点点头，跟他一起，将梁洁莹带到案发现场。一看到丈夫血淋淋的尸体，梁洁莹的身子晃了晃，就往后晕倒过去。幸好苏晚晚眼疾手快，一把将她抱住，扶到树荫下。

过了好几分钟，梁洁莹才渐渐苏醒过来，又猛地扑到丈夫尸体上，悲声恸哭。

看过尸体，确认被害人就是董行之后，徐工的脸就绿了。虽然命案发生在校外，但死的却是他们学校的老师，如果处理得不好，他这个保卫处长可就真的吃不了兜着走了。

他问苏晚晚："凶手抓到了吗？"

苏晚晚摇摇头："被害人尸体被发现时，凶手早已逃走。从目前调查的情况来看，并没有人目击事发经过，也没有人看到凶手。我们还在进行现场勘查，但好像并没有发现凶手留下的痕迹，我估计这个案子会有点麻烦。"

徐工叹口气，四下里张望着，苏晚晚说："不用看了，周围没有任何监控探头。"

徐工泄气地说："我们学校门口倒是安装了监控，只可惜距离这边太远，根本不可能拍到这里的情况。"

苏晚晚想找梁洁莹了解一下她丈夫的情况，谁知转头一看，她竟然扑在丈夫尸体上痛哭得抽搐起来。徐工说："哦，对了，我听董行说过，他老婆有心脏病。"

苏晚晚暗叫一声"糟糕"，急忙跑过去，一面安抚被害人家属，一面打120急救电话。不久后，医院救护车再次来到现场，这时梁洁莹已经手捂胸口，满脸痛苦，几近晕厥。

苏晚晚协助医生将梁洁莹送上救护车，然后又从梁洁莹手机里找到一个亲友电话打过去，把情况跟对方说了，请对方去医院照看一下。对方答应马上就去。

徐工往学校打了几个电话，很快就搞清楚了董行今天的行程。

他今天上午9点来到学校，9点半给学生上了一节大课，11点多下课，因为下午还有课，所以他中午没有回家，就在自己办公室跟一位姓朱的年轻讲师下棋。中途接到新华书店打给他的电话，说是他订购的一本外文书到货了，要他去取。新华书店距离学校不太远，他决定步行过去。学校门口监控拍到他是在中午 12 点 16 分出门的，十几分钟后，他被人杀死在学院路靠近文理学院这一侧的人行道上，又过了将近十分钟，他的尸体被陈觅发现。

徐工在电话里特别问了中午跟董行下棋的那位朱讲师，朱讲师说，当时并没有发现董行有什么异样，还叫他不要走开，等他从新华书店回来再接着下棋。

苏晚晚将情况向队长做了汇报，宋铎说："很显然，董行从学校出来，刚走到这里，就被人捅了一刀。凶手确实做得干净利索，没有在现场留下一点能让警方找得到他的痕迹。"

"连脚印也没有吗？"徐工问。

宋铎说："在警察赶到之前，现场已经被围观群众破坏，就算凶手留下脚印，也不可能有效提取了。"这时两名年轻警察跑来向他报告，说经过搜索，没有在周边地方找到凶器。宋铎点点头，说："看来凶手是将凶器带走了。"

下午 4 点多，现场勘查基本结束，董行的尸体被法医车拉走做进一步尸检，现场只留下一摊凝固的血迹。

第二天，刑警大队成立了专案组，因为人手紧缺，何建国也被抽调过来协助案件的侦破工作。

警方去新华书店核实过，他们确实在昨天中午给董行打过电话。大约一个月前，董行到新华书店去买一本外文书，当时书店里没有货，但表示如果他需要，可以留下电话号码，书店将协调供货商拿货。当时董行留下了自己的手机号码。恰好今天那本书到货，所以新华书店第一时间打电话通知董行到店里取书。董行答应马上过来。也就是说董行这次出门，是临时决定的，并不在任何人的计划之内。

苏晚晚又到案发现场附近转了一圈。发生命案的地方，是文理学院高高的围墙，双向六车道的马路对面，是一个在建楼盘工地，中午工人都在铁皮棚里休息，根本没有人看到马路对面发生了什么事。

也就是说，被害人董行从学校出来，走到案发地点，突然被人刺了一刀，当场倒地毙命，凶手迅速逃离，没有留下任何痕迹，大街上静悄悄的，没有任何目击证人。这整个就是一次完美犯罪啊。

“哪有什么完美犯罪，”案情分析会上，宋铎有些恼火地说，“说完美犯罪，那是对我们警察最大的侮辱，没有抓不到的罪犯，只有不努力的警察。”

苏晚晚说：“我觉得案发当时人行道上没有其他人，并不代表大马路上也没有人，我去观察过，就算是中午，那条街上也还是有些车流的，行人没有看到案发经过，并不代表路上的司机也什么都没有看到。我看不如咱们把这个案子向媒体公布一下，然后在全市范围内征集案发当时的目击证人。”

“目前来看，也只能这样了。”宋铎有点无奈地点点头，对身边一个年轻警员说，“曹亮，你去跟宣传科的人说一下，请他们帮忙把这个案子的消息发布出去。”曹亮说声“好”，立即起身跑出去。

宋铎把身子靠在椅背上，抽出一根烟叼在嘴里，正准备结束这次案情分析会的时候，技术科的技侦员汪晨旭忽然跑了进来，喘着气说：“宋队，有点东西我想让你看一下。”

“什么东西？”宋铎问。

汪晨旭把手里打开着的手提电脑放在桌子上，插上连接线，电脑屏幕上显示的画面，立即在对面墙壁投影仪的白色幕布上显现出来，竟然是一个年轻女孩儿手持身份证放在胸前的全裸照片。

宋铎皱一下眉头：“你电脑里怎么有这些东西？”

汪晨旭的脸红了一下，说：“宋队你误会了，先听我把情况说完。昨天咱们不是在被害人董行身上找到了他的手机吗？我把手机拿回来做了一些技术检测，发现这部手机曾经登录过两个微信账号，一个账号用的是董行的本名，里面加的也都是他的亲戚、朋友、同学、同事等常规好友，并没有可疑之处。但是另一个账号，我破解他的密码登录之后，发现那个账号名叫钱三多，里面加了五十个左右的好友，全部都是女性，通过翻看他与每个好友之间的聊天记录，我发现几乎每个好友都曾向他发送过自己手持身份证的全裸照片，而且通过聊天内容可以看出，这些好友都是平京文理学院的学生，更让人意想不到的是，每个人都找钱三多，也就是董行贷过款，数额在五千至二三万元不等。”

“这不就是传说中的‘裸贷’吗？”苏晚晚吃了一惊。

汪晨旭点头说：“回答正确，确实就是裸贷，但从他们的聊天记录中不难看出，那些借钱的女生其实并不知道这个所谓‘校园贷’公司老总钱三多，其实就是他们学校的老师董行。董行放贷的利息非常高，利滚利算下来，最终还款可能是原来借款数目的两三倍。但是我统计了一下，绝大部分贷款都按钱三多的要求还清了。只有两个女生例外。一个女生叫司徒女真，就是咱们现在在大屏幕上看到的这个女孩儿。”

大家都把头扭向吊挂在墙壁上的幕布，照片上女孩儿举在胸前的身份证虽然有点模糊，但还是隐约能看清“姓名：司徒女真”这几个字。

汪晨旭接着往下说：“司徒女真当时是一名大三学生，去年年底找钱三多贷款一万元，今年 3 月还了八千元，但钱三多说她还欠自己一万元。‘那我只有拿自己的命还给你了！’这是她在微信上对钱三多说的最后一句话，之后再没有跟钱三多联系,而钱三多也没有再催她还钱,一万元余债也不了了之。”

“这是为什么？”宋铎问，“难道是钱三多，哦不，是董行良心发现，不再要她还钱了？”

“显然不是。”汪晨旭说，“当我把董行的微信聊天记录翻看到这里的时候，忽然想起今年 3 月发生在平京文理学院的一桩新闻事件，事件女主角的名字好像就是叫司徒女真，因为这个名字比较特别，所以我有些印象。我上网搜了一下，很快就找到了那条网络新闻，新闻说今年 3 月的一天，平京文理学院一位名叫司徒某某的大三女生在宿舍割腕自杀，与此同时，网上也流出了她手持身份证的裸照……虽然新闻里并没有点名，但有一些文理学院学生在后面跟帖，说出了死者的真名，就是司徒女真。我查了一下，当时是辖区派出所出的警，调查之后说是因为学习压力过大而自杀身亡，后来这个案子移交到市局，咱们警方并没有再做深入调查，就同意了派出所的结论，以‘自杀’结案。现在看来，显然是钱三多将司徒女真的裸照上传到网络之后，活生生将她逼死的……”

“你刚才说有两个女生例外，”宋铎看着他问，“那另一个女生呢？”

“另一个女生，是去年10月底向钱三多借的钱，当时一共贷款一万五千元，去年12月还款一万元，还欠一万元。今年3月的时候，该名女生又还款一万元，但钱三多却说按利息算，她还欠他一万五千元。该女生说他心肠太黑，照他这种算法，她一辈子都还不清这笔‘阎王债’了。钱三多提出请她为自己的‘校园贷’公司写广告文案来抵债，该女生同意，并依约前往宾馆房间跟他见面。从后面微信对话可知，该名女生一到宾馆房间，就被钱三多用迷药迷晕，并被钱三多强奸。钱三多事后答应她所欠款项一笔勾销，但女生不肯妥协，执意要报警，于是钱三多就给她发送了这个视频……”

汪晨旭熟练地操作着电脑，投影仪的幕布上很快播放出一个视频文件，视频是在一个宾馆房间里拍摄的，一个女生全身赤裸，一动不动地躺在床上，一个体形瘦高的男人正趴在她身上卖力地拱动着。男人脸上打了厚厚的马赛克，看不清具体相貌。

汪晨旭说：“很显然，钱三多为了隐藏自己的真实身份，在自己脸上打了马赛克，这样女孩儿就算看到视频，也不可能知道他到底是谁。但是我在手机里很快找到了没有打马赛克的原始视频，很明显地可以看出，那个强奸女生的男人，就是昨天命案的被害人董行。”

专案组成员何建国忽然站起来说：“这个女生的名字，是不是叫秦雨馨？”汪晨旭立即朝他看过来，疑惑地问：“你怎么知道的？我看过她之前发给钱三多的手持身份证的裸照，她身份证上所写的姓名，正是秦雨馨。”

何建国忍不住后悔地拍了一下自己的脑袋，说：“想不到还真有这么回事。”

“这么回事，是怎么回事？”大家一起转过头看着他。

何建国叹了口气，就将平京文理学院女生宫小羽发疯跳楼，一个叫陈觅的男生，也就是昨天的命案报警人，怀疑宫小羽是被其班主任宁则高教授性侵后逼疯的，自行对宁教授进行调查，秦雨馨写信提供假证据证明宁则高确实曾对宫小羽有过侵害行为，被警方识破后秦雨馨改口说其实真正被性侵的是自己，她从打了马赛克的视频里判断出因她还不起“裸贷”而将她骗到宾馆迷奸的男人，就是宁则高等前后经过，说了一遍。

最后他说：“当时我以为她在说谎，现在看来，显然是真的，只是她认错了人，藏在马赛克下面的那个钱三多，并不是她认为的宁则高，而是身形与其颇为相似的董行。”

“这倒是一条重要线索。”苏晚晚看看队长。宋铎摇头说：“不是一条，而是两条重要线索。从理论上说，那个被钱三多，也就是董行逼死的司徒女真的家人，和这个被董行强奸并拍下性侵视频的秦雨馨，都有比较突出的杀人动机。”

“那倒也是。”苏晚晚点点头，补充说，“前提是她们已经通过某种方法，知道了这个裸贷公司的负责人钱三多，就是她们学校的副教授董行。”

宋铎揉着太阳穴想了一下，然后开始布置下一步侦查计划。他对苏晚晚说：“你不就是从平京文理学院毕业的吗？对那里的情况应该比其他人都熟悉，你就跟老何一起，去学校调查秦雨馨这条线索。司徒女真家人这条线索，我让曹亮和其他人去调查。有什么消息，随时向我汇报。”

案情分析会一结束，苏晚晚就立即和何建国一起，驱车赶往文理学院。路上，开车的苏晚晚问：“何所，我记得昨天跟报案人陈觅一起的那个女生，好像就是秦雨馨，对吧？”

何建国点头说：“是的，据陈觅说，当时他们两人正从学校外面回来，路上刚好遇见……哎，对了，如果这小子说的是真的，那秦雨馨根本就不可能作案啊。”

“看来案情要比咱们想象的复杂。”苏晚晚加快了车速，“不管怎么样，先去学校看看再说。”

第九章　谁是钱三多

苏晚晚和何建国来到文理学院，先到学校保卫处找到保卫处长徐工，然后又通过徐工，把秦雨馨叫了过来。

秦雨馨见到有两个警察找自己，感觉到有些意外，何建国对她来说并不陌生，她狐疑的目光一直停留在苏晚晚身上。

苏晚晚自报家门，说："我叫苏晚晚，是刑警大队的，我们是为了你们学校的老师董行被杀的案子来的。其实咱们在昨天的案发现场已经见过，不知道你还记不记得？"秦雨馨摇头说："昨天在现场，我基本上被吓傻了，所以不太记得。"

苏晚晚点点头表示理解："那确实，昨天我询问你的时候，你确实惊魂未定，什么问题也回答不了。"上下打量她一眼，又问，"现在怎么样了？可以回答我们几个问题吗？"

秦雨馨捋了一下垂到耳际的头发，"嗯"了一声，说："现在好多了。有什么问题你们问吧，我知道的一定如实回答。"

苏晚晚看着她问："昨天中午，你是怎么发现董行尸体的？"

秦雨馨摇摇头说："不，发现尸体的并不是我一个人，是我跟陈觅一起发现的。当时我们两个人正从外面回来，大中午的，天气很热，路上也看不到几个人，我们想赶回学校食堂吃午饭，所以走得很快，不想在距离学校门口还有几百米远时，突然看见一个人倒伏在人行道绿化带边上。我们以为是中暑晕倒的路人，急忙上前施救，谁知把那人翻过来一看，那人胸口全是血，好像是被人捅了刀子……我从来没有见过这样的场面，当时就吓傻了，看着陈觅在旁边打电话报警，我却什么也做不了。后来听陈觅说那个人是咱们学校的老师董行，而且已经死了，我就更不敢再去多看一眼了。后来好像有个女警察问了我几个问题，我脑子里一团糊涂，是怎么回答她的，我已经完全不记得了。”

“我可以问一下，大中午的，你们不在学校午休，跑到外面去干什么吗？”苏晚晚看着她忽然笑了，“难道说你跟那个叫陈觅的男生在谈恋爱，你们是到校外约会去了？”

“你想多了。”秦雨馨苦笑一声，看看旁边的何建国，问，“何所长，我跟陈觅之间的故事，还有那个视频的事，你跟这位女警官说了没有？”何建国点头说：“已经说了。”

秦雨馨说：“那就好，省得我再费口舌。昨天中午，我跟陈觅去了学校外面的一家手机维修店，找那里的修理工看能不能恢复我手机里删除的那个视频，只要找回视频，宁则高这个衣冠禽兽的伪善面目就可以被揭开了。”

苏晚晚和何建国对视一眼，两人心头同时闪过一个疑问：这个秦雨馨，是真的不知道视频里那个强奸她的男人不是宁则高，而是董行，还是早已经知道却还在这里装傻？

苏晚晚盯着她看了好久，却找不出想要的答案。

“结果呢？”何建国问。

秦雨馨的头垂了下去：“结果人家说视频被删除的时间太长，没有可能再恢复过来。我和陈觅都很失望，回来的路上也一直没说话，不想走到学校附近的时候，就遇上了……”

“那家手机维修店叫什么名字，具体在什么位置？”

“在学院路三巷，从巷口走进去，大约几百米远吧，店名叫什么我忘记了，反正那里只有那一家手机店，应该不难找到，修理师傅好像姓刘，我听陈觅叫他刘师傅。”

“你说的这个情况，我们会去核实的。”苏晚晚在笔记本上记录一下，又问，“你还记得昨天中午，你们离开学校的时候，大概是几点钟吗？”

秦雨馨回忆一下，说：“我们出去的时候，应该是 11 点 40 分左右吧，我记得那时我刚下课不久，到手机维修店估计是 12 点零几分的样子，在修理店耽误了一些时间，然后我们赶回学校吃午饭，正好在路上遇见倒地的董教授，当时是中午几点我就不记得了。”

“你们发现董行倒地的时间，大约是中午 12 点 40 分，这个可以从陈觅拨打的报警电话的时间点推测出来。”何建国说。

“从离开学校，到发现董行被杀，其间你一直跟陈觅在一起吗？”苏晚晚继续发问。

“是啊，我们一直同行。”秦雨馨终于感觉到有点不对劲了，“为什么这么问？”

苏晚晚收起手里的笔记本，用若无其事的语气说：“没什么特别的用意，就是随便问一下，你不用介意。如果没有别的要补充的，你可以走了。”

等秦雨馨走后，苏晚晚又让徐工把陈觅叫了过来。陈觅在两个警察面前，将昨天中午的事发经过，又详细说了一遍，与秦雨馨所言并无出入。苏晚晚朝何建国看一眼，何建国朝她略一点头，意思是说，这小子的说法好像并没有什么可疑之处。

“你可以走了。”何建国对陈觅说。陈觅站起身正要走出去，苏晚晚忽然又叫住他说：“陈觅同学，听说你在调查你们学校女生宫小羽坠楼及精神失常的事，是吗？”

陈觅愣了一下，似乎没有想到她会问这个问题，因为这事与董行的命案好像并没有关系。不过他还是点头说：“是的。”

苏晚晚说：“何所长已经把宫小羽的情况大致跟我说了。我很好奇，你为什么会如此坚定地认为，宁则高教授跟这件事有关系呢？”

陈觅说："因为事情发生的时候，我就在宁教授办公室门外，当时我听到屋里传出宫小羽惊恐的叫声，然后又看到她披头散发甚至是衣衫不整地从宁教授办公室跑出来，直接跑上学生活动中心五楼天台，最后跳了下去。如果是你，难道你不会做出相同的怀疑吗？"

"我想我应该不会做出这么武断的判定。"苏晚晚看着他，斟词酌句地说，"当然，你有这种怀疑，也很正常，但是我当刑警这么多年得到的一条最基本的人生经验就是，许多事情绝不是咱们表面看到的那么简单。就我对宁则高教授的了解来说，我很难想象他会做出这种事情。"

陈觅蓦然抬头看着她："你认识宁教授？"

"是的，我也是从这所大学毕业的。大约十年前，我考进这所学校，遇到的第一任班主任，就是宁老师。那时候学校还没有文学院，只有中文系，我就是中文系的学生。"苏晚晚缓步踱到窗户前，指着窗外一幢外墙已经失去颜色的旧楼说，"我记得当时宁教授就是在那幢楼里给我们上当代文学课。我人生中最美好的青春年华，就是在这个校园里度过的，而且在这里，我生平第一次喜欢上了一个男生，一个特别有才华的男生，只可惜后来他因故退学，没有等到毕业就黯然离开了学校……"

苏晚晚的眼神渐渐变得有些迷离："那时候宁教授就已经是全国知名的作家，我们经常可以在一些大型文学刊物上读到他的小说，他是我们这帮中文系学生最崇拜的人……可惜的是，我虽然大学学的是中文专业，但毕业后却并没有从事摇笔杆子的工作，而是女承父业，当了一名警察。"

陈觅问："那你有多久没有见过宁教授了？"

"五六年时间吧。事实上我只是在毕业当年年末，学校举行建校四十周年校庆的时候，回校见过他一次，之后就再也没有跟他见过面。"

"人是会变的。"陈觅说，"五六年时间，足以让一个人发生翻天覆地的变化。"

"不如这样吧，等忙完董行的案子，我帮你调查一下宫小羽的事情。但是，”苏晚晚脸上的表情忽然变得严肃起来，“在此之前，我希望你不要再轻举妄动，擅自调查。”

陈觅低头一想，如果宫小羽的事有这样的资深警察帮忙调查，肯定会事半功倍，于是说：“好，那咱们就一言为定。口说无凭，击掌为誓！”苏晚晚笑笑，伸出手来与他轻轻一击。

等陈觅离开保卫处后，何建国问苏晚晚：“你真的要帮他调查？”苏晚晚点头说：“我觉得这事应该不会太复杂，只有我帮他把真相调查清楚，他才不会再打着独立调查的名号，到处传播有损宁老师清誉的谣言。但不管怎么样，咱们还是要先把董行的案子给搞清楚。”

何建国问：“那咱们现在该怎么办？”

苏晚晚想一下，说：“秦雨馨和陈觅的证词，并没有什么漏洞，但咱们还是需要去他们说的那家手机维修店核实一下情况。”

两人把警车开出学校，向右拐个弯，沿着学院路向西走出一里多路，左手边出现了一条小巷，巷口的路牌上写着“学院路三巷”。

苏晚晚把车开进巷子，前行几百米，果然看见路边有一间手机维修店，只占着一间小门面，招牌上写着“先锋电子数码产品维修服务部”几个字。再前前后后看看，并没有其他维修手机的地方，基本可以肯定陈觅他们说的，就是这家小店了。

他们下车进店问了一下，正拿着电烙铁在一块电路板上焊接电子元件的店主抬起头说：“我就是刘师傅。”

苏晚晚拿出手机，翻出在学校拍摄的秦雨馨和陈觅的照片，问：“你认识这两个人吗？”

刘师傅看了一眼，点头说：“男的认识，叫陈觅，是文理学院的学生，到我这里来修过几次手机。女的见过，但不认识。昨天中午，陈觅带着这个女孩儿到我这里来过，说是想要找回这女孩儿手机里被误删的一个视频文件。我检查了一下她的手机，那个文件是大半年前删除的，已经没有可能再恢复过来。后来他们两个就拿着手机离开了。”

“能告诉我，他们是什么时候到你店里来的吗？”

“昨天中午啊，我刚刚已经说了。”

“能再具体一点吗？”

“再具体一点啊？”刘师傅看了她一眼，像是明白了什么，“具体几点几分我就记不清了，不过我这店里装了监控，看一下昨天的监控视频就知道了。”他在电脑里打开昨天的监控视频，很快就找到了陈觅和秦雨馨来到店里的画面，看了一下之后说，“他们来的时候，是中午 12 点零 4 分，离开的时候是 12 点 28 分。”

“好的。”

苏晚晚将这几个时间点在笔记本上记录下来，道谢后离开。

回到警车里，何建国把身子舒服地靠在座椅靠背上，吐出一口气，说：“这样一来，秦雨馨杀死董行的可能性就基本没有了。她和陈觅离开手机维修店的时间是中午 12 点 28 分，而法医说董行被杀时间是中午 12 点 30 分。从手机维修店到案发地点，如果步行的话，最快也要十来分钟吧，就算秦雨馨是飞毛腿，也不可能在两分钟之内赶去那里杀人。”

“不，老何，你这个推断不能够成立。”苏晚晚显然有不同看法，“法医推断董行死亡时间，是 9 月 8 日，也就是昨天中午 12 点半前后，但并非绝对地说就是 12 点 30 分，我觉得前后有十几、二十分钟误差，是很正常的。”

何建国一怔：“也对，法医说的只是一个概数，董行死亡时间是中午 12 点半前后，那也有可能是 12 点 20 分或 12 点 40 分。”

“12 点 40 分，正是陈觅说的他们发现董行倒在人行道上的时间。这样算下来，秦雨馨是有杀人时间的，她 12 点 28 分离开手机维修店，12 分钟后在案发地点迎面遇见从学校出来，去往新华书店的董行，两人擦肩而过时，秦雨馨突然拿出水果刀，捅向董行胸口……”

何建国摇摇头：“我觉得这个推理太勉强了。第一，董行昨天中午从学校去往新华书店是偶发行为，秦雨馨遇见他的时候，怎么可能身上恰好带着刀？除非她早已知道董行就是那个强奸她的钱三多，并且早有杀人之心，所以一直将凶器带在身上。第二，如果第一点能够成立，秦雨馨既然已经知道性侵她的人是董行，又怎么还会跟陈觅一起跑到手机维修店去试图找回删除的视频，证明视频中那个打了马赛克的男人是宁则高？第三，昨天中午她一直跟陈觅在一起，根本就没有时间单独作案。”

“我好像并没有说秦雨馨是单独作案吧？”苏晚晚忽然语气森然地来了这么一句。

“什么意思？”何建国扭过头来看着她，“你是想说，有可能是秦雨馨和陈觅合伙杀了董行？”

“我只是觉得不能排除这种可能性。”苏晚晚自己也不太确定。

“那么陈觅伙同秦雨馨杀人的动机是什么？他的情况我比较了解，他现在最关心的是宫小羽的案子，基本没有可能分心去帮秦雨馨杀人。另外，从我们刚才谈话的情况来看，秦雨馨说到宁则高时完全是一副咬牙切齿的模样，不像是假装出来的，由此可见，她并不知道那个钱三多其实是董行，所以她杀董行报仇之说，也就无法成立。”

“你这样一说，好像也有些道理。”苏晚晚想了一下，说，“既然如此，那秦雨馨和陈觅的杀人嫌疑，就都基本被排除了。”她一边说话，一边启动警车，掉头往市局方向开去。

回到市局，苏晚晚把情况向队长做了汇报，宋铎也同意他们做出的秦雨馨不可能是杀人凶手的调查结论。

没过多久，曹亮到队长办公室来报告，他调查到被董行放高利贷逼死的那个司徒女真是四川遂宁人，家里只有一个年过五旬的老母亲，并无其他至亲。他请遂宁当地派出所同行协查过，司徒女真的母亲最近生了一场大病，已经在医院里躺了一个礼拜。他觉得司徒女真的家人不远千里跑到平京市来杀死董行为司徒女真报仇的可能性基本为零。

宋铎皱了一下眉头说："如此说来，司徒女真的家人和秦雨馨作案的可能性，都已经被排除了。"

曹亮想想说："这个董行，明面上做教授，暗地里却向学生放高利贷，应该赚了不少黑心钱。会不会是其他有裸照在他手里的女生向他报复呢？"

苏晚晚说："从微信记录来看，其他人都已经将贷款还清，好像也没有向他报复的必要了吧？另外从现在的情况来看，好像并没有人知道他就是那个向女大学生提供'裸贷'的钱三多。"她柳眉微皱，来回踱了两步，"我忽然觉得董行的死，很可能跟他放高利贷这件事，没有什么关系。"

宋铎问："为什么这么说？"

"很简单啊，如果我是凶手，为了'裸贷'的事报复杀人，得手之后肯定会把他身上的手机拿走，因为凶手不可能不知道自己跟钱三多的微信聊天记录及发给他的裸照，就保存在他手机里。"

宋铎点一下头，说："你说得有道理。但是咱们还是不能放过任何的可能性，下一步我们要对董行手机微信记录里的所有向他借过钱的人，都仔细排查一遍。"

等专案组的其他人接到任务，离开队长办公室后，最后留下来的苏晚晚才凑到队长跟前说："宋队，有件事我想向你请示一下。"

宋铎有点诧异，抬头看她："什么事？"

苏晚晚说："是这样的，那个秦雨馨，她收到董行发给她的打过马赛克的视频后，一直误以为这个强奸过她的'校园贷'公司老总钱三多，就是他们学校一位名叫宁则高的教授。现在她正跟陈觅一起，私下调查这位宁教授。我觉得为了不给这位躺枪的宁教授带来不必要的麻烦，是不是可以把董行就是钱三多这个消息，向秦雨馨和陈觅透露一下。"

宋铎爽快地点头说："也好，秦雨馨也算是董行案的受害者，她有权知道这个真相。但是有两点你要把握好：第一，这个案子还在侦破阶段，该说的说，但有些不该透露出去的涉密信息千万不能泄露，以免影响咱们警方破案；第二，叮嘱他们要注意保密，在这起命案侦破之前，不许将这个消息泄露出去。”

苏晚晚说：“行，我会有分寸的。”从队长办公室走出来，她立即掏出手机给陈觅打电话，说有些情况要告知他和秦雨馨，问他们什么时候有空，一起见个面。

陈觅想一下说：“那就今天中午吧，我们学校正门口，街道对面有家三味食屋，我去通知秦雨馨，中午 12 点我们在那里等你。”

苏晚晚说：“行。”

中午的时候，苏晚晚来到文理学院前面的三味食屋，陈觅和秦雨馨已经坐在最里面一张桌子边等着她。她坐下后，陈觅说：“苏警官，你想吃点什么？我请你。”

苏晚晚笑笑说：“估计你们都还没吃午饭吧，我请你们，别客气，你们自己点餐就行了。”陈觅也不推辞，与秦雨馨各点了一份扬州炒饭，苏晚晚则点了一份咖喱鸡饭。

在等餐的时候，陈觅略略有些不安地问：“苏警官，你说有什么事情要告诉我们的，对吧？”

“是的，”苏晚晚喝了一口杯子里的柠檬茶，“我们在调查董行命案的过程中，意外地发现了一些情况，我觉得有必要告诉你们一下。”

陈觅不由得坐正了身子：“什么事？”

“董行被杀之后，我们检查了他的手机，发现他有一个微信小号，里面加的全部是你们学校的女生，女生将自己的身份证及裸体照片发给他，他则向对方提供几千至几万元不等的高息贷款。”

说到这里，苏晚晚抬头看一下，秦雨馨显然已经猜到了什么，脸色顿时一片苍白。她接着说：“董行在这个微信小号里用的名字，叫钱三多，自称‘校园贷’公司老总……”

秦雨馨听到这里，“呀”地发出一声低叫，身子晃一下，差点从凳子上摔下去。

苏晚晚看着她说：“你也在钱三多的微信好友里，他给你发送的那个打了马赛克的视频，也一直保存在他的微信里。另外，我们还在董行手机里找到了那个没有打码的原始视频。因为涉密我不方便把那个视频发给你们看，但我保存了三张截图，你们可以看一下。”

她在自己手机里打开一张图片，然后递给他们。秦雨馨接过来，翻看了里面的三张图片，虽然只是视频截图，但画面非常清晰，那是一个男人在宾馆房间性侵一名女生的镜头。当然，女生的身体敏感部位已经被苏晚晚做了模糊处理，但那个男人的脸，却看得异常清楚，不是别人，正是他们学校建筑系副教授董行。

“原来是这个畜生……”秦雨馨咬牙切齿地骂了一声，忽然全身颤抖，伏在桌子上低声哽咽起来。

苏晚晚收回手机说：“很显然，你们错怪宁教授了。”

“谢谢你告诉我这些。如果你们破了案，无论是谁杀了这个畜生，都请你们通知我一声，我一定要去好好谢谢那个为民除害的人！”

秦雨馨忽然站起身，朝她鞠一躬，饭也不吃了，一路小跑离开了三味食屋。

正好这时一名女服务员将他们点的炒饭送了上来，陈觅接过自己那份，默默地吃着。

他吃了几口饭，抬头看见苏晚晚正在望着他，就说：“你不用看我，钱三多是董行，这个确实出乎我意料，但这件事并不能证明宫小羽的案子跟宁则高无关，这是两码事，对吗？”

苏晚晚点头说：“那倒也是，你给我点时间，相信我会把你说的那个宫小羽突然发疯的事查个水落石出的。”她看看表，三两口扒完自己碟子里的饭，叫来服务员付完餐费后说，“我还有任务，先走了，有什么消息咱们随时联系。”

陈觅说声“好”，直到看着她走出餐厅，才重新拿起筷子吃饭。刚吃两口，肩膀就被人从后面拍了一下，不用看他也知道，一定是佟欢欢，像她好奇心这么重的人，直到现在才现身，已经很是出乎他意料了。

果然，穿着餐厅围裙的佟欢欢凑到他身边，神秘兮兮地低声问："怎么还有警察来找你啊，而且还是个美女警察？"

陈觅一边吃饭，一边应道："还不是为了我们学校董教授的案子来的。你应该也听说了吧，董行被杀，是我和秦雨馨最先发现尸体并报的警，所以警方这两天已经过来找了我们N次了，搞得好像我们是凶手一样。"

"哦，先前走掉的那个女生就是秦雨馨啊？长得挺漂亮哦！"佟欢欢的语气有点发酸，"昨天中午你们是出去约会了吗？"

"我哪有那心情。"陈觅白了她一眼说，"我以前不是跟你说过她有个视频可以证明宁教授是个坏人吗？那个视频已经被她删除了，昨天我们想去学校外面找手机维修店的师傅看能不能将那个视频文件恢复过来，但人家师傅说，删除时间太久，不可能再找回来了。我们不但白跑了一趟，结果还在回学校的路上遇见董行被杀。我去，我这也真够倒霉的了！"

佟欢欢看他心情似乎不太好，也不敢再在他面前问东问西，吐吐舌头，转身去别的客人桌子上忙去了。

陈觅吃完饭，从三味食屋里走出来，外面的阳光晃得他眼睛生疼，他正准备穿过马路走回学校，突然感觉到衣领一紧，脖子后面的衣服被人猛地揪住。回头一看，身后站着一个人高马大满脸横肉的大汉。"你、你想干……"一句话没说完，他就已经被衣领勒得喘不过气来。

大汉就像老鹰抓小鸡似的，将他拎进停在路边的一辆黑色小车里。陈觅扯着衣襟张嘴喘了几口大气，一扭头，发现身边坐着一个人，满身肥肉，脑门上耷着一撮黄毛，居然就是那个要他们家拿房子抵债的毛志华毛痞子。

陈觅大吃一惊："你、你们想干什么？上回说好的还款日期，好像还没到吧？"

毛痞子嘿嘿一笑，把一条文着青龙的手臂搭到他肩膀上："小兄弟，别紧张，今天咱们不是来追债的。”

陈觅疑惑地问：“那你们找我干什么？”

“大哥我想找你打听点事。”毛痞子皮笑肉不笑地看着他，“如果你肯说实话，你们家欠的债，大哥可以给你们打五折，三十万变十五万，而且一年之内，绝不再上你们家催债。”

“真的？”陈觅问，“也不要我家抵押房子了？”

“当然。”

“你想打听什么事情？”

毛痞子透过车窗往外瞧瞧，陈觅这才发现，这个位置刚好可以从三味食屋打开的窗户里，看到他刚才吃饭时坐过的那张桌子。毛痞子问他：“刚才跟你一起吃饭的，是个女警察对吧？”

陈觅点头说：“是、是的，是刑警大队的。”

“她为什么来找你？”

“昨天我们学校有个叫董行的老师，在校外被人用刀子捅死了，是我发现了他的尸体，所以警察最近两天总是来找我了解情况。”

“她都向你了解过什么情况？又对你说过一些什么？”

“就是了解我发现尸体的经过啊，还有现场有没有其他人啊，看没看见凶手行凶啊，我当然没看见。我见到董行的时候，他都已经死了。”

“那警察有没有向你提及过其他内容？”毛痞子试探着问，“比如说董行的手机，或者是他手机里还有一个名叫钱三多的微信小号？”

“钱三多？”陈觅立即扭头看着他，“你怎么知道的？”

坐在前排的，那个将他拎进车里的大汉回头瞪他一眼，“嗖”地从腰间抽出一把明晃晃的匕首：“妈的，别废话，毛总问什么你答什么，不准提问。你小子要是不老实，老子今天就放你的血！”

陈觅吓得一哆嗦，赶紧说：“是是是，董行确实有个微信小号叫钱三多。他表面上是咱们学校的副教授，暗地里却经营一家非法的‘校园贷’公司，专门向咱们学校女生提供高息贷款，如果到期不还款，他就用她们当初提供的裸照去威胁她们……”

“警方真的说他就是这家公司的老板，没有其他同伙？”毛痞子盯着他，脸上的表情竟然有点紧张。

陈觅说：“这个我就不知道了，反正警察是这么说的，只提到了钱三多一个人，并没有提别的人。”

毛痞子与大汉对视一眼，似乎这才放下心来。陈觅看着毛痞子脸上如释重负的表情，忽然心念电闪，毛痞子和董行都是放高利贷的，难道他们之间……

他一副恍然大悟的样子，张张嘴，刚想发问，毛痞子像是看穿了他的心思，在他脸上轻轻拍一巴掌：“小弟弟，不该问的别问，知道太多对你没好处，总之我告诉你，董行的事跟哥们儿没有任何关系，老子的规矩，道上兄弟都知道，只谋财不害命，谋财最多坐牢，害命那可是要吃枪子儿的。”

陈觅看着他，似懂非懂地点点头。

毛痞子挥一挥手：“你可以走了。”

陈觅打开车门，刚迈出一条腿，毛痞子又叫住他，阴着脸说：“你们家的债减半，哥们儿说到做到。但是如果你敢把今天的事透露给警方，你和你老妈以后就别想再过安生日子，听懂了没？”

陈觅点头说：“我知道，只要你不是杀人凶手，其他事跟我半毛钱关系都没有，我不会傻到自找不痛快的。”

他站在街边，看着毛痞子的黑色小车拐上街道，渐渐远去，正要松一口气，忽然“叭”的一声，肩膀被人拍了一下，又把他吓得一哆嗦，猛然回头，却是佟欢欢站在他后面。

他面有愠色，道：“拜托你以后不要在后面拍人家好不好？你不知道人吓人会吓死人吗？”

佟欢欢吐吐舌头，说：“刚才那两个人是你朋友啊？我看见他把你拉进车子里去了。”

陈觅没好气地说：“我哪有这样的朋友。坐在车里的那个人叫毛志华，绰号叫毛痞子，是个混黑社会的。”

“毛痞子？”佟欢欢觉得这名字有点耳熟，很快就想了起来，“哦，就是你说过的，要你们用房子抵债的那个家伙吧？”

陈觅“嗯”了一声，没有说话。

“他找你干什么？”佟欢欢忽然有点紧张地打量起他来，“是向你追债吗？他们没把你怎么样吧？”

陈觅摇头说：“还好，他们不是来追债的，他们有点事情想问我，我老老实实回答了他们，然后毛痞子一高兴，就答应我家欠他的债可以减掉一半，三十万阎王债变成了十五万。”

“那还不错，总算他良心未泯。”

“即使是十五万，也够我妈还的了。我妈实在太辛苦了。如果还不上，那我也只好辍学，出去打工挣钱还债了。”

说完这话句，陈觅忽然朝街道对面的学校跑去。大街上，几辆小车闪避不及，猛打方向盘，差点撞在一起。

第十章　凶手的背影

在董行手机中，钱三多那个微信账号里，除了司徒女真和秦雨馨，另外还有四十五个人找他贷款，全都是文理学院的女生。专案组的人经过全面排查，发现这四十五个人并不知道给她们贷款的钱三多，其实就是她们学校的老师，更没有人把这个“校园贷”公司老总跟建筑系副教授董行联系起来。所以说这些人作案的可能性极小。

苏晚晚说：“我觉得咱们被董行手机里的那个微信小号给误导了，一看到他手机里的裸贷信息，就想当然地认为肯定是有人为了贷款或裸照的事报复杀人。但是从现在的调查结果来看，我认为董行的死因，很可能跟其在学校放高利贷的事无关。”

“你是说,凶手有另外的杀人动机？”宋铎坐在办公桌后面,抬头看着她。

苏晚晚说：“是的，凶手一定是因为另外的原因而杀他。”

曹亮在旁边问：“那是什么原因呢？”

苏晚晚摇一下头，说：“这个，我目前也还不知道。如果董行的老婆梁洁莹醒过来的话，也许能给我们一点线索。可惜她那天在案发现场犯了心脏病，现在还一直躺在医院里，身体虚弱无法接受警方问讯。”

正在这时，宋铎办公桌上的电话响了，接听之后，他放下电话说：“真是说曹操曹操到，医院刚才打来电话，说梁洁莹的身体已经恢复过来，可以接受警方调查了。我看这样吧，苏晚晚，你带上曹亮，赶紧去一趟医院，看能不能从梁洁莹嘴里问出什么线索来。”

苏晚晚立即带着曹亮赶到医院，在病房里见到梁洁莹时，她正躺在床上输液，虽然看上去仍然有些虚弱，但应该已经没有什么大碍。看到警察到来，她立即想起死去的丈夫，又几乎流下泪来。她抓住苏晚晚的手问：“警察同志，杀死我丈夫的凶手抓住了吗？”

苏晚晚摇头说：“暂时还没有，我们手里掌握的线索不多，目前很难追踪到凶手。”

“那怎么办？总不能让凶手一直逍遥法外，让我老公死得不明不白啊！”

苏晚晚知道她是一名小学教师，就叫了她一声“梁老师”，然后说：“我们来这里的目的，就是希望你能给我们提供一些线索，让我们尽快找到凶手。”

“行，你们想知道什么，尽管问吧。”梁洁莹在床上坐直了身子，“只要能早日抓住凶手，要我做什么都行。”

苏晚晚点点头，在病床边坐下，问道：“前天，也就是你丈夫出事之前，你可曾觉得他有什么异常的地方吗？”

梁洁莹想了一下，摇头说：“没有呀，那天我上班比他早，我出门的时候，他正坐在家里的沙发上看报纸，一切都跟平时一样，没有什么不正常的地方呀。”

“你丈夫平时跟什么人结过仇吗？”

“这个也没有。他是一个大学老师，为人师表，性格也很温和，平时也没得罪过什么人，好像也没有什么仇家呀。”

曹亮掏出笔记本，本来想记录一些有用的线索，没想到听到的是这样的答案，手里拿着笔，却一个字也没有写下去。

苏晚晚又问：“梁老师，对于凶手，你有什么想法吗？或者说，你觉得什么人会对你丈夫下毒手？”

“这个我完全没有头绪，这两天我也一直在想这个问题，到底会是谁这样对我们家老董呢？我把我们认识的、接触过的所有人，都在脑子里过了一遍，实在想不出会有谁这么残忍，竟然要杀我们家老董。”

苏晚晚站起身，在病房里走了两步，然后换了个话题，问道：“你们家的经济状况怎么样？”

“经济状况？”梁洁莹显然对这个问题感到意外，愣了一下神，才回答说，“还好吧，我们两口子工资加起来，虽然不算多，但也不缺钱花。”

“你们家谁掌管经济大权？”

“我老公比较有经济头脑，家里的银行存折都是他管着。有时候他也会把钱拿出去做点投资，基本都没有亏过，多少都能赚些钱回来。”

苏晚晚回头看看曹亮，示意他这个可以记录下来。然后她又问：“知道你丈夫把钱拿去做什么投资了吗？”

梁洁莹一脸茫然，摇头说：“不知道，我没问，他也没有跟我说过。”

苏晚晚看看她脸上的表情，不像是在说谎，看来她知道丈夫在外面有过一些投资，却并不知道董行其实是在用一种特别的手段向学校的女生放高利贷。

她想了一下，觉得现在还不到把实情告诉她的时候，于是很快换了下一个问题。

这场问讯持续了大约一个小时，但苏晚晚和曹亮并没有从梁洁莹这里得到什么有用的线索。

两人离开医院的时候，脸上写满了失望的表情。

站在医院门口的大路边，看着街道上来来往往的车流，曹亮一脸茫然，问：“师姐，接下来咱们该怎么办？”

苏晚晚想了一下，说：“咱们还得去一趟文理学院，调查一下董行在学校里的人际关系。他老婆说的是他在家里的情况，他工作上的事，她似乎并不了解。”曹亮说：“好。”

两人再次来到文理学院，找到保卫处长徐工，说明来意后，徐工皱眉说：“这就有点麻烦了，学校的教职工加起来超过两千人，我也不是每个人都很了解。”

苏晚晚说：“那就麻烦你帮我们找两个平时跟董行相处得比较好的人过来，我们直接询问他们就行了。”

徐工说：“行。”

不大一会儿，他就叫了两名年轻的男教师过来，向苏晚晚介绍说：“这个是建筑系的朱讲师，就是事发当天中午，跟董行一起下棋的那位。这个是建筑系的助教小马。他们俩平时跟董行走得比较近，对董行的情况应该比较了解。”

朱讲师和马助教看到警察，都有点紧张。苏晚晚先请他们坐下，然后才开始发问。无非是问他们，董行在学校的人际关系如何？平时跟学生相处得好不好？跟其他老师同事关系如何？有没有和谁发生过争执？等等。两人的回答十分一致，都说董老师在学校很受学生欢迎，和其他同事相处也十分融洽，印象中好像也没有跟谁红过脸。总之拿两人的话来说，董行就是一个受到学生和同事欢迎的大好人。

苏晚晚知道再问下去，也不会有什么结果，只好给了他们每人一张自己的名片，嘱咐他们，如果想起什么特别的情况，可以随时联系她，她的手机24小时开机。

从学校保卫处出来，曹亮像个泄了气的皮球，一副无精打采的样子，掏出手机，想要向队长报告这边一无所获的情况，苏晚晚却拦住他说：“再等一等。”

曹亮问：“等什么？”苏晚晚笑笑说：“这里是我曾经待过四年的母校，在办这桩案子之前，我已经好几年没有回来过，要不你陪我在校园里到处转转吧。”

“啊？”曹亮实在没有想到她在这个时候，居然还有心情在学校里闲逛。他还没有回答，苏晚晚却已经沿着一条校园小径，向前走了。他只好苦着脸跟在后边。没走多远，就到了校史馆门口。

苏晚晚说："要不要进去看看，顺便听我给你讲讲这个学校的校史。"

曹亮赶紧摆手说："还是算了，在外面转转就好。"

绕过校史馆，再往前走，眼前出现一个碧波荡漾的小湖，湖边树荫下的长凳上，坐着成双成对的男女学生。

苏晚晚像个导游似的向他介绍说："这个湖，叫作静心湖，打我在这里上学起，湖边的林荫小道，就成了男女学生谈恋爱的圣地。当年我也曾跟自己喜欢的男生在这里约会过呢。"

曹亮看着她，忽然有点无语的感觉。当她提议到校园里走一走的时候，他还以为她是想趁这个机会走访学生调查案子，谁知她居然真的到这里闲庭信步抚今追昔来了。

他看看表说："我说姑奶奶，宋队还在家里等着咱们回去汇报情况呢，咱们能不能改天再来追忆你那逝去的美好初恋？"

苏晚晚轻轻一挥手："不急，再等等。"

"我们究竟在等什么？"

曹亮一脸莫名其妙。

苏晚晚正色道："刚才我们讯问那个朱讲师的时候，你没看出他似乎有什么难言之隐吗？我敢断定，他应该有话要对我们说，只因碍于有学校其他同事在场，所以才不便开口直言。"

"你的意思是，他等下会……"

"你以为我那张名片是白给的吗？"

两人正说着话，苏晚晚的手机忽然响了，她按下接听键，一个男人在电话那头用低沉的声音说："喂，是苏警官吗？我是刚才你见过的朱讲师。"苏晚晚朝曹亮伸出两根手指头，做了个胜利的手势，同时在电话里应道："我就是苏晚晚。朱讲师，请问有什么事吗？"

朱讲师似乎是躲在什么狭小的地方给她打电话，他紧张的喘气声都能在电话里听得一清二楚："苏警官，是这样的，关于董行在学校的人际关系，本来我有个情况想跟你们说的，只是当时还有学校其他同事在场，我怕惹上麻烦，没好多说。”

“那行，咱们再见个面吧，就在你们学校对面的三味食屋，怎么样？”

“不了不了，要是被人看见我私下跟你们见面，那可就麻烦了。”朱讲师在电话里忙不迭地说，“我还是在电话里跟你们说吧。其实对于董行的死，我个人觉得，咱们系的另一名副教授冯锦璋很可疑。”

“为什么这么说？”

“今年年初的时候，冯锦璋和董行两个人竞争咱们建筑系副主任一职，后来董老师当选，冯老师落选。本来冯老师对这个结果也没什么情绪，可是后来听说董老师是向学校领导送了不少礼，才爬上这个位置的，冯老师就非常恼火了，还写信到上级主管部门告过状，但都被董老师花钱摆平了。后来董老师经常利用自己的职务之便，给冯老师小鞋穿。最明显的一次，是上个月冯老师买了一批教具回来，发票要副主任和主任两位主管领导签字后，才能拿去给主管财务的副校长审批，最后去财务室报销。但董老师硬说他没有事先报备，僵持着不肯给他签字，结果导致这张发票没法报销，这一万多块钱的费用得冯老师自掏腰包。当时把冯老师给气得，直接拿起办公桌上的烟灰缸就要砸向董老师，幸好被咱们一帮同事拉开。冯老师指着董老师的鼻子说，王八蛋你给我等着，老子迟早要你不得好死！”

苏晚晚听明白了他的意思，说：“所以你觉得，这个冯锦璋冯老师，是有杀人动机的，对吧？”

“他不光有杀人动机，而且也具备作案时间啊。事发当天中午，冯老师本来有个教学工作会议要开的，可是他临时请假，说自己身体不舒服，回家休息去了。”

“这样说来，他确实具备作案时间。”

“这还不是最重要的，”朱讲师喘口气说，“最重要的是，那天中午，董老师刚走，他办公室电话就响了，当时我在那里等他回来下棋，就顺手帮他接了电话。打来电话的人，正是冯锦璋，他问董行前一天自己提交的授课计划，能不能再修改一下？我就告诉他说：董老师不在，刚刚去新华书店取书了，要不你晚点再打过来。”

苏晚晚这才明白他说的“最重要”是什么意思，这样一来，冯锦璋就成了除朱讲师及董行本人之外，第三个知道他会在那个时间段去往新华书店的人。这一点对警方来说，才是至关重要的。

“苏警官，你还在听吗？”朱讲师听到电话里好像没有传出苏晚晚的声音，赶紧问了一句。

苏晚晚忙说：“我在听的。”

朱讲师说：“知道董行要去新华书店取书，冯锦璋提前埋伏在他的必经之路——哦，对了，忘记跟你说了，冯锦璋就住在学院路，距离董行被杀地点并不远，如果开车的话，估计用不了十分钟——他提前埋伏在路上，趁董行经过之时，突然冲出来动手杀人，应该是很容易得手的。”

苏晚晚点头说：“行，你提供的这些情况，我都记住了，我们会去调查核实的。很感谢你给我们提供的这个重要线索。”

朱讲师说：“还有，你们可千万不要跟别人说，是我向你们提供的情报啊，要不然我以后就没法在这学校里待了。”

苏晚晚说：“行，我们会替你保密的。”

挂了电话，她把情况跟曹亮说了，曹亮不由得朝她竖起大拇指：“师姐，你可比诸葛亮还要神啊！”

苏晚晚大笑起来，说：“先别急着拍马屁，一事不烦二主，咱们还是回头去找徐工吧。”

两人再次来到学校保卫处，徐工正跷着二郎腿在办公室喝工夫茶，见到两个警察去而复返，脸上明显露出不高兴的表情，但只是一闪而逝，很快就换上一副笑脸：“二位，还有什么需要我帮你们的吗？”

苏晚晚问：“徐处长，你们学校建筑系有个叫冯锦璋的副教授，不知道你熟不熟？”

“认识，但不熟。”

“认识就行，烦请你带我们去见见他。”

“怎么，他也涉案了吗？”徐工感觉到有些意外。

苏晚晚说：“目前还不知道，咱们只是例行调查。”

徐工犹豫一下，说：“要不这样吧，你们在这里喝杯茶，稍候片刻，我去把他找来。”

苏晚晚明白他的意思，这大白天的，如果他这保卫处长带着两个身穿制服的警察在学校里穿来穿去，恐怕会给学校带来什么负面影响。她也不为难他，点头说：“那也行，辛苦你了。”

苏晚晚和曹亮坐在保卫处，一杯茶还没喝完，就见徐工领了一个戴着眼镜，面皮白净的中年男子走了进来。

“这两位是市公安局的警察同志，”徐工给双方做了介绍，“这位就是咱们学校建筑系副教授冯锦璋冯老师。”

冯锦璋见到两个警察，倒也并不觉得意外，“我就知道你们会来找我的。”他脸上露出一抹轻松笑容，好像盼了好久的一件事，终于发生了，让他心里终于踏实了一样。

“哦，为什么这么说？”苏晚晚顺势问了一句。

冯锦璋看看她，又看看曹亮，说：“很明显啊，董行被人杀了，而我不久前才和他吵过架，甚至还扬言要他不得好死。按照警方的逻辑，理所当然要被列为重点怀疑对象啊。更重要的是，他出事那天中午，我恰好不在学校且去向不明，这样的巧合，你们警方绝对不会视而不见，对吧？”

曹亮忍不住插了一句：“更巧的是，那天中午你刚好打了个电话到董行的办公室，知道他要去新华书店办事。”

“所以我的杀人动机、作案时间、动手契机，都已经具备了，对吧？”冯锦璋看着他，脸上带着揶揄的笑意。曹亮不禁有些恼火，盯着他问：“你这是自己承认杀了董行吗？”

“我可没有说过自己杀了人。”冯锦璋说，“我有杀人动机、作案时间，并不代表我一定就是凶手，对吧？”

苏晚晚知道对方是大学教授，玩这些嘴皮子功夫，自己和曹亮两个人加起来都不是他的对手，再绕几圈，只怕连曹亮自己都会被他绕进去。她冷下脸来，盯视着对方，直截了当地问：“我们想知道，前天，也即 9 月 8 日中午 12 点至下午 1 点，你在哪里？”

“既然你们能找到我，想必已经对我做过必要的调查了，当天中午学校本来有个会要开，但是因为我胃疼的老毛病犯了，所以临时请假回家休息去了，一直到下午 3 点多，才返回学校给学生上课。”

“有谁可以证明当时你一直待在家里？”曹亮问。

冯锦璋晃一下脑袋说：“这可不好说，我老婆这几天在外地出差，当时就我一个人在家里，你要我找证明人，这可真是为难我了。再说了，我冷不丁说出一个时间点，你也不见得立即就能说出当时自己在哪里，并且还能找到有力的人证吧？”

曹亮被他呛得答不上话来。

“听说你家就住在距离董行被杀地点不远的地方？”苏晚晚换了一个问题。

“对，我就住在侨雅花园小区，距离出事地点，估计也就十多分钟车程。”

“侨雅花园是吧？”苏晚晚双手抱胸，点点头说，“那个小区我去过，在咱们平京市，应该算是比较高档的小区了吧，那里的保安措施做得非常到位，我记得小区前后大门都安装了高清监控摄像头，至少有两名保安同时在岗。所以那天中午你有没有回家，什么时候回家，什么时候离开家，咱们去看看监控，就一清二楚了，对吧？”

“这个……”冯锦璋显然没有想到自己的证言中竟然有这么一个漏洞，脸色微变，额头上渐渐冒出一排细汗，“哦，不好意思，我、我忘记了，那天中午我其实并没有回家，因为身体不舒服，吃了两粒胃康宁片，找了个没人的公园，休息了一个中午……"

这个谎就扯得更离谱了。事发当日中午，艳阳高照，天气炎热，没有哪个胃疼的病人会在公园里午休。

苏晚晚看看冯锦璋，却见他的目光一直在瞟向旁边的保卫处长徐工，好像生怕被他窥探到自己的什么秘密似的。

她心里一动，转头对徐工说："徐处长，这个涉及警方办案的一些细节，可否请你暂时回避一下。"徐工爽快地点头说："好！"端杯茶，走了出去。

苏晚晚关上办公室的门后，说："冯教授，现在这屋子里只有你和我们了，你是不是该跟咱们说实话了？"

冯锦璋松了口气，抹抹额头上的热汗说："是是是，我刚才确实是在说谎。9 月 8 日中午，我离开学校后，并没有回家，也没有去外面公园休息，而是去了'七建'。"

"'七建'？"苏晚晚愣了一下，"你说的可是咱们平京市第七建筑工程公司？"

"是的，我在他们公司兼了个高级技术顾问的职务，专门帮他们解决一些建筑设计上的技术性难题。那天中午，他们的一个在建楼盘被检查出有设计漏洞，急召我去公司商量解决之道，所以我才向学校请假说胃疼要回家休息，其实我是去了'七建'。大约中午 12 点到达公司，一直忙到下午 3 点才离开。还有，中途我接到另一个老师想要跟我调课的电话，所以我才临时打电话到董行办公室，想请他修改一下课时安排表……"

"那你为什么不早说？"

"这事不能说啊。"冯锦璋往门口瞧瞧，好像生怕有人在门外偷听一样，"咱们学校内部规定，在职的正副教授，一律不准在外兼职挣外快，否则轻则处分，重则开除。所以你们问我的时候，因为有徐处长在场，我半句实话也不敢说。"

“原来是这样。”苏晚晚心里有些小小的失望，但并没有在脸上表现出来，又问了他几个问题，判断出他这次的证词应该是真实的，也就没有再多作纠缠，说，“那你先回去上课，你说的这些情况，咱们还会去‘七建’调查核实，所以你最好暂时不要离开学校。”

“行行行，”冯锦璋连忙点头，“不过你们可千万别跟徐处长，或者我们学校其他领导说我在外面兼职的事，要不然我肯定要受处分的。”

苏晚晚点头说：“好，我们不会跟其他人说的。”

她跟曹亮来到“七建”，找人问一下，冯锦璋确实是这家公司外聘的技术顾问，那天中午冯锦璋也确实一直都待在公司里。“七建”内部安装了多个监控摄像头，苏晚晚在保安室查看了案发当天中午的监控视频，证实中午12点至下午3点，冯锦璋确实没有离开过公司。

从“七建”门口那高高的台阶上走下来，连苏晚晚都显得有点垂头丧气，这一天到晚忙下来，竟然连一点有用的线索都没找到。她掏出手机，拨通队长的电话，正要向他汇报这边的情况，不想宋铎却在电话里抢先道：“你在哪里？赶紧回来，咱们找到目击证人了！”

“啊？”苏晚晚一时没回过神来，待要细问详情，队长已经挂了电话。

曹亮见她看着手机发呆，以为是被队长骂了，安慰她说：“师姐，咱们队长就这臭脾气，你别往心里去。”

“队长说，咱们找到目击证人了。”苏晚晚忽然来了这么一句。曹亮吓了一跳：“姐姐你早点说嘛，害得我为了安慰你，还在这儿说咱们队长的坏话，哎，你可别告诉队长啊。”

两人跳上警车，一路往回开去。

赶回刑警大队，天已经黑了，只有队长办公室还亮着灯。

两人走进去，看见办公室里除了队长，沙发上还坐着一个年轻女子。苏晚晚看看队长，用眼神问：这就是你说的目击证人？宋铎起身说：“这位是夏小姐，她虽然没有真正目击董行被杀的经过，却碰巧将当时的场景拍摄了下来。”

“拍摄了下来？”苏晚晚和曹亮睁大眼睛看着队长，一时没有明白过来。

那位夏小姐有点不安地解释说：“是这样的，我今天看到你们在报纸上登出的，寻找文理学院董姓老师被杀案目击证人的消息，我看了案发时间和地点，回想一下，记得自己好像刚巧在那个时间经过那条街道，不过好像并没有看到什么特别的事。但为了不遗漏什么，我还是把行车记录仪录下的视频，从头到尾回放了一遍——刚好最近两天没有用车，所以记录仪里的文件，还没有被新的视频循环覆盖。哎，我还真发现了让人惊奇的一幕……”

宋铎指着自己办公桌上的电脑说：“夏小姐已经把储存卡给我，我把那个视频拷贝进了电脑，你俩看看。”

苏晚晚和曹亮凑到电脑前一看，屏幕上正在播放一段视频，画面显示的正是文理学院前面的学院路上的街景，正是中午时间，路上行人和车辆并不多。夏小姐把车开得很快，街道两边的绿化带和人行道都快速地向后退去。忽然间，视频右下角，出现了两个一前一后正在快步走着的行人，后面的人跑步追上前面的人，前面的人听到脚步声回过头来，后面的人突然从腰包里掏出一把短刀，用力刺进前面那人胸口。前面那人手捂胸口向地上扑倒。凶手拎着带血的短刀，没有在现场作半分停留，大步向前，快速逃离现场。很快夏小姐的车就超过了那个人，视频画面里也就失去了他的身影……

视频中的杀人场景，前后没有超过十秒钟。苏晚晚把视频又慢放一遍，才看清楚，前面被杀之人，正是董行。而作案的凶手，只拍摄到他的背影，初步判断，是一名身形偏瘦的男性，身高大约一米七五，年龄应该介于35至45岁之间，头发有点长，穿着一件格子长袖衬衣。

夏小姐站在旁边说：“当时我只顾看前面的路况，根本没有留意到人行道上发生的事，而且路边的绿化带有半人多高，也挡住了我的一些视线，不过我的行车记录仪安装的位置比较高，所以恰好能拍到绿化带那边人行道上的情况。早知道会发生这样的事，我当时就应该留意一下旁边的人行道……”

“没关系的，”宋铎说，“你能提供这个视频给我们，就已经帮了我们很大的忙了。”

苏晚晚又把视频从头看一遍，发现夏小姐的车从文理学院门口经过不久，就远远地拍到了董行在人行道上匆匆而行的背影，而就在他背后，还有另一个行人，一直不远不近地跟着他，乍一看像是同时在路上走过的行人，但后来，正是这个人突然蹿上前，一刀捅死了董行。也就是说，后面的凶手，其实一直在跟踪董行。

送走这位给警方提供重要线索的夏小姐后，宋铎又跟苏晚晚和曹亮一起，把那段视频仔细看了两遍，但无论他们怎么慢放，都无法看到凶手的正面，视频拍到的，全是凶手的背影。

明明已经看到凶手，他却又像藏身在一团浓雾中，让人无法看得真切。

“真是个狡猾的家伙！”宋铎有些恼火地把手里的茶杯重重顿在桌子上。

苏晚晚从电脑屏幕前抬起头：“宋队，我觉得这个凶手，应该是一直跟着董行从学校门口走过来的，我们可以把他的背影截图打印出来，拿去给学校门口当值的保安看看，也许他们会有些印象。”

宋铎点头说：“行。”曹亮立即动手，将视频里最清晰的一个凶手背影镜头截图保存后，用打印机打印了几张。

宋铎说：“你俩加个班，赶紧去文理学院，看能不能从保安那里查到什么线索。”

第十一章　追踪“格子男”

苏晚晚和曹亮拿着打印的图片，来到文理学院时，已经是晚上 9 点多了。学校门口的两个年轻保安，早已跟他们混熟了，见到他们就说：“又来找咱们徐处长啊？”

苏晚晚笑笑说：“这次咱们不找徐处长，是专门找你们俩的。”

两个保安，一个叫小安，一个叫小雷，都愣了一下：“找我们俩？”

苏晚晚问：“董行被杀的那天中午，是你们两个当班吗？”

小安小雷一齐点头，“是啊。”

苏晚晚掏出那张凶手的背影图片，给他们两个看了，问：“这个人，你们认识吗？”

小安小雷一看，这不就是一个背影嘛，一齐摇头：“不认识。”

苏晚晚正色道：“你们再好好看看。现在我们怀疑就是这个人，在那天中午董行走出校门时就跟踪他，然后走到没人注意的地方，突然掏出刀子把董行给杀了。一辆恰好经过该路段的小车上面的行车记录仪拍到了凶手作案的画面，但可惜的是，只拍到了凶手的背影，无法看到他的脸。”

“这样啊。”小安接过照片，跟小雷一起，又认真看了几眼。“哎，这个是不是有点像那个……”小雷忽然一拍大腿，声音有点兴奋。

“对对对，就是他，那个‘格子男’。”小安也想了起来，跟着说。

“‘格子男’？”苏晚晚疑惑的目光在他俩脸上逡巡着。

小安解释说：“是这样的，苏警官，这段时间，总有一个家伙，站在马路对面，朝着咱们学校这边缩头缩脑地张望着，因为他总是穿着一件格子长袖衬衣，所以我跟小雷私下里都叫他‘格子男’。我也是看了照片上这人穿的衣服，才认出他的。”

小雷补充说：“因为总有一些不三不四的社会青年，有事没事就站在学校门口往里窥探，为的就是偷看咱们学校的漂亮女生，所以当时咱们也没当回事，只要他不进学校，不骚扰学生，咱们就管不着，你说是不是？”

苏晚晚问：“事发当天中午，董行从学校走出去的时候，你们有没有看到这个家伙跟在他后面？”

“这个倒没注意。”小安不好意思地挠挠头，“当时天比较热，我们并没有站在外面的执勤岗位上，都躲进保安室去了。”

“那你们的监控呢？”曹亮看见学校大门口安装了两个监控摄像头，就问，“有没有拍到那个家伙？”

小雷往街道对面看一下，摇头说：“估计没有拍到。你看，咱们学校的这两个监控，主要是对准学校门前这一块儿，街道对面，应该在镜头以外了。”

苏晚晚抱着一丝希望，还是到保安室看了一下这几天的监控视频，果然只能看到学校门前的情况，街道对面并没有拍到。再看事发当天中午，董行走出学校时，是独自一人，直到他走出监控范围，身后也并没有人跟着。也就是说，凶手是从离开学校大门有一段距离之后，才悄悄跟上他的。

曹亮不由得感慨道：“凶手刚好避开了所有监控，如果这是他有意为之，那他肯定是一个反侦查能力超强的人。”

“这个人，近两天出现过吗？”苏晚晚继续讯问两名保安。

小安说：“哎，你还真别说，自从董教授出事之后，好像还真没有见过这家伙了呢。”

“能给我们描述一下，这人长得什么样吗？”

“长得什么样啊？”小安皱起眉头，回想着说：“三四十岁年纪吧，穿得有点邋遢，好像我们无论什么时候见到他，他身上都穿着那件格子衬衣。我记得衣服下摆很长，有时候他撩起下摆揩鼻涕，我们能看到他腰里还系着一个黄色的腰包……”

“不对吧，我记得衣服下面的腰包好像是红色的。”小雷纠正道。

“身材，体形，长相这些呢？”

小雷说：“身材嘛，不高不矮，体形嘛，看上去有点偏瘦。头发很长，方形脸，嘴巴上留着一些胡茬子，对，看起来有点像传说中的犀利哥。”

“不对不对，哪儿是什么方形脸，我记得他的脸中间大，两头尖，看上去像一个橄榄球……”小安抢着说。

虽然是同一个目标人物，但不同的人看来，却是完全不一样的印象。正在笔记本上做记录的曹亮一时被难住，不知道该不该把这些记录下来。苏晚晚看着他说：“先照实记录下来吧，事后咱们再来甄别。”她又从不同角度，认真讯问了两个保安，但直到最后，小安和小雷也没把犯罪嫌疑人的长相外貌说出个所以然来。

离开学校后，苏晚晚和曹亮沿着董行遇害的那条人行道，往前走了一段，晚上天气凉快，倒是有不少人在路上散步，宽阔一点的地方，还有一群大妈在跳广场舞。从董行遇害的地点往前走三四里路，就是一个大型十字路口，路口有一个大转盘，从不同的方向安装了四个交通监控。

苏晚晚站在转盘处，打电话把情况跟队长说了，请他协调交警部分，查看了一下事发当日中午这个路口的监控，但并没有发现犯罪嫌疑人的身影。也就是说，凶手在到达这个大转盘之前，就已经拐弯逃走。从事发地点到这个十字路口，三四里路长的大街上，有好几条巷子及小街，凶手完全有可能从任何一道岔道上逃走。

从十字路口往回走的时候，苏晚晚数了一下，从大转盘到案发地点，从学院路分离出去的，有学院路三巷、四巷、五巷及长兴路、柳条街、和平里，共六条岔道，而且凶手还存在掉头往回走的可能，这样一来，凶手可能逃遁的路线就更多了。

苏晚晚看看表，已经将近晚上 11 点了，只好对一脸疲态的曹亮说：“今天就到这里吧。咱们明天再分头行事，你把凶手有可能逃走的这些小街小巷都走访一遍，我再去文理学院找学生问问，看还有没有什么人见过凶手。既然他经常在学校门口出没，说不定会有学生见过他的。”

第二天早上，苏晚晚早早地就来到文理学院，先是按照保安小安、小雷的指点，在学校对面街道问了一下，因为当时那个“格子男”就是在那里出没的。

这里靠近学校，街边开着许多小超市、小餐厅、小旅馆及网吧。苏晚晚到附近的几家店里去，问了老板或店员，均摇头说根本就没注意到自己店外是不是出现过这个人。

她又到自己去过的那间三味食屋问了，里面的店员看着照片上的背影直皱眉头，说光凭一个背影，谁也不能肯定自己见过他吧。

苏晚晚又到学校里。今天是星期天，学校不用上课，到处都是三三两两闲逛的学生。她拿着照片，逢人便问，引来一片异样的目光，有的学生很不耐烦，根本没有细看，就摇头说没见过，也有人拿起打印的照片仔细看了，然后给出个模糊的答案，说好像见过，再一细问，又不怎么记得了。

中午的时候，曹亮打电话给她，说自己到各条巷子街道都问过，大多数人对着他手里的背影照片一脸茫然。

苏晚晚忽然觉得他们拿着一张看不见脸的照片出来走访群众，确实是失策，但现在他们面临的情况是，根本搞不到凶手的正面照片啊。如果真有了凶手的正面照，那他们也用不着像个蹩脚的推销员一样，在大街上到处拦着人家问东问西了。

她对有点泄气的曹亮说：“你到文理学院来跟我会合，我请你吃饭吧。”曹亮很快赶了过来，这时已是午饭时分，苏晚晚请他到学校对面的三味食屋吃工作餐。刚吃到一半的时候，餐厅里忽然跑进来一个人，苏晚晚抬头一看，居然是陈觅。

她以为陈觅也是来吃饭的，谁知陈觅站在门口往餐厅里看一下，然后径直走到他们的桌子边，说：“苏警官，听说你们拿着一张背影照片，在找董教授命案的凶手？”

苏晚晚点头说：“是的，案发当天中午，有过路司机的行车记录仪拍到了凶手，可惜从视频里只能看到凶手的背影，看不到他的脸。”

陈觅喘口气说：“今天是周末，我本来回家了，没有在学校。不过我有一个高中同学在这家餐厅做服务员，她说早上有警察拿着一张照片在寻找杀死董行的凶手，她还用手机翻拍了那张照片发给我看。虽然只是一个背影，但我可以肯定，我见过那个凶手！”

“你见过凶手？”苏晚晚和曹亮同时站起身，“你为什么不早说？”

陈觅搔搔头：“这个……我也是刚刚收到我同学发给我的信息，才知道这个人就是杀人凶手。后来我同学又告诉我说，你们在这家店里吃饭，所以我才马上从家里赶过来。我可以很确定，我见过照片上的这个人。”

苏晚晚把照片拿出来，递到他面前：“你再仔细看看，这可只是一个背影，千万别弄错了，要不然咱们会很麻烦的。”

陈觅接过照片，又认真看了，然后很果断地点一下头：“我很确定我没有看错，因为我看到他时，也只是一个背影，跟这照片上的身影几乎一模一样，而且他身上穿着的也是这种老式的格子衬衣，当时我还有点奇怪，因为那么炎热的中午，一般人都穿着短袖衣服，为什么这家伙偏偏就穿了一件长袖衬衣，把自己捂得严严实实的。当时他就给我留下了很深的印象。”

“好吧，那你说说，是在哪里见到他的？”苏晚晚移过来一个凳子，示意他坐下说话。

陈觅在她跟前坐下后说：“就在董行被杀的那天中午，我不是和秦雨馨一起去了学院路三巷的那家手机维修店吗？回来的路上，我们从那条巷子里走出来时，这个家伙正好从学院路拐进巷子，因为走得太急，还重重地撞了我一下。我当时有点恼火，心想跑这么快干什么，你小子杀人了啊？我回头狠狠瞪了他一眼，当时看到的，就是这个背影。”

曹亮不由得有些失望：“那也就是说，你也没有看到他的脸，对吧？”

“这个……确实没有看到。”陈觅低下头去，好像自己做错了事一样，觉得有些抱歉。

苏晚晚问：“那你看到他手里拿着的凶器了吗？我们在案发现场没有发现杀人凶器，怀疑是被他带走了。”

“凶器是什么？”陈觅抬头问。

“很可能是一把水果刀，单刃，不会太长，估计十来厘米……”苏晚晚用手比画了一下长度。

“哎呀，”陈觅忽然叫起来，“你一说水果刀，我还真想起来了。当时他的衣服下摆被风吹起一点点，我看见他右手藏在衣服里，手上好像握着什么东西，当时也没太在意，你这么一说，我才想起来，他手里握着的是一个刀柄。”

“你确定？”

陈觅犹豫一下，但还是点头说：“可以确定，我看见他手里确实握着一个刀柄，相信刀刃部分，应该就藏在衣服里，只是被挡住，所以我没有看到。”

“你再好好想想，”苏晚晚有些不甘心地看着他，“确实自始至终，都没有瞧见他的脸吗？”

“这个真没有。我们一拐出巷子，他就撞到我了，我根本没来得及看到他的正面，等我回头张望时，已经只能看到他的背影。”

曹亮一拍桌子，道：“很显然，这个家伙是在学院路杀了董行，然后从那条小巷里逃跑的。”

“这个倒不一定。”陈觅回想一下，说，“当时那人撞到我后，确实跑进了学院路三巷。因为秦雨馨走在我后面，没有看到发生了什么事，问了我一句，我答了一句，然后再回头看时，就已经瞧不见那家伙的影子了。”

“不对啊，那条巷子我记得是笔直的，没有可能第二次回头就看不见了呀，除非他长了翅膀，突然飞得无影无踪了。”

陈觅皱起眉头说：“这也正是我想不通的地方。我两次回头，中间相隔的时间不会超过二十秒钟吧，怎么可能一下子就不见了呢？难道这家伙会隐身术不成？当时我还疑惑了好久。后来我们从巷子里出来，没走多远，就看见董行倒在地上，然后又是报警，又是被你们叫去做笔录，一忙乱起来，就把这茬儿给忘了。直到今天，我那个同学把这个照片发给我，我才突然想起这件事来。”

“这家伙先是在学院路人行道上杀了董行，然后向前跑了几百米，再穿过马路，拐进了学院路三巷。当时他跑得太快，一头撞上了你们。”苏晚晚将凶手的行进路线做了一个简单的梳理，最后用一根手指头敲着自己的额头说，“只是他怎么会在小巷里突然不见了呢？这倒是个费解的问题。哎，曹亮，赶紧的，咱们去那巷子实地看看。”

“现在去？”曹亮看着眼前刚吃到一半的饭菜说，“这饭还没吃完呢？”苏晚晚起身说：“没吃完留到晚上再吃。”用力扯他一下，两人快速地走出了餐厅。

“我说，你总是这样偷听客人谈话的吗？”看到两个警察离开之后，陈觅笑着对站在邻桌假装忙碌着，却支起耳朵倾听着自己这边讲话声音的佟欢欢说。佟欢欢转过身，嘻嘻一笑说：“没有啦，我只是好奇想知道你跟那两个警察都说了些什么。哎，我说，你真的看到那个凶手了吗？”

“当然是真的看见了，我总不可能在警察面前说假话吧。”陈觅认真地说。

“他当时手里还拿着刀？”

“是的，就藏在衣服下面。”

“哎呀，那可太危险了，要是当时他也给你一刀，那可怎么办？”

“这个当时真没想过，再说那时我也不知道他是杀人犯呀。”陈觅拍拍胸口，脸上露出有点后怕的表情。

“如果你说的是真的，那可是在警察面前立了大功了。”佟欢欢说，“如果你协助他们破了案，说不定还会有奖励呢。”

“多谢你把警方那张照片拍照发短信给我。”陈觅看着她说，“如果真有奖励，一定全都给你。”

“我见到警察查案，觉得好玩，就偷拍了一张照片传给你，顺便问一下你有没有见过照片上的人，想不到还真问对人了。”佟欢欢说到这里，忽然看着大门的方向，止住了话头。

陈觅顺着她的目光瞧去，原来是苏晚晚和曹亮去而复返，又回到了餐厅。苏晚晚朝他走过来，说：“还是请你跟咱们到那巷子里去一趟吧，至少可以告诉我们，是在哪里撞见他，又是在哪里失去他踪影的。”陈觅点头说：“好。”

跟着两个警察走出来，陈觅看见路边停着一辆警车，周围一帮认识或不认识他的同学，正从四面八方驻足盯着他，脸上带着看热闹不嫌事大的欢乐表情。陈觅脸上有点挂不住了，忽然把手搭在曹亮肩上，曹亮愕然扭头看他一眼，陈觅冲着他嘻嘻一笑。曹亮虽然有点莫名其妙，但还是顺势拍了一下他的肩膀，搞得两人好像老朋友一样亲热。

坐进警车里，陈觅才把手臂从曹亮肩膀上拿下来，说：“不好意思曹警官，上次派出所何所长叫人给我上了铐子，结果全校都在传说我被警察给抓走了。这一回，你们上一秒还在学校里查找犯罪嫌疑人，下一秒就把我带上了警车，所以为了不引起一些不必要的误会，我才……”

苏晚晚坐在驾驶位，回头笑笑说：“所以你才跟曹亮勾肩搭背，显得亲热点儿，好让看见的人都晓得，你并不是被警方当作犯人抓上车的，对吧？”

陈觅“嘿”了一声：“我就是这个意思。”

警车驶上街道，很快就来到了学院路三巷。陈觅跳下车，四下里看看。这是一条只有两米来宽的小巷子，狭窄的街道两边，灰蒙蒙的旧房子紧密地挤在一起，几个老人拄着拐杖在街边走着，一切都显得陈旧而平静。

他走到巷口，用手比画着说：“那个‘格子男’就是在这里撞到我的。当时我和秦雨馨正从巷子里走出来，我走在前面，那个家伙慌慌忙忙地从学院路拐进来，一下就撞到我身上了。等我回头看的时候，他已经走进巷子好几米远了。”

他又伸手往巷子里指一下：“当时他大概走到了这个位置吧，然后我分神跟秦雨馨说了两句话，再一扭头，就已经看不到那个人了。”

“是在这个位置吗？”曹亮站在他手指的地方，四下里瞧瞧，两边都是并排的房子，并没有其他出路。他沿着小巷往前走不远，忽然“咦”了一声，目光往左手边看过去。

苏晚晚跟上去一看，原来那里有一间房子太过老旧，竟然坍塌了一边，这样一来，就跟旁边的房子之间有了一道仅能容一个人通过的窄缝。三个人看到这里，都大概明白是怎么回事了。沿着那条墙缝走进去，二三十米远，拐个弯，忽然听到几声狗叫，原来是来到了一个小小的城中村。沿着村前那条一车道宽的水泥村道向前望去，几百米外，村道尽头，是一条车辆川流不息的大马路。

苏晚晚找了个路人打听一下，原来这个村子叫下坑村，村子外面就是向阳大道。她回头看看曹亮，两人都已经想到那个凶手为什么会在巷子里突然消失不见了，其实很简单，就是他在巷口撞到陈觅后，因为做贼心虚，怕陈觅起疑心，不敢继续往巷子里走，而是就近拐进那条墙缝里，来到了这个城中村，然后沿着村道，走上了大路。

三人沿着城中村的小路，走出村口，外面正是宽阔热闹的向阳大道。陈觅忽然指着路边一根电线杆说：“快看，那里有个监控。”

苏晚晚抬头一看，正前方头顶的方向，果然安装有一个治安监控，想来是这城中村的治安情况比较复杂，所以公安机关在这里安装了一个治安监控。她打电话回市局问了一下，这个监控终端在辖区派出所。

这里正是何建国所在的附城区派出所管辖范围。苏晚晚先把陈觅送回家，然后再跟曹亮来到附城区派出所，调看了这个治安监控点在 9 月 8 日中午所拍摄的视频画面。果然看到，在中午 12 点 58 分的时候，那个格子男从下坑村走出来，从监控探头下经过，然后走上了向阳大道。

时隔这么久，再次在监控视频里看到犯罪嫌疑人的身影，苏晚晚和曹亮都有点小兴奋。遗憾的是，由于监控摄像头角度的原因，并没有拍到他走上向阳大道后，到底是往左还是往右走了。而就在此处左右两边一公里外，向阳大道上虽然各有一个治安监控探头，但实际上这两个点都没有再拍到凶手的影像。

曹亮皱眉说："难道凶手就住在下坑村村口附近？"

苏晚晚说："那倒不一定，有可能是他在那里搭出租车走了，也有可能他还有同伙开车在那里接应，甚至不能排除他自己开车离开的可能，尽管他看起来一副寒酸样，不像是买得起小汽车的人，但谁知他是不是故意装成那样，来麻痹警方的呢？"

曹亮不由得面露难色："这样一来，要调查他的下一步行踪，可就有点难了。如果他是坐出租车离开的，还好查一点，但如果他是乘坐套牌私家车离开，咱们的调查就根本无从下手了。还有，向阳大道是一条主干道，可谓四通八达，他去到哪里都是有可能的。"

苏晚晚却笑了起来，说："也不用这么着急，我们已经算是进了一大步了。刚才我在视频里，看到他朝监控摄像头这边望了一眼。"

"你是说咱们找到他的正面镜头了？"

"当然，谁叫你刚才看视频不认真的。"苏晚晚把视频倒回去，重新慢放了一遍，果然很快就找到了"格子男"仰头望向监控探头方向的画面，虽然只有那么零点几秒，但监控还是比较清晰地抓拍到了他的脸部特征。

苏晚晚操作电脑，将视频截图打印出来之后，出现在他们眼前的，是一个长头发，尖下巴，长着一圈乱胡茬的落拓中年男人的脸。

"王八蛋，终于找到你了！"

曹亮兴奋得一拳打在照片中的男人的脸上。

第十二章　凶手在停尸房

苏晚晚和曹亮以最快速度赶回刑警大队，把犯罪嫌疑人的照片放在队长的桌子上。

“宋队，咱们终于找到那个家伙了！”苏晚晚的声音里透着一丝得意。曹亮也简单地把调查经过说了。

宋铎看看照片，却猛地愣住：“你们真的确认他就是凶手？”苏晚晚把握十足地点点头，说：“我保证错不了。”

宋铎的眉头一下就缩紧了。曹亮看出了端倪，问：“宋队，你认识这家伙？”

宋铎没有再说话，把手里的烟屁股戳在烟灰缸里，转身拿过一张报纸递给他俩，用手指在第四版右下角重重地点了下。苏晚晚疑惑地接过报纸，那是一张今天出版的早报，队长用手点到的地方，刊登着一则人民医院寻找死者家属的启事。

启事说，9 月 8 日下午 1 时 10 分左右，在我市向阳大道下坑村出口附近，发生一起交通事故，导致一名行人受重伤。本院接到群众报警电话后，派出 120 救护车赶到现场，将受伤昏迷的伤者接回医院进行治疗。该伤员在 ICU 病房抢救三天后终告不治，于 9 月 10 日上午离世。经与交警部门配合调查，一直没有找到该名伤者家属。现特向广大市民求助，如果您认识该名伤者，请立即电告本院。该名伤者为男性，40 岁左右，身高一米七五，受伤时身穿一件灰色格子长袖衬衣，系黄色腰包。

启事旁边，还登出了该名伤者躺在医院病床上的大头照。

苏晚晚和曹亮看了照片，不由得惊得目瞪口呆，这不就是他们刚刚才找到的那名犯罪嫌疑人吗？除了因医院救治时给他剃了光头，其他面部特征，与他们今天拿到的照片上的人一模一样。

曹亮忍不住骂了一句脏话："这也太他妈巧合了吧？咱们刚刚找到他，他就死了，该不会是杀人灭口吧？"

"到底是怎么回事，现在还不能下结论。"宋铎说，"我也是中午恰巧在报纸上看到这个启事，没想到竟然跟咱们正在调查的这个案子撞到一起了。看来必须得去一趟人民医院了。"

苏晚晚点头说："那行，咱们现在就去人民医院看看。"

她带着曹亮，来到市人民医院，先是找保卫科长问了一下情况，保卫科长表示自己不太清楚内情，然后把分管业务的杨副院长叫了过来。

苏晚晚对杨副院长说，他们想了解一下这名已经死亡的伤者的情况。杨副院长"哦"了一声，说："你说的这个人啊，他的情况启事里已经大致说明白了。当时我们接到群众求救电话赶到现场，因为他伤势很重，肋骨断了两三根，还有颅内出血，已经陷入重度昏迷，救护车把他拉回来后，直接就送进了 ICU，但是经过咱们医院两三天时间的抢救，还是没有能醒过来，最终于昨天上午去世。"

"抢救过程中，他有过短暂的清醒吗？"曹亮问。

杨副院长摇头说："没有，一直处在昏迷状态中。后来咱们检查了他的随身物品，他身上只有一个腰包，里面并没有身份证件，也没有钱包，身上一分钱都没有。"

苏晚晚问："腰包是空的吗？"

"不，"杨副院长迟疑了一下，"里面有东西，是一把水果刀。"

"水果刀？"苏晚晚与曹亮对视了一眼，都意识到这很可能就是凶手的杀人凶器，她问："可以让我们看看那把刀吗？"

"你们……"杨副院长看着他们，脸上露出犹豫的表情。

苏晚晚明白他的心思，说："杨院长您放心，这事跟医院没多大关系，我们现在怀疑这位无名氏，跟警方正在调查的一起命案有关，所以想查看一下他的随身物品。"

杨副院长这才放下心来，将他们带到一间储物室，打开一个小柜，从里面拿出一个黄色腰包。苏晚晚戴上手套，接过腰包仔细看看，这是一个普通腰包，横系在腰间的那种，打开拉链，里面果然有一把十多厘米长的水果刀，刀身显然是被抹拭过，十分干净，闪着丝丝寒光。但是心细如发的她，还是在刀身与刀柄结合处的缝隙里，发现了一些暗红的血迹。

她把水果刀用证物袋装好，递给曹亮，让他带回去做进一步化验，看看上面残存的血迹，是不是董行的。"院长，那个无名氏的尸体在哪里？"她一边走出储物室，一边问。

"还在咱们医院停尸房里放着呢。"

"能带我们去看看吗？"

"行。"

杨副院长把他们带到医院后面的停尸房，从一个冷冻的冰柜里抽出来一具尸体。

苏晚晚和曹亮走近一看，死者身上穿着的，正是他们再熟悉不过的那件格子衬衣，往脸上瞧，宽脸，尖下巴，有胡茬，是他们要找的那个"格子男"无疑。

曹亮掏出手机，对着尸体拍了两张照片，准备拿回去存证。他们辛辛苦苦调查这么长时间，眼看就要追踪到凶手，却没想到最后找到的竟然是一具冰冷的尸体。最让人恼火的是，前面的疑团还没有解决呢，更多的疑问又堆积上来了。这案子真是没完没了了。

从停尸房出来，杨副院长拉住曹亮的手说："警察同志，如果你们能找到他的家属，请通知我们一声，他的医疗费可还欠着呢。”曹亮点头说：“行，如果找到他家里人，我们会跟他家属说的。”

离开医院，苏晚晚和曹亮又去了交警大队，查看了9月8日中午向阳大道那起车祸的调查记录。

据当时去现场的交警老邓回忆，当天下午1点多的时候，他们接到一名司机报警，说自己在向阳大道下坑村村口附近撞了个人。老邓立即带人赶到现场，看到事发路段停着一辆白色丰田小车，右前车灯已经完全碎了，车头盖也凹进去一块，车前四五米远的地方，躺着一名伤者。伤者为中年男性，满头是血，看上去伤得不轻。120救护车也很快到了，医生将伤者包扎一下，然后就拉到医院急救去了。

老邓留下来处理事故，先是让司机进行呼气测试，证实没有酒驾。司机觉得自己挺冤的，说他开车在大马路上正常行驶，并没有超速，但是那个家伙就好像被鬼追赶着一样，一路脚步匆匆，走到这里的时候，突然掉头横穿马路，他一脚急刹，但已经来不及，直接就把那家伙给撞飞了。

苏晚晚问：“司机存在故意撞人的可能吗？”老邓摇头说：“基本没有，他根本就不认识被撞的那个人，我们查看了他的行车记录，司机说的都是真话。那家伙也不知道中了什么邪，走个路还那么急急躁躁，过马路还低着个头，也不看车，就算不被这个车撞，也会被其他车撞到。”

“最后这起事故是怎么处理的？”

“我们判定行人负主要责任，但司机仍需担责百分之三十责任。可司机也是个犟脾气，非说那家伙在马路上乱闯，而且形迹可疑，肯定是个神经病。按照相关法规，如果能证实行人是精神病患者、醉酒，或者存在主观故意造成交通故事，比如说撞车党或自杀的，司机不仅不用负责任，还可以向行人的监护人要求合理的赔偿。所以这事到现在还僵持着。我们原本想等行人在医院苏醒过来后，再仔细调查，厘清责任，谁知昨天医院打电话过来，说人没抢救过来，死了，而且到现在还没把人家的身份搞清楚，这还真是个大麻烦。”老邓说到最后，使劲薅着自己的头发，实际上他那荒凉的脑袋瓜上，也没有几根头发可以薅了。

苏晚晚把这起车祸的事故鉴定书复印了一份，带回了刑警大队，然后又将那把水果刀拿去技术科化验。第二天，化验结果就出来了，证实刀上残存的血迹，正是董行身上的。

由此可以断定，“格子男”确实就是杀死董行的凶手。但是因为他遭遇车祸，死在了医院，其真实身份及作案动机，都成了一个谜。苏晚晚又把凶手的照片，拿给董行的妻子梁洁莹，还有跟他在学校关系比较好的朱讲师和马助教看了，他们均表示不认识这个人，也没有看见董行跟此人在一起过。

专案组的人开会讨论之后，决定用技术科的人脸识别系统试一试。人脸识别，是局里最新引进的一套侦查技术，该技术是基于人的脸部特征，对输入电脑的人脸图像进行检测，对被检测人脸的面部特征进行数据分析，提取每个人脸中所蕴含的身份特征，并将其与照片库中已知人脸进行比对，从而识别被检测人脸的身份。只是目前警方所用的照片库，是内部所有，主要包括有过犯罪前科的人，以及二代身份证照片库。

苏晚晚将在附城区派出所拷贝下来的，下坑村村口治安监控所拍摄到的，那段有犯罪嫌疑人影像的视频，用优盘装了，拿到技术科。技侦员汪晨旭先打开视频，截取了几张能看清嫌犯面部特征的图片，然后将图片输入电脑，只用了十几秒，电脑就在照片库中自动比对出七八张相似的脸，并按相似度由高到低排列出来。

苏晚晚和队长等人再经过肉眼比对，最后确认，电脑里排在第一位的，那张相似度高达 80% 的身份证大头照，就是他们要找的犯罪嫌疑人。汪晨旭立即调出那张照片所对应的身份证，上面的登记信息显示，该人名叫邱大龙，今年 40 岁，系平京市人，家庭住址在平京市田园区大良村 44 号。

宋铎立即带着苏晚晚、曹亮等几名刑警，赶到田园区大良村，找到 44 号，那是一栋在城市里已经极其少见的砖瓦房，门口长着一株柚子树，上面孤独地吊着一个绿色的柚子。屋里屋外都很安静，没有一丝人气儿。

宋铎从半开着的大门里走进去，屋子里采光不好，显得黑蒙蒙的，他在门口站了好久，眼睛才渐渐适应里面昏暗的光线。堂屋的竹椅上，坐着一个干瘦老头儿，背对着大门方向，正在抽着烟。宋铎等人走进来，他居然一点反应也没有。

宋铎咳嗽一声，叫了一声："大爷！"老头儿像是睡着了一样，完全没有反应。宋铎慢慢走上前，轻轻拍一下他的肩膀，老头儿这才转过头，看见屋里突然来了几个警察，急忙站起身，嘴里的烟嘴儿也掉落下来。

宋铎往旁边的房间里瞧一眼，好像并没有别人。他向老人亮明身份后，问："大爷，请问这里是邱大龙家吗？"

老人侧着耳朵听完他说话，停顿一会儿，才说："是啊，他是我儿子，你们找他什么事？"

宋铎说："我们正在办一个案子，有些情况，想找他核实一下。请问他在家吗？"

"你们找大龙啊？"老头摇摇头，"他没有回来，已经出去好几天了。"

"他去了哪里？"

"哪个晓得，腿长在他身上，鬼晓得他跑到哪里去了。"老头儿嘟囔了一句。

"他身上有手机吗？能联系到他吗？"

"鸡？"老头儿愣了一下，"他在外面偷鸡了？"

这一句话，把宋铎他们听得莫名其妙。正好这时，外面有个邻居经过，探头进来说："你得大声喊，他才听得见，他耳朵聋得厉害。"

宋铎"哦"了一声，这才明白为什么老头儿总是答非所问，原来是耳朵失聪了。邻居倒是一位热心大妈，一只脚跨进门槛说："你们找大龙啊？他是不是又在外面打人了？"

"他经常在外面打人吗？"宋铎有些奇怪。邻居大妈说："可不，武疯子嘛，我们这里很多人都被他打过。”

“武疯子？”

邻居大妈瞧他一眼：“原来你不知道啊？他是个疯子呢。”

这位邻居大妈快嘴快舌地告诉他们，这个邱大龙是个疯子，而且还是个武疯子，经常出去打人闯祸，他老爹的耳朵就是被他打聋的。村里人都很怕他，报了几次派出所，派出所拿他也没办法，让他老爹把他关起来。可是他被关在家里，打不到别人，就开始拿自己出气，拼命地咬自己的手臂，把自己两只手臂咬得鲜血淋漓。他老爹怕了，只好放他出来。今年上半年的时候，他老爹借了点钱，把他送去精神病院治疗了几个月，因为没钱继续治病，上个月就回家了。

“那他的病治好了吗？”

邻居大妈一拍大腿说：“哎，你别说，好像还真治好了一些呢，这次回家，也不见他乱吼乱叫乱打人了，感觉老实了不少，还整天穿着长袖衣服，把手臂上的咬痕给遮住，生怕被别人看见知道他精神不正常一样。而且最近一段时间，我看他老往外面跑，早出晚归，好像很忙的样子，我还以为他在外面找到工作了呢。”

“最近几天，你有见过他吗？”

“最近几天啊……”邻居大妈歪着头想一下，“好像还真没见过他呢。”

苏晚晚拿出那张犯罪嫌疑人的视频截图，问：“您看看，这个是他吗？”

邻居大妈眯着眼睛看一看：“没错，就是他啊。”

宋铎问：“他是不是在文理学院读过大学？”

邻居大妈把嘴一撇：“他哪里上过大学，初中都没毕业呢。十几岁的时候，他妈就死了，他爸不怎么管他，他就跟着一些二流子在社会上晃荡，整天偷鸡摸狗，打架惹事。后来有一次跟别人火并，脑袋被人用铁棍打了几下，据说是被打坏了脑子，后来就疯疯傻傻，不正常了，变成了一个武疯子。我们这里没有人敢惹他。”

她说了一大通，最后才意识到什么，看着几个警察疑惑地问：“他是不是在外面犯什么大事了？以前他在外面打人，也就一两个派出所的人来找他，这次你们来这么多人，还开了两辆警车……”

“那确实，”曹亮说，“他摊上大事了……”

“肯定是杀人了吧？”邻居大妈突然来了这么一句。宋铎愣了一下，问：“为什么这么说？”

邻居大妈朝屋里望一眼，好像是生怕邱大龙他那个聋人老爹听见似的，压低声音说：“有一天晚上，我看见他在屋子后面的磨刀石上磨刀，一边磨刀，一边嘴里还骂骂咧咧地说着什么，可惜我没听太清楚……”

“他磨的是什么刀？”

邻居大妈回想一下，说：“好像是一把水果刀吧。”

“你说对了，他就是用这把水果刀，捅……”曹亮刚说到这里，后面的话却被队长一眼给瞪了回去。

宋铎把邱大龙的老爹带到人民医院，在停尸房让他辨认了邱大龙的尸体，他确认那个穿格子衣服的无名氏，就是他儿子。虽然邱大龙活着的时候，没少给他惹麻烦，可当他见到儿子的尸体时，还是忍不住老泪纵横，泣不成声。

曹亮把他扶到一边，安慰一阵，待他情绪略为平静之后，又扯着嗓门，大声将他儿子邱大龙杀人及被车撞死的经过，跟他说了。

老人听说儿子杀人了，居然一点也不惊讶，颤颤巍巍地说：“这小子，天天在外面惹是生非，这回算是惹上大事了。”

曹亮问：“你儿子跟咱们平京市文理学院，有什么关系吗？”

老头儿一脸茫然地看着他，“文理学院是一个学校吗？我儿子没在那里上过学啊。”

“那他有没有跟您提起过董行这个名字？”

“没有，”老人摇摇头，“我们家亲戚熟人里边，没有姓董的。”

“最近一段时间，他每天出去都干了些什么，你知道吗？”

“我哪儿知道啊，他的事，我过问不了。”

曹亮问他：“对于你儿子杀人的事，你还有什么要说的吗？”

老人忽然颤颤抖抖地抓住他的手，眼睛里露出担忧之色：“我们村里人都知道他是个疯子，他杀人可不关我的事，你们可不能把我抓去坐牢啊。”

曹亮急忙安慰他说：“您别担心，这事跟您无关，我们不会抓您去坐牢的。”

老人又嘀咕了几句，曹亮却一句也没有听清。他起身把情况跟队长说了，回头再看时，老头儿好像生怕警察会抓他为儿子顶罪一样，已经悄悄溜走了。

医院的杨副院长一把扯住曹亮，说：“你赶紧把老头儿留住啊，他儿子还欠着我们医院的医疗费呢。”

曹亮苦笑一声说：“他这情况你也看到了，像是付得起医药费的人吗？要不你再跟交警大队沟通一下，看能不能叫肇事司机或者保险公司赔点钱。”

从医院里走出来，苏晚晚问：“宋队，咱们现在怎么办？这案子，查到最后，竟然是一起动机不明的精神病人杀人案。如果放在电视剧里，观众会说，这也太狗血了吧。”

“咱们可不是在拍电视剧，是在办案子。”宋铎回头看她一眼，“事实如此，咱们也没有办法。回头咱们把案子再补充侦查一下，如果没有什么问题，就先结案吧。”

第十三章　变态色魔

国庆假期后的一天下午，陈觅因为没有课，便与宫小羽的奶奶汤四妹一起，去精神病院看望宫小羽。

经过几个月的治疗，宫小羽的病情已经有明显好转，情绪稳定，目光也有了些神采，外表看起来，与正常的人并无区别。看见汤四妹，她突然叫了一声："奶奶！"

汤四妹抱着她，不由得喜极而泣，自从孙女得了精神分裂症以来，这还是第一次认出她来啊。但对于陈觅，宫小羽却还有些排斥，一脸冷漠地对着他，显然并没有将他认出来。

陈觅问了主治医生，医生说自从对宫小羽进行电抽搐治疗之后，她恢复的情况还是比较理想的，只是还有些不太稳定，时而清醒，时而糊涂，估计再治疗一段时间，就可以回家休养。只要按照医嘱吃药，是完全可以痊愈，恢复到以前的样子的。汤四妹听了，这才放下心来，拉着医生的手，说了不少感谢的话。

陈觅将汤奶奶送回家，再返回到学校，已经是下午 5 点多了。刚走到学校门口，就听见佟欢欢在后面叫他。他回应一声，转身穿过街道，朝三味食屋走去。

佟欢欢倚在玻璃门边，看着他从街道对面走过来，问："你又去看宫小羽了吗？"

陈觅愕然抬头：“你怎么知道的？”

“看得出来啊，”佟欢欢怏怏地说，“每次你看她回来，表情都跟平时不一样。”

“是吗？”陈觅摸摸自己的脸，“我怎么不觉得？”

佟欢欢显然不想将这个话题继续深入下去，转身从收银台里边拿出一张报纸，说：“真想不到你们学校那个董行，竟然是被一个疯子给莫名其妙杀死的。”

“是吗？”陈觅也觉得有些意外。董行命案后续的调查情况，他也曾向苏晚晚打听过，但是苏晚晚一直以案件还在侦办为由，并没有向他透露什么关键信息。后来听说案子破了，凶手是个疯子，但具体是个什么情况，他也不得而知。

“你看，这报纸上不是写着吗？”

佟欢欢把手里的报纸递给他。

陈觅看了一下，那是一张平京晚报，最后一版法制新闻，整版报道了董行命案的侦破经过，还配有对宋铎、苏晚晚等办案人员的采访内容。

他坐下来将报纸认真看了一遍，这才知道董行确实死得有点冤，居然被一个与自己毫无交集的疯子给捅死了，而这个疯子又因犯案后慌不择路，蹿上大马路，被汽车撞成重伤，最后在医院里不治身亡。至于董行用钱三多的名字，在学校里以女生裸照相要挟，向她们放高利贷的事，报道中并未提及，想来是警方封锁消息，并没有向外透露。

他放下报纸，回想一下案发当天中午，自己在学院路三巷撞见凶手的场景，当时就觉得那人有点神经兮兮，想不到居然是个疯子。

他在心里叹息一声，董行害人不浅，确实该死，只是这样的死法，倒也出人意料。

从三味食屋走出来，回到学校，天色已经渐渐暗下来，忽然间起风了，把旁边女生的长裙都吹得飘起来。陈觅抬头看天，好像要下雨的感觉，他这才想起，自己今天洗的衣服还没有收呢，赶紧朝男生宿舍后面的晾衣场跑去。

原来他们的衣服一直是晾在宿舍阳台上的，后来学校觉得有碍观瞻，于是就在男女生宿舍后面各划出一块晾衣场，让学生们晾晒衣服被子。

他来到晾衣场，在晾衣架上找到自己的衣服，一一收在怀里，最后清点时，却发现不见了一条花内裤。

不会被人偷了吧？他在心里嘀咕一句，一抬头，却看见自己的内裤正挂在旁边一株灌木树上向他招手。

“这该死的风，差点让你大爷连内裤都没得穿！”

他笑骂一声，跑到树下，正要伸手去将内裤扯下来，谁知又是一阵大风刮过来，树枝摇摆得厉害，内裤又被重新吹上天，落在了十几米开外一片被灌木围住的沙地上。

这片沙地，位于一栋教工宿舍楼背面，地处学校东北角，大约有一个足球场那么大。在学校的平面图上，这里被标明为新宿舍建设用地，就是留着以后学校扩招时，建学生宿舍用的。因为地处偏僻，周围又被特意种植的小叶黄杨围着，这里一般少有人来。

陈觅从灌木丛中跨过去，踏着沙地，捡起自己的内裤，一边抖着上面的沙子，一边往回走，忽然听到身后传来一些奇怪的响动，转头看时，却见不远处的沙地上仰面向天躺着一个人，旁边还蹲着一个戴眼镜的年轻男子，男子手中正举着半截砖头。听到脚步声，眼镜男回头看了陈觅一眼，忽然扔下手中砖头，掉头就跑。

陈觅顿觉此人形迹可疑，跑近一看，躺在地上的那个男人，整个头都被砖头砸开了花，白花花的脑浆溅了一地。他差点没吓得晕死过去，颤抖着摸一下那人的胸口，已经没有心跳了。

他突然意识到这又是一桩凶杀案，而凶手，应该就是刚才逃走的那个眼镜男，立即反身去追。

这时眼镜男已经跨过灌木丛，往校园里跑去。陈觅跟着从沙地上追出来，正好看见有一个高个子男生迎面走向眼镜男，就大喊道："师兄，抓住那个人，他打死人了！"

高个子男生愣了一下，虽然不是很明白陈觅的意思，但当眼镜男从他身边跑过时，他还是冷不丁伸腿一绊，眼镜男向前一个趔趄，"扑通"一声摔在地上，眼镜掉了，手里提着的一个黑色公文包也摔出老远。

陈觅飞身上前，死死将他摁住。眼镜男满嘴是血，一边喘着粗气，一边"嗯嗯"地叫着。

高个子男生问，什么情况？陈觅一边解下皮带，把那个眼镜男双手扭到背后，连手带脚一起捆上，一边朝沙地方向指指："这家伙在那边用砖头砸死了一个人！"

高个子男生将信将疑地跑过去看了看，连说两声"卧槽"，看着那豆腐脑一样溅落在地上的白色脑浆，直接跪在地上呕吐起来。这时候已经有几个学生听到动静，朝沙地这边围过来。

陈觅想起上次在董行命案现场，因围观群众破坏现场，致使警方没有在尸体周边提取到凶手脚印，给破案造成困扰的事，立即跑回沙地，将围观的人阻拦在距离尸体二十米开外的地方，同时掏出手机，直接拨打辖区派出所所长何建国的电话报警。

"我就知道，你小子给我打电话，准没好事。"何所长的语气听起来很不高兴，"你赶紧给我在现场守着，别再让人把现场给破坏了。我马上到。"

陈觅点头说："行，我不但给你保护现场，连凶手都给你一块儿抓住了。"挂了电话，他才想起应该通知保卫处，又叫过旁边一个认识的同学，请他帮忙去保卫处把徐工找来。

徐工很快就带着两名校卫队队员赶到现场，一看又有命案发生，而且这次还是发生在校园内，脸色当即就变绿了，狠狠瞪了陈觅一眼，好像是陈觅故意给他找麻烦一样。

紧接着，派出所的警车响着警笛，直接开进了学校，何建国下车看看现场，二话没说，就直接给市局打电话。没过多久，刑警大队大队长宋铎就带着苏晚晚、曹亮等人赶了过来。

法医上前一看尸体，不由得倒抽一口凉气，说："这下手也忒狠了，直接一板砖把人家脑袋都快给拍成渣了。"

宋铎蹲在尸体边看一下，法医说得没错，凶手下手特别重，砖头都碎成了好几块，每块碎砖上都沾着血迹或者白色脑浆，看得他胃里一阵翻腾，差点没当场吐出来。

"死者是你们学校的老师吗？"苏晚晚问徐工。

徐工远远地瞧一眼尸体，摇头说："不是，看起来像是咱们学院英文系庞怡庞老师的老公。不过他脸都被砖头砸变形了，我不敢太肯定。"他又用手指朝前面指一下，"庞老师就住在前面教工宿舍。"

苏晚晚说："那还不赶紧把她给找来？"

徐工的行政级别，其实比苏晚晚高得多，被她这样指使来指使去，脸上早就挂不住了，叫过旁边一个校卫队队员，吼道："还愣着干啥，赶紧把庞老师叫来。"

那名校卫队队员吓了一跳，说声"是"，赶紧朝着教工楼跑步而去。不大一会儿，他就领了一个四十多岁的中年女教师走到警戒线外边。

徐工对苏晚晚说："这就是庞怡。"

庞老师显然还不知道发生了什么事，听苏晚晚大致说了，立即穿上警方提供的鞋套，跑进现场，看到躺在地上的正是她丈夫，先是吓得一愣，半晌才呼天抢地哭出声来："老索，你、你这是怎么了，刚才都还好好的，怎么一会儿工夫就……"

警方很快了解到，庞怡是文理学院英文系副教授，她的宿舍就在旁边教工宿舍三楼。死者是她丈夫索海洲，索海洲在市城建局上班，担任副局长职务。两人家在外地，索海洲每天下班，都会到妻子宿舍里来，只有周末才驾车回邻市的家。

今天下午，索海洲像往常一样，下班后回到妻子宿舍。傍晚的时候，他接了一个电话，就从宿舍里走出来。当时庞怡正在宿舍跟两个女学生谈话，对丈夫的行为，并没有多加留意。也不知道怎么的，索海洲竟然来到了这个平时很少有人来的校园角落里，而且还被人用砖头给砸死了。

“是谁最先发现死者的？”问话的是宋铎。何建国朝警戒线外指一下，说：“是陈觅。”

“怎么又是他？”宋铎皱一下眉头，掀起警戒线走出来，招手把陈觅叫到跟前说，“说说事发经过吧。”

陈觅就把自己在旁边晾衣场收衣服，因为到这片沙地上捡被风吹过来的内裤，而发现有人正拿着砖头砸人的经过，详细跟他说了。

“这么说你看见凶手了？”苏晚晚问，“能跟我们描述一下凶手的模样吗？”

“哎呀，对了，你们不问，我还差点把这事给忘了。”陈觅往后指指，“凶手已经被我跟一位师兄合力给抓住了，我用皮带把他捆在了那边墙根下。”

他带着宋铎、苏晚晚等人从沙地上走出来，来到不远处一栋男生宿舍楼的墙根下，那个被他反捆住手脚的眼镜男，正像一头死猪一样躺在那里动弹不得。

陈觅说：“当时我看见他手里正举着砖头，就喊了一嗓子，这家伙见自己的杀人行径被人发现，立即撒腿就跑。我在后面追了一阵，追到这里的时候，恰好有位同学从前面走过来，我叫了一声，那位同学就帮我把他绊倒在地，然后我就将他捆在这里了。”

“做得不错！”苏晚晚赞许地拍拍他的肩膀。陈觅不由得脸色微红，不好意思地挠挠头。

“你是谁？为什么要杀索海洲？”宋铎上前踢了眼镜男一脚，喝问道。

眼镜男倒在地上，拼命挣扎，嘴里发出“嗯嗯”的声音，却说不出一句完整的话来。

苏晚晚蹲下身检查一下，发现他满嘴是血，估计是刚才被人绊倒时咬到舌头了，于是将他扶起来靠在墙边，又拿来一瓶矿泉水，喂到他嘴里，让他漱漱口。

眼镜男吐出嘴里的泥沙和血水，连声叫道："警、警察同志，你们误会了，我不是凶手，我没有杀人！"

苏晚晚说："咱们有目击证人，他亲眼看见你拿着砖头砸向死者，你还要狡辩？"

眼镜男苦着脸说："我、我确实拿了一下砖头，可是事情真不是你们想象的那样……我没有砸他，我看见他的时候，他就已经死了。我、我是索海洲的朋友，他约我到这里谈点事情，谁知我一来到这里，就看见他倒在地上……"

"废话，这个地方是全校最偏僻的角落，谁会约朋友到这里谈事情？"陈觅反驳道。

眼镜男看他一眼，一时语塞。苏晚晚见他目光闪烁，知道其中必有隐情，就加重语气说："到了现在，你还不肯说实话，非得咱们把你请到审讯室去是吧？"

眼镜男看看站在自己面前的几个警察，眼神游移不定，仿佛是在心里权衡着什么，最后他咬咬牙说："好吧，我跟你们说实话。"

这名眼镜男，名叫林义忠，是市文联主席。在一次饭局中，认识了城建局副局长索海洲。当时城建局老局长正准备退休，索海洲这个副局长想更上一层楼，可是又觉得自己当副职这么多年，好像也没有什么拿得出手的成绩，最后想来想去，决定把自己这些年来的几十篇讲话稿给整理一下，编成一本《城建工作心得》自费出版，说不定能给自己弄点升官的资本。听说林义忠在市文联工作，就委托他替自己买个书号。

市文联本来是个清水衙门，但这些年林义忠靠着两把刷子，赚了不少钱，一把刷子是打着文联的旗号找企业拉赞助，另一把刷子就是介绍当地作者自费出书，他从中倒卖书号，一本书也能赚个几万块。钱到位后，他很快就给索海洲弄了个国家级出版社的书号。索海洲拿到书号，自己找印刷厂印了一千本《城建工作心得》，然后拿去送给领导、同事和朋友。

谁知钱也花了，书也出了，最终索海洲还是没能当上正局长。他心里直纳闷，自己不是都打点好了吗，到底是哪个环节出了岔子呢？后来有人悄悄跟他说，他出书用的是假书号，被上面的领导知道了，所以升官这事，自然就没戏了。

索海洲心里气得不行，怪林义忠欺骗了他。骗了他的钱财就算了，还害得他没能当上局长，错过了这次机会，以后还不知驴年马月才能再有这样的机遇。他越想越气，就回头去找林义忠退钱，书号费四万块，再加上赔偿他六万元精神损失费，总共是十万元。

林义忠也不是省油的灯，到手的钱怎么肯轻易吐出来。索海洲就威胁他说："你要是不退款赔钱，我就去纪委告你，说你倒卖假书号，诈骗钱财，让你这个文联主席都干不成。"林义忠有点害怕，就答应退款，但赔不了这么多钱，最多赔四万，一共给他八万元。

几经交涉，索海洲才勉强同意，并约林义忠今天下班后到文理学院来找他。傍晚的时候，林义忠在学校门口给他打电话，索海洲说现在我老婆宿舍里有两个学生，不方便谈事，叫他到教工宿舍楼后面的空地上找他。他还在电话里跟林义忠详细说了到这个地方的路径，但是林义忠还是花了十多分钟才找到这个角落。

林义忠提着公文包，跨过灌木丛，一走进这片沙地，就看见索海洲正一动不动地躺在那里。他并不知道发生了什么事，走近一看，才发现索海洲被人用砖头砸中脑袋，倒在地上不知道是死是活。凶手下手极重，砖头都砸碎了，还有半截落在他胸口。

林义忠将那半截砖头从索海洲身上拾起来，正想摸摸他还有没有心跳，突然看见有人朝他这边走来，他暗觉不妙，如果被人发现，就算索海洲不是他杀的，但只要他跟索海洲之死扯上一点关系，警方一调查，他倒卖假书号骗钱的事，立马就会曝光。三十六计走为上，所以他没有多想，立即掉头就跑。不料还没跑多远，就被人绊倒，当成凶手给抓起来了。当时他就想辩解，可是嘴里全是泥沙，加上摔倒时舌头被自己牙齿咬伤，一时竟说不出一句囫囵话来。

苏晚晚望向陈觅："你确定你看见他拿起砖头砸向索海洲的脑袋了吗？"

"这个……倒是没有，"陈觅挠挠头说，"我当时只看见他蹲在索海洲跟前，手里拿着半截砖头，并没有看到他砸人的动作。不过在当时那个情境下，而且他一看见我就慌里慌张地掉头逃跑，所以我才认定……"

"你看你看，他也说没有看到我拿着砖头砸人，对吧？"林义忠急切地望着站在自己面前的几个警察，"我当时真的只是把压在索海洲身上的一块砖头拿下来，根本就没有要砸他的意思，他也不是我砸死的。还有，我的提包还在那里。"

他用下巴朝掉在旁边的一个黑色公文包指了指："里面装了八万块钱，都是刚从银行取出来的新钞票，里面还夹着一份打印好的和解协议书，上面写明索海洲收了钱后保证不再追究我任何责任，是我准备让他签字的。如果我真的要杀人，就不可能搞得这么麻烦，对吧？"

苏晚晚拿起那个公文包，打开一看，里面果然装着八沓百元大钞，还有一份和解协议。

她把公文包里的东西拿给宋铎看了，宋铎仍然盯着林义忠说："这些东西，并不能说明什么，也有可能是你跟索海洲因为赔偿价钱没有谈拢，或者他不肯按你的意思签署这份协议，你恼羞成怒，临时起意，顺手捡起一块砖头，趁其不备，砸向他脑袋。你要明白，我们之所以认定你为凶手，除了目击者的证人证言，还有其他确切的证据。"

林义忠一愣，问："什么证据？"

"那就是现场脚印。"宋铎神情冷峻地道，"我们在命案现场，一共找到了四个人的脚印，除去报警人陈觅及曾经走近尸体的另一名大四学生，也就是将你绊倒的那名男生的脚印，就只剩下你和索海洲的脚印。如果真如你所说，你看到索海洲时他就已经被别人砸死了，那么凶手为什么没有在现场留下脚印？现场情况你也看到了，那是一片被灌木围蔽起来的沙地，任何人从上面走过，都不可能不留下脚印来。”

“是这样的吗？这个我倒没有注意呢，会不会是凶手在我到来之前，杀了索海洲，然后一边退出沙地，一边将地上的足迹给抹去了？”

“这更不可能。沙地上已经久无人迹，就算是想将自己的脚印抹去，也绝不可能做到毫无痕迹可寻。我们坚信，在陈觅进入之前，沙地上只有你跟死者两个人，所以你说你不是杀人凶手，很难让人信服。”

“这怎么可能呢，凶手在我到来之前，就已经将索海洲砸死了，怎么可能没在现场留下一点痕迹？你们在骗我，想将这杀人罪名强加到我头上，是吧？”林义忠梗着脖子提出抗议。

苏晚晚说：“如果你不信，我们可以带你回现场看一下。”她将捆住他手脚的皮带解下，带着他走到警戒线边上。林义忠看到所有进入警戒线的警员，都穿上了鞋套，现场除了陈觅和另一个男生的脚印，确实就只有他跟索海洲的皮鞋印了。

“你就是杀人凶手啊？”正在现场勘查的曹亮，从警戒线里走出来，忽然一把抓住林义忠的手臂，用力往后一扭。林义忠立即痛得哇哇大叫起来：“干什么干什么？要给我上铐子也不用这么野蛮吧？”谁知曹亮却松开他的手，对宋铎说：“宋队，现在我强烈怀疑他并不是凶手，凶手很可能另有其人。”

“为什么？”宋铎和苏晚晚都朝他望过来。

曹亮说：“你们在现场也看到了，凶手用砖头做凶器，不但砸开了死者的脑袋，还把手里的砖头也震裂成了好几瓣。我检查过，那是一块很结实的老火砖，就算是臂力极大的人，也很难将其震碎，至少我就做不到。刚才我试了一下这家伙的臂力，根本连我都不如，所以我觉得像他这样的人，拿着这样一块砖头去砸人，第一，不可能把别人的脑袋砸成那样，第二，不可能力气大得连砖头都能震碎。”

宋铎闻言，仔细打量林义忠一眼，这家伙挺着个啤酒肚，身上却瘦得能看见骨头，如同血吸虫病人一样，确实不像是个很有力气的人。可是如果凶手不是他，那又会是谁呢？谁又有本事不在沙地上留下脚印，甚至不留下任何痕迹的前提下，杀死索海洲呢？他实在想不出会有这样的人，除非凶手会“草上飞”的轻功。

陈觅站在旁边，听了曹亮的推断，忽然掀起警戒线，也不穿鞋套，径直走了进去，站在沙地上，抬头望着沙地旁边那幢七层高的教工宿舍楼，出了一会儿神，再低头看看躺在地上的索海洲的尸体。尸体距离宿舍楼后墙有三四米远……

仿佛有一道灵光从他脑海里闪过，他撒腿就朝教工楼前面跑去：“凶手不是在地面杀人，是从天台扔砖头下来的！”

宋铎等人愣了一下，旋即明白过来，立即跟着他，绕到宿舍楼前面，沿着楼梯一口气跑上七楼天台。

天台的铁皮门是开着的，并没有上锁。

天台上堆积着一些烂木床旧沙发之类的杂物，显得十分凌乱，一些破布和木屑堵住了下水道口，因为前几天下过一场大雨的缘故，水泥地面上还有一圈一圈的积水。

宋铎先是警惕地向四周望一眼，天台上没看见有人。

他从一张倒放在地上的旧沙发旁边走过去，看到四周的女儿墙约有 1.2 米高，而就在大楼向后的那面女儿墙下，有几个清晰的脚印，应该是不小心从楼顶积水中踩过，所以脚印还是湿的。有几个脚印凌乱地重叠在一起，显然那人曾在这里停留过一些时间。

宋铎从脚印处向下一望，这个位置，正好位于索海洲倒地处的上方。他扭头看看陈觅，说："你说得没错，凶手就是站在这里，照着索海洲头顶把砖头扔下去的。只有从这么高的地方扔下的砖头，才可能有那么大的杀伤力，不但将索海洲的整个脑袋都砸得稀烂，还把砖块本身也给震碎了。"

苏晚晚蹲下身检查一下那些脚印，说："还是湿的，那人应该没有离开多久。"

宋铎点点头，对曹亮说："你留在这里，仔细检查一下看天台上面是否还藏的有人，还有，叫下面上来两个人，把这里勘查一下，看看凶手是否还留下什么其他线索。"

他一边下命令，一边带着苏晚晚朝楼下跑去。陈觅犹豫一下，也跟着跑下楼。

冲到楼下，宋铎和苏晚晚站在台阶下茫然四顾，四周全是走动的学生和教职人员，一眼望过去，实在无法判断谁是凶手。两人又围绕教工宿舍楼快速地走一圈，并没有发现什么可疑人员。

宋铎不甘心地说："走，上楼去，敲开每一间房，问问看有没有人看到那家伙下楼。"

苏晚晚跟着他又往楼上跑，刚爬到六楼，楼梯旁边的一扇房门忽然打开，一个戴眼镜的女教师从屋里探出头来，小心翼翼地问："警察同志，你们是在寻找杀死庞老师丈夫的凶手吗？"

苏晚晚说："对，现在我们怀疑凶手是从楼顶天台扔砖块下去，将庞老师丈夫砸死的，而且凶手应该没有离开多久。您今晚可曾在楼道里看见什么可疑人员吗？"

女教师点头说："大约半个小时前吧，我从外面回家，掏出钥匙准备开门的时候，看见有一个男人，慌慌张张从楼上跑下来，把我手里的钥匙都撞掉了，我特意留心看了他一眼，觉得很陌生，住在这栋楼里的教工我都认识，我敢肯定他不是我们学校的职工。还有，他应该是在什么地方踩过水吧，你看这楼道里留下了好几个脏兮兮的湿脚印，现在还没干透呢。"

宋铎顺着她的手指看去，果然在楼梯台阶上看到几枚带着脏泥水的湿脚印，一眼望去，与在天台上看到的脚印一模一样，显然是凶手在天台踩到积水后，下楼逃走时留下的。

“那你有没有留意到他长得什么样？”他问。

女老师想一下说：“他的脸嘛，我没有看太清楚，只记得有四十多岁吧，脚上穿一双脏兮兮的旧回力鞋，身上穿的是一件蓝色外套，留着平头，很短的那种，应该是刚刚理发不久。哦对了，他身上有股狐臭味，他下楼好久了，我还能在楼道里闻到。”说到这里，她用手在鼻子前使劲扇着，好像那股狐臭味还停留在这里一样。

“好的，非常感谢，您提供的线索十分重要。”宋铎向她道谢后，一边下楼一边看表，半个小时前，正是案发后不久。凶手从楼上下来已经超过半个小时，肯定已经离开学校了。

他一路小跑来到学校保安室，调看了东、南、西、北四个校门的监控视频，半个多小时之内，居然并没有看见一个穿蓝色外套的平头男离开学校。苏晚晚想一下，又把视频快速向后倒放，大约下午 5 点多的时候，有一个身穿蓝色外套、脚下穿着一双回力鞋的平头男子，跟在一辆缓缓行驶的白色轿车后面，走进了学校。

她按一下鼠标，这个画面就在电脑屏幕上定格下来。宋铎看了一下视频上显示的时间，说：“原来他是下午 5 点进入学校的。”

旁边的保安小雷凑上前看看，指指前面那辆白色小车说：“这就是庞老师的老公开的小车，车牌后面有两个 8，我认得的。”

苏晚晚点头说：“看来他是跟踪着索海洲进入学校的。”

小雷说：“我们学校里有一些体育设施是向外开放的，平时也有一些校外人士进出，一般都不用登记，只有在晚上 10 点至第二天早上 6 点之间进出学校，才要刷校园卡。”

苏晚晚用手指着视频里那个蓝衣男子说：“咱们从监控里只看到他进入

学校，却没有看到他从学校里走出来，这是怎么回事？”

“这说明他还留在学校里，”宋铎一拳砸在电脑桌上，“这个王八蛋，也太不把咱们警察放在眼里了，作了案居然还不逃走，这是对咱们赤裸裸的挑衅啊。”

他立即通知学校保卫处长徐工，让他在四个门口各增加两名保安，看住四门，除了可以确认身份的本校学生和教职工，其他人员没有警方允许，谁都不准离开学校。然后又打电话，从市局调来十余名精干警力，由熟悉校园环境的校卫队队员带领，分成四个组，分头在校园里进行地毯式搜索，目标就是那个穿蓝色外套，刚刚理过平头，身上有狐臭味的中年男子。

直到晚上 9 点多，四路人马已经把学校里里外外搜了个遍，却并没有找到那名蓝衣男子的踪迹。

苏晚晚说：“会不会这家伙趁夜换了衣服鞋子，所以咱们找不到他了？”

宋铎摇头说：“没这个可能，就算他换了衣服鞋子，可他身上的狐臭是掩盖不了的。咱们把警犬都调来了，他身上有这么明显的味道，不可能搜不到他。”

苏晚晚站在逸夫教学楼前，看着灯火透亮的大学校园，皱起眉头说：“这倒真是奇了怪了，咱们已经把整个学校都仔细搜查了一遍，任何角落都没有落下，怎么就是找不到人呢？这家伙到底躲到哪里去了？”正自疑惑间，忽然看见保安小雷带着两名校卫队队员，急匆匆从跟前跑过。

宋铎问：“发生什么事了？”

小雷说：“刚才保安室接到报警，说女生公共浴室混进去一个变态色魔，咱们要过去处理一下。”

宋铎与苏晚晚对视一眼，说：“走，咱们也去看看。”两人跟着小雷一起，跑步来到女生浴室。

女生公共浴室就建在一排女生宿舍楼的最后面。学校的每间学生宿舍，一般都配备有独立的浴室，但其中有两栋女生宿舍楼，是 20 世纪 90 年代初建成的旧楼，宿舍里并没有独立的浴室，住在这两栋楼里的学生，只能到旁边的公共浴室洗澡。

小雷边跑边向宋铎介绍说："这已经不是第一次有色狼混进女生浴室了，学校正准备重新改造旧宿舍楼，每一层会建一个浴室，希望以后能杜绝这样的事。"

他们赶到浴室门口时，台阶下已经围了一大圈女生，个个都在摩拳擦掌义愤填膺地叫骂着。小雷分开人群走进去，只见三个穿着湿漉漉睡衣的女生，每人伸出一只脚，踏在一个赤身裸体的男人背上。那男人被三人死死踩住，竟一时动弹不得。

小雷问怎么回事？一个女生气愤地说："刚才我们在浴室洗澡的时候，发觉旁边有个人光着身子晃来晃去，因为浴室里人很多，水汽弥漫，看得不太真切，大家也没怎么注意，后来人渐渐少了，浴室里的水雾渐渐散去，我们才发现原来有个男人混进来了，不但在偷看我们女生洗澡，还自己脱光衣服，用手拿着自己的下体对我们做那些恶心的动作。许多女生都吓得披件衣服跑出去了，我们三个气愤不过，就把他给打了一顿……"

苏晚晚蹲下身看看那个被女生抓获的色狼，是个中年男人，短发，脸上青一块紫一块，眼角还在流血，估计这三个女生练过跆拳道，要不然这家伙不会吃这么大苦头。"咦，这是什么味道？"她抽抽鼻子，很快就闻到从这色狼身上传出来的狐臭味。她当即就变了脸色，一膝盖顶在那男人背上，将他两只手反转过来，麻利地给他上了铐子："宋队，他就是咱们要找的杀人凶手！"

旁边女生一听，这家伙不但是个变态色魔，还是个杀人犯，都吓了一跳，不由自主往后退去。

宋铎回头瞪了曹亮一眼，靠近女生浴室的这一边，是他带人来搜的。曹亮脸上一红，挠挠头说："我们这一队全是男的，搜到这里的时候，不方便进浴室，就叫了门口的两个女生进去帮咱们看一下，两个女生进去转一圈出来跟我们说里面全是女的，没有男的，所以我们就……”

宋铎说：“你可真行，差一点就把犯罪嫌疑人给放走了！”

苏晚晚带着一名女警又到浴室里搜查一遍，很快就在一个角落里找到了变态男脱下的蓝色外套和回力鞋，还有其他衣服。她把衣服拎出来，先给那人松了铐子，让他自己把衣服鞋子穿上，然后再铐上手铐。穿衣服的时候，那家伙居然还恬不知耻地冲着旁边一个漂亮女生嘿嘿一笑：“琴琴，你今天真漂亮。”女生被他恶心到了，朝他吐一口唾沫：“变态佬，谁是琴琴？去死吧你！”

第十四章　疯言疯语

犯罪嫌疑人被带回刑警大队后，审讯工作连夜展开。

隔着一张桌子，苏晚晚问被强制按坐在对面审讯椅上的犯罪嫌疑人："叫什么名字？"

"你问我吗？"那家伙打了个哈欠，"我叫老王，他们都叫我隔壁老王。"

苏晚晚瞪他一眼："我问你真名实姓？"

"真名实姓啊？"对方好像一时忘记自己叫什么名字了，歪着头想一下才说，"我叫王天旺，隔壁老王的王，天天向上的天，旺旺雪饼的旺。"

旁边的曹亮忍住笑，低头把他的名字写在审讯记录上。

"年龄？"苏晚晚接着问。

"42 岁。"

"家庭住址？"

"麻河口七里铺村。"

麻河口是平京市最偏远的一个镇。

"先问问他，为什么要去女生浴室。"苏晚晚的无线耳机里传来了队长的声音。这是一间安装了单向玻璃的审讯室，宋铎站在外面，可以看到里面的情形，审讯室里的声音也可以通过扩音器传出来。

苏晚晚用手纠正了一下耳机的位置，然后按照队长指示，问了王天旺。王天旺偏着头说："你问我为什么要去那个浴室，很简单啊，我看到琴琴进去了，所以我就跟着进去了，谁知道里面的女人都没有穿衣服，我也看不清到底哪个是琴琴，就在里面找啊找啊……”

“琴琴是谁？”

“我女朋友啊。”

苏晚晚感觉到有点意外：“你女朋友是文理学院的学生？”

“才不是，琴琴都已经三十多岁了，怎么可能还是学生？”王天旺莫名其妙地笑起来，“我告诉你们，琴琴长得可漂亮了，那些学生妹哪里比得上……”

“他在装疯卖傻，别被他绕进去了。”宋铎在无线耳机里提醒苏晚晚，“直接问他杀人的事。”

苏晚晚按着耳朵里的耳机点一下头，问王天旺：“索海洲是你杀的吧？”

“索海洲是谁？”王天旺一本正经地愣了一下。苏晚晚拿出由庞怡提供的索海洲的照片，举到他眼前：“就是这个人。”

“哦，原来是他呀，对对对，是我杀的，是我一板砖把他拍死的。”王天旺爽快地点头说。

苏晚晚、曹亮和外面的宋铎都不由得愣住了。王天旺对潜进浴室偷窥女生洗澡的事再三狡辩，但对杀人命案，却如此痛快地承认，实在是大大地出人意料。

苏晚晚听到队长在耳机里咳嗽一声，才恍过神来，接着问：“你为什么要杀他？”

王天旺梗着脖子说：“他活该呀，谁叫他抢走我的琴琴的。”

“他抢了你女朋友？”苏晚晚身子向前倾了一下，“说说，到底是怎么回事？”

审讯工作一直持续到凌晨时分，最后警方总算从王天旺嘴里问清楚了事情的来龙去脉。

这个王天旺，家住农村，但一直在城里打工，是一家超市的送货员，因为家境不好，四十来岁了还找不到老婆。去年的时候，他在一次送货途中，看见有个骑电动车的女人摔伤在路边，他用超市的货车把女人送去了医院，还给垫付了几百块钱医药费。女人出院后，寻到超市来感谢他。这一来二去，两人就成了男女朋友。

那个女人名叫琴琴，三十岁年纪，但她并不介意男朋友比自己大十岁，两人在外面租了房子，很快就住在了一起。琴琴对王天旺很好，不论他加班送货多晚回家，她都开着灯在家里等着他回来。王天旺这么大年纪，还能找到一个这么漂亮贤惠的女朋友，自然是像捡到宝一样高兴，以前的存款和每个月挣的工资，都交给她管着。

两人在一起生活了大半年之后，就商量着结婚的事，最后把婚期定在了今年正月十五元宵节。王天旺很是高兴，早早地回到农村老家，把婚房都准备好了。就在他装修完婚房回到城里的出租屋时，却发现琴琴不见了，一起失踪的还有那张有十多万元存款的存折。

王天旺如同遭遇了晴天霹雳，疯了似的满世界寻找他的琴琴，大半年时间过去，完全没有找到琴琴的任何消息。就在他几乎绝望到要去跳楼的时候，一个偶然的机会，他见到了这个自己日思夜想的女人。琴琴哭着告诉他，自己对不起他，自己被一个不怀好意的男人灌醉后拍下了裸照。这个男人用裸照威胁她，叫她做自己的地下情人，为期两年，如果她顺从他，两年之后他就会把那些裸照删除，如果她敢反抗，他就把照片发到网上去。琴琴被逼无奈，只得含泪离开王天旺，成了那个男人的小妾，过着非人的生活。

王天旺问琴琴，那个拿照片要挟她的男人是谁？一开始琴琴不肯说，后来在他的逼问下，才给他看了那个男人的照片，说了那个男人的工作单位。王天旺发誓，就算搭上自己的性命，也一定要把琴琴从那个男人的魔爪之下解救出来。

通过多次在文理学院门口跟踪调查，他终于摸清了那个男人的生活规律，几次尾随他进入学校，想要结果他的狗命，都没有成功。今天傍晚，他又跟着这个男人的小车进入学校，看见他一个人在教工宿舍楼后面的空地上溜达，四周一个人也没有，他觉得机会来了，就从灌木下随手捡起一块砖头，准备冲上去一家伙砸死他。但是那个男人好像听到什么动静，警惕地朝他这边望了一下。他急忙躲在灌木下面。后来一想，自己这样冲过去，很可能会被他发现，如果一击不中，以后再要对付他就更难了。他抬头看看旁边那幢七层高的教工楼，心里忽然有了主意。

以前跟踪那个男人时，他曾为了避开与他在楼道里相遇，而跑上过天台，知道天台的铁皮门只是用小铁栓闩着，并没有上锁。他拎着砖头，跑上七楼天台，趴到后面女儿墙上，将砖头瞄准正站立在楼下的那个男人的头，然后猛地扔下去。这一下扔得还真准，砖头从七楼天台飞下，直接砸在那个男人头上。砖头碎了，那个男人也被砸得脑浆迸裂，当场倒地。

他站在楼顶，还没来得及好好欣赏自己的“杰作”，就看见一个手提公文包的男人朝楼下空地这边走过来，他生怕有人一抬头看见自己站在楼顶，来不及喘口气，就赶紧从楼上跑下来。

从教工宿舍楼跑出来，本来是想立即逃离学校的，可是学校路径太复杂，他转了两个圈，脑袋就有点发蒙，一时间竟找不到学校大门了。他干脆就在校园里转悠起来，转到女生宿舍外面，竟然看到一个长得很像琴琴的女生，他就一路跟踪过去，那个女生进了浴室，他也跟着走进去……

第二天早上，宋铎认真看完这份审讯记录，眉头很快就皱起来，对苏晚晚和曹亮说：“难道你们没有觉察到这个王天旺的口供有些问题吗？”曹亮摇头说：“不会呀，我都是如实记录下来的。”

苏晚晚却明白队长的意思，点头说：“宋队说得没错，其实在昨晚审讯的过程中，我就已经觉察出来了。王天旺说话语无伦次，对一些关键问题，比如说他女朋友琴琴叫什么名字、是哪里人，琴琴失踪后与他再次相见，具体是在什么时间、什么地点，他都语焉不详，答不上来。也不知道他是真的不记得了，还是在我们面前故意装疯卖傻，混淆视听。”

“不行，咱们得再审审他！”宋铎决定亲自提审王天旺。

但是忙碌了一上午，得到的审讯结果，却跟昨晚差不多，王天旺的口供并无多大变化。再问一些其他问题，他就打着哈欠拍着脑袋说头痛，想不起来了。宋铎气得干瞪眼，却拿他没有办法。

审讯结束后，苏晚晚带着曹亮来到文理学院，找到庞怡，将警方对杀死她丈夫的犯罪嫌疑人的审讯情况，跟她说了。庞怡的反应出乎意料的强烈：“睁眼说瞎话，这绝不可能，我丈夫绝不可能有什么地下情人，那个王天旺是血口喷人，故意诬蔑我丈夫。”

苏晚晚看着她问：“你为什么这么肯定？”

“我丈夫这个人，我还是了解的，说得好听点，他是一个有政治抱负的人，说得不好听一点，他是个官迷。他一心想在仕途上混出点名堂来，对其他的都不感兴趣。他对我说过，生活作风问题，关键时候很可能会毁了一个人的官途，所以这样的低级错误绝不能犯。”

“您就这么相信他？”

庞怡看了她一眼，说：“我当然相信他不是这样的人。当然，就算他想犯这方面的错误，也没有这个条件，因为我规定他每天下班后，如果没有特别重要的应酬，一定要准时回家。因为我知道，现在官场风气不好，所以对他管得比较严，他开玩笑的时候都叫我家庭纪委书记。所以就算他真的有在外面包养地下情人的想法，也绝对没有时间和机会去付诸行动。”

“那你认识这个人吗？”苏晚晚拿出犯罪嫌疑人的照片给她看，“他就是杀死你丈夫的凶手，名叫王天旺，你有听你丈夫提起过这个名字吗？”

庞怡看了照片一眼，摇头说：“我不认识他，也没有听我丈夫说起过他的名字。他要么是认错人了，要么就是向你们隐瞒了自己真正的杀人动机。”

“其实我们也觉得他的口供有颇多可疑之处，庞教授你放心，我们会继续追查下去，一定会将你丈夫的死因调查清楚的。如果案情有什么新进展，我们会第一时间向您通报。”说到这里，苏晚晚起身告辞。

从学校走出来，曹亮问：“师姐，咱们下一步该怎么办？”

苏晚晚站在街边，看着川流不息的车流，思考一下，说：“现在凶手已经抓捕归案，经过审讯他也已经认罪，咱们接下来要做的，就是核实他的口供到底是否真实可信。要不这样吧，咱们分头调查，你去麻河口镇，到王天旺家里了解一下情况，我再沿着这个案子的另一条重要线索，去调查一下。”

“你说的这条重要线索，指的就是那个叫琴琴的女人吧？”

“是的，除了死者和犯罪嫌疑人，这个琴琴是本案中第三个重要人物，而且我觉得也是这个案子最关键的中心点。如果不找到她，是很难圆满结案的。”苏晚晚把警车钥匙递给他，“麻河口是咱们市最偏远的一个镇，估计连班车都很难到达，你开咱们的车去吧。我在市内调查，打个车就行了。”

曹亮接过钥匙说：“那行，我先走了，有什么消息，咱们保持联系。”他钻进警车，很快就开着车走了。

苏晚晚在路边招手叫了一辆出租车，直奔双亭街家家乐超市。据王天旺交代，他就是在那里上班的。

她来到家家乐，找到超市负责人尹经理，亮明身份后，又拿出王天旺的照片问她：“你认识这个人吗？”

尹经理看一眼照片，就笑起来，说：“认识啊，这不是隔壁老王吗？”

苏晚晚也不由得笑起来，原来这家伙还真有这么个外号。

尹经理接着说：“他叫王天旺，以前曾是咱们超市跟车的送货员。”

苏晚晚收起照片问：“他是从什么时候开始，在这里上班的？”

尹经理想了一下：“具体时间我记不太清了，但也有好几年时间了吧，他是我们超市的老员工。”

“他是什么时候离开的？”

“离职时间嘛，大概是去年 11 月份吧，说是他女朋友失踪了，他要辞工去找她。”

“他女朋友，你认识吗？”

“你说那个琴琴吗？”尹经理摇摇头，“不是很熟，但是见过，她曾到咱们店里来过一两回，长得还挺漂亮的，见人就笑，很好相处的样子。当时我们都有点纳闷，这么漂亮的一个女人，又比隔壁老王年轻那么多，怎么会看上老王的呢？”

“听说王天旺是在一次送货途中，认识这个女人的？”

“是的，这个情况你可以问一下咱们的司机老陈，当时他跟老王在一起。”尹经理问，“要不要我把老陈叫过来？他这会儿还没出去送货，正好有空。”

苏晚晚说：“好的，那就麻烦你了。”

不大一会儿，尹经理就领了一个穿蓝色工服，头发花白的男员工走进办公室。

尹经理说：“老陈，这位是公安局的警察同志，想了解一下王天旺是怎么跟那个琴琴认识的，你给说一下。”

老陈估计是第一次跟警察打交道，紧张得不停地在裤子上擦着手心里的汗，吭哧吭哧喘了半天粗气，才开始说：“那个……大概是去年2月的时候吧，有一次我开车跟老王一起出去送货，回来途中，在一个街道拐弯处，看见前面有一辆小车，碰倒了一辆电动车，骑电动车的女人被自己的车子压住，一时动弹不得。肇事小车连车都没停一下，就直接逃逸了。当时老王坐在我车里，看到这个情况，就叫我停车。他跳下去，搬开电动车，把那个女人扶起来，女人腿上受了伤，正在流血，根本无法走路。老王叫我用货车把女人送去医院，我当时不太情愿，因为我们送完货如果不按时回来，是要被扣钱的。老王说扣多少钱他替我出。我这才同意，开着车帮他把那个女人送到了医院。女人身上没带钱，他又垫付了几百元医药费。后来这个女人出院了，还专程到超市来感谢老王。也不知道怎么的，一来二去，两人就对上眼，好上了，还到外面租了房子住在一起。当时他们都说老王走桃花运了，捡了个好女人做老婆，我却很不以为然，心想隔壁老王迟早要被这个女人骗得连裤子都没得穿，结果你看，还真被我给说中了。”

苏晚晚眉头一挑：“你的意思是说，那个女人是个骗子？”

“明摆着的嘛，人家又年轻又漂亮，凭啥跟你一个臭打工的在一起？”老陈双手一摊，“你看最后还不是跟老王玩失踪，把他的存款都给卷走了？老王存点钱可不容易，那十多万是存了给他家里的脑瘫妹妹治病的。老王犯了花痴病，觉得那个女人可能是遇上什么意外，才没来得及给他留下一句话就离开的，他连工作也不要了，整天在外面找那个女人。”

苏晚晚点点头，看来在这件事情上，王天旺在审讯中说的还是真话。“王天旺辞职后的情况，你们了解吗？”她看着老陈问。

“这个我就不太清楚了，估计他还没有找到那个女人吧。”

“你知道谁有那个女人的照片吗？”

“你想找那女人的照片啊？估计有点难，我们都没有她的照片，老王把女人当宝贝似的，倒是给她拍过不少照片，都保存在手机里。但是老王去年回家装修婚房的时候，女人说自己手机坏了，让老王把手机留给她用。结果等老王回到城里，连手机都被女人给顺走了。所以我也不知道去哪里能找到那个女人的照片。”

苏晚晚不由得皱起了眉头，那个女人连一张照片都没有留下，显然是有计划地卷款而逃啊。

“对了，我听说是那个女人在外面租了房子，主动叫王天旺搬出宿舍跟她一起住的，是吧？”她问。

老陈点头说：“是的，我跟老王关系还算不错，曾去那出租屋看过一次，说实话那女人也还是蛮能干的，把出租屋里收拾得干干净净，一进去就让人有种很舒服的感觉，难怪老王被她迷得抽不开身。”

苏晚晚问：“那间出租屋，在什么地方？”

“就在德兴路与长庆街交会的十字路口，那里有一家五月花大酒店，他们租的房子就在酒店后面那栋楼里，应该是三楼吧，对，就是三楼，楼道右手边那一间房，具体的房号我忘记了。不过我估计现在租客都不知道换了几次了，你就算去了，也找不到什么东西吧。”

“我试试看。”苏晚晚起身向他道谢。

按照老陈的指点，她来到德兴路与长庆街交会的十字路口，那里果然有一家五月花大酒店。

她从酒店旁边的小巷里绕进去，酒店后面有一栋五层高的旧楼，楼梯口挂着一块用纸箱裁剪出来的广告牌，上面写着“有房出租”几个大字。楼梯间有一道铁门，但并没有上锁。

她沿着楼梯走上三楼，找到右手边第一间房，敲敲门，出来开门的是一个戴眼镜的男青年。

看见门口站着个警察，男青年愣了一下。

苏晚晚向他亮了证件，叫他不用紧张，然后问他是这间房的租客吗？

男青年点头说：“是的。”

苏晚晚问：“你在这里租住多久了？”

男青年说：“才两个月。”

“之前的租客，你认识吗？”

“认识啊，是一个老太太，她刚走，我就搬进来了，她走的时候我还帮她提过行李。”

苏晚晚一边点头，一边在心里想，看来这房子在王天旺和琴琴之后，确实又换了好几茬租客了。虽然知道不可能找到什么线索，但她还是进屋去转了一下。

这是一个一房一厅的小套间，加起来估计也就四五十平方米。屋里显得有些凌乱，空气中充斥着男人特有的汗臭味，每走一步都能踢到胡乱丢在地上的东西，比如说空啤酒瓶、脏球鞋之类的。

从门口走出来的时候，她问男青年：“我想找一下你们房东，你有他的电话号码吗？”

男青年说：“你想找房东啊？其实不用打电话的，他就住在一楼 101 房，直接去找他就行了，这里整栋楼都是他的。”

苏晚晚点头说：“好的。”抬头看看门牌号，这里是 303 房。她记下门牌号，然后转身下楼。

在一楼，她找到 101 房，却发现房门敞开着，一个身材肥胖的男人正躺在沙发上看电视。她迟疑一下，敲敲门框，男人回头看看门口站着个警察，急忙起身笑脸相迎：“警察同志，又来查房啊？”

苏晚晚说：“我不是来查房的，我想向你打听点事，跟你楼上的租客有关。”

胖男人松了口气，忙道：“好的好的，您说您说！”

“去年上半年，有一对男女租客曾经租住在你上面的 303 房，男的叫王天旺，女的叫琴琴，不知道你还有没有印象？”

“哦，你问这两个人啊，有印象有印象的，因为那个女人长得漂亮嘛，所以印象自然深刻一点。”胖男人咧开嘴，一脸猥琐地笑了，“他们大概是去年 3 月底来租的房，11 月的时候就突然搬走了，也没跟我说一声，我是上楼收租的时候才发现他们失踪了，还欠了我一个月房租没给呢，幸好没有把我屋里的家具电器给偷走，要不然我非得报警抓他们不可。”

苏晚晚问：“房子是以谁的名义租的？”

“是那个女的找到我这里来说要租房的，还说要跟她未婚夫一起住。她把房子租下没过多久，那个男人就搬过来跟她一起住了。后来我跟那个男人混熟了，才知道他叫王天旺，在一家超市上班。”

苏晚晚想一下，王天旺跟琴琴是去年 2 月相识，3 月的时候，应该已经是谈恋爱了，这时候租房住在一起，也属正常。只是这种事向来都是男人主动，女人先租好房再叫男人住进来，感觉这女的像是迫不及待要跟王天旺住在一起，这就未免让人心生疑问了。

“在你这里租房，应该都要留下租客的身份证复印件吧？”她问房东。

胖男人说：“是的，我们是合法经营，在房管局办了房屋租赁许可证的，凡是到我这里租房的,都签有止规租房合同,并在合同后面附上身份证复印件。”

“能把那个女人租房时用的身份证复印件给我看一下吗?”

“可以的,我去找找。”胖男人转身走进里屋,拎了一个黑色挎包出来,从里面掏出一大摞租房合同,翻了一下,从里面抽出一份用A4纸打印好的合同,递给苏晚晚说:“这个就是当时她签下的租房合同,后面复印有她的身份证。”

苏晚晚翻到合同第二页看一下,空白处果然复印着一张身份证,从上面登记的信息来看,那个女人全名叫卢琴琴,今年正好三十岁,江西赣州人。她把身份证用手机翻拍下来,传回给市局户政科,请人帮忙查了一下,身份证号码与人物姓名明显对不上号,这是一张假身份证。

她再看看身份证上的照片,因为复印效果不好,看上去黑乎乎的,只能瞧见一个女人的脸部轮廓,具体相貌已经无法看清。她指着照片问房东:“当时你核对过身份证上的照片和她本人相貌吗?”

胖男人说:“核对过的,我查验过她的身份证原件,照片和她本人对得上号。”

苏晚晚有点可惜地说:“我想找一张她的照片,但这身份证复印件上的头像太模糊了,对我们来说,没什么用。”

“哦,都怪我当时没有复印好,以后我一定会把租客的身份证复印得清晰一点的。”胖男人赔着笑脸说。就在苏晚晚正要失望地转身离去时,他又追问一句,“是不是这个女人犯了什么事啊?”

苏晚晚说:“那倒不是,是她男朋友王天旺牵涉进了一桩杀人案,有些情况我们警方必须找到这个女人核实一下,但我们找了一圈,连她的一张照片都没找到。”

“那个……警察同志,她的照片嘛,其实我这里倒是有一张……”胖男人忽然抓耳挠腮地说。

苏晚晚蓦地回头看着他:“你有她的照片?”

胖男人满脸通红，说："是、是的，不过是我偷拍的，当时她正在三楼阳台晒衣服，我在楼下看见了，觉得她的样子真的很美，就忍不住掏出手机偷偷拍了一张。照片一直存在我手机里，没舍得删除。"

苏晚晚不由得哑然失笑，想不到这个猥琐男居然还能帮上自己的大忙，忙道："快给我看看。"

胖男人忸忸怩怩地从口袋里掏出手机，翻出一张照片，苏晚晚看了，不由得一愣，照片是从下往上拍的，镜头里的卢琴琴正在三楼阳台探出身子晾衣服，她穿着一件粉红色睡裙，透过阳台不锈钢护栏，正好可以将她裙底风光一览无余。

她回头瞪了这个猥琐男一眼，胖男人"嘿嘿"两声，不好意思地笑了。苏晚晚本以为偷拍的照片不会太清晰，但胖男人手机像素很高，照片拍得非常清晰。

她把照片放大后，看了看女人的脸，脸皮白净，齐耳短发，眉眼俊俏，确实长得挺漂亮的。

她对着照片看了两眼，忽然觉得照片上的这个女人，好像有点眼熟，似乎在什么地方见过。再一想，不可能吧，自己这可是头一回知道这个女人，也是第一次听到她的名字。

她让胖男人把这张照片发到自己手机里，然后责令他当场删除这张照片，并且警告他以后再也不准拍这样的照片，否则就叫治安队的人来抓他。胖男人忙说："是是是，下次再也不敢了。"

离开这栋出租屋，苏晚晚缓步走在长庆街上，心里却还一直在想着那个照片上的女人。

她非常肯定，自己一定在什么地方见过她，至少见过她的照片。可是到底在什么地方见过，却又一时想不起来。没走多远，她又拿出手机看看那张照片，忽然脑子里灵光一闪，记得自己好像是在经侦大队的一份卷宗里看到过这个女人的大头照。

第十五章　女诈骗犯

苏晚晚立即打车回市局，找到经侦大队。经侦大队一个姓肖的女副队长跟她一起去省厅学习过，两人关系不错。

她直接找到肖副队长办公室。肖副队长看了她手机里的照片，说："这不就是咱们今年上半年抓到的一个女诈骗犯吗？我记得她真名好像叫卢倩倩。她老公还牵涉到一宗伤人案，我还拿着卷宗去找你帮忙调查过的。不过具体情况现在我也不记得了，得翻一下档案才知道。"

她很快就从电脑里调出了与这个女人的案子有关的电子档案。苏晚晚凑到电脑前看了，档案里有一张身后放着标尺的嫌犯大头照，正是她要找的那个"琴琴"。

她看了卷宗才知道，这个卢倩倩其实早就结婚了，但在丈夫的授意下，一直扮作未婚女人去勾引大龄单身汉，在获得单身汉的信任后，再想办法骗取他们的钱财，然后在丈夫的帮助下，跟被骗人玩失踪。因为不断有人报警，市局很重视，经侦大队抽调精干力量突击侦查，终于在今年 4 月份把这个案子给破了。卢倩倩被抓时，身上有二十多个假身份证。据她和她丈夫交代，两人已合伙作案十余起，共诈骗钱财超过二百万元。

肖副队长告诉苏晚晚说："这个案子法院都已经判了，女人有期徒刑十年，她丈夫曾在作案过程中刺伤过一名受害人，所以判得重些，有期徒刑十二年。现在他们都被关在市第二监狱。"

苏晚晚立即回刑警大队，找领导批了一张“提讯通知单”，然后和另一名男刑警一起，赶到市第二监狱。当狱警将卢倩倩从监仓里带出来时，苏晚晚吃了一惊，与照片上的那个漂亮女人相比，眼前的卢倩倩头发凌乱，面色蜡黄，颧骨高耸，面庞消瘦，几乎判若两人。看来她在监狱里的日子并不好过啊。

“该交代的，我都已经交代了，你们还来找我干什么？”卢倩倩以为这两个警察是从经侦大队来的，对着二人直翻白眼。苏晚晚摇头说：“我们不是为你的案子来的，我们是刑警大队的。”她将王天旺的照片拿给她看，“这个男人，你认识吗？”

卢倩倩看了一眼，说：“认识啊，他叫王天旺，在家家乐超市上班，是我骗过的男人中的一个，不过他也真够穷的，打了二十多年工，才存下十来万块钱。”

苏晚晚没有理会她对王天旺的嘲讽，继续问：“你是去年 11 月，骗到他的钱后，离开他的，对吧？”

“是的，他把存折密码告诉了我，我趁他回老家的时候，去银行把钱取了，然后就从他身边消失了。”

“后来，你再次见到他，是什么时候？”

“再次见到他？”卢倩倩愣了一下，“没有呀，我躲着他都来不及，怎么可能会再次去见他？要是被他抓住，他还不把我打个半死啊，我才没那么蠢呢。”

“不对吧，王天旺跟我们说，他后来又见过你。”苏晚晚看着她说，“是不是你骗的男人太多，忘记这回事了，你再好好想想。”

“不用想了，我从出租屋逃走后，就再也没有见过他。”

“但是他告诉我们说，后来他又见过你一次，你还跟他说，你被一个男人拍了裸照，被逼离开了他，还叫他去杀了那个男人，救自己出火海。”

“他疯了吧？”卢倩倩忽然尖声大叫起来，“我什么时候又见过他，什么时候跟他说过这些？都是他自己编的吧。”

苏晚晚说：“可是从当时他说话的语气来看，不太像是编的呢。我觉得至少他自己相信是真的发生过。”

卢倩倩好像这时才反应过来：“他怎么了？出什么事了吗？”

“他杀了一个人。你离开他之后，别人都说你是骗子，但是他不相信，他觉得你一定是遇上了什么难言之隐才不声不响离开他的，所以他辞了工，满世界地找你。他说后来他找到你了，但你被别的男人以裸照为要挟禁锢起来了。为了将你解救出来，所以他把那个叫索海洲的男人给杀了。”

“是真的吗？”卢倩倩以为自己是在听故事。

苏晚晚一脸严肃地点点头：“是真的，我就是为了这件事而来的。”

卢倩倩呆了一下，默默地坐了好久，忽然流下泪来。

“很抱歉，我离开之后，真的没有再见过他，他要么认错人，被人骗了，要么就是……疯了！”起身离开的时候，卢倩倩回过头来说。

离开监狱，回到刑警大队后，苏晚晚立即向宋铎汇报：“宋队，情况有点复杂啊。王天旺说他后来遇到女朋友琴琴，琴琴告诉他自己受人要挟失去了自由，但是我找到琴琴，她实名叫卢倩倩，因为犯诈骗罪，现在已经在坐牢。她告诉我说，自从去年 11 月拿到王天旺的存折离开之后，根本就没有再见过他。”

“竟然有这样的事？”宋铎也大觉意外，“如果是这样，那王天旺见到的那个琴琴，又是谁？”

“卢倩倩说，他要么是认错人，被人骗了，要么就是……”

“要么就是什么？”

“要么就是疯了。”苏晚晚向队长转述了卢倩倩的原话。

“是的，他确实疯了。”宋铎正自皱眉，忽然一个声音在门口响起。曹亮大步走进来，端起桌子上的茶杯一饮而尽，“那个王天旺，确实是疯了！”

面对宋铎和苏晚晚一脸愕然的表情，他把手撑在桌子上，呼哧呼哧喘了几口大气，才慢慢将原委道出来。

他开着警车，去了一趟王天旺在麻河口镇七里铺村的老家。他家里除了年纪老迈的父母亲，还有一个患脑瘫的妹妹。据他家里人说，因为他要挣钱给妹妹治病，所以把自己的终身大事都给耽误了。去年 11 月，他突然回家，说自己在城里找了个女朋友，准备过完年就回家结婚。家里人都高兴坏了，特意把房子刷新了一遍，还把最大的一间房让出来，装修一新，给他做婚房。

谁知房子装修完，王天旺回到城里没多久，就打电话回来说他女朋友不见了，还把他的存折拿走了。家里人觉得他受骗了，可是他说什么也不信，还把工作辞了，到处去寻找那个女人。结果找了好几个月，也没有半点消息。忽然有一天，他披头散发衣衫褴褛地跑回家，一句话不说，就把自己关进了新装修好的婚房里。后来家里人觉得奇怪，砸开门进去一看，他竟然在房梁上挂了根绳子上吊了。家里人都吓坏了，急忙将他救下来，他从昏迷中醒转过来，整个人就疯疯癫癫的了，看见村里年轻女人，就喊着琴琴、琴琴，跑上去抱人家，亲人家，结果被女人家里人一顿好打。

后来村里来了几个搞义诊顺带推销药品的医生，说他这个是花痴病，如果及时送去精神病院，完全可以治好，只是费用比较高。家里人听说能治好，就把本来准备给他妹妹治病的钱拿出来，让那个医生帮忙把他送去精神病院治疗。治了四五个月时间，家里出不起后续的治疗费，医院又把他送了回来。不过经过这段时间治疗，他的病情确实有所好转，人也不发疯了，也不追着村里的漂亮女人跑了，乍一看，跟一个正常人没什么区别。

回家后，他跟家里人说，自己天天待在家里也不是个办法，还是得去城里打工，挣钱回来给妹妹治病。家里人见他已经恢复如初，就放心地让他回城里去了。谁知进城没多久，今天早上就听派出所的人来通知，说他在城里杀人了……

宋铎和苏晚晚听曹亮说完自己下乡调查的经过，都轻轻地“哦”了一声，有点小小的意外，却又并不觉得十分意外。因为昨天晚上审讯王天旺时，从他的言语、神态及混乱的逻辑中，就已经让人感觉有些不正常了。曹亮的调查结果，只是进一步印证了两人心里那个隐隐的揣测。

苏晚晚说："从现在的情况来看，王天旺仍然处在半糊涂半清醒的状态，看来他的精神病其实并没有完全治好。"

宋铎点点头，从办公桌后面走出来，抱着胳膊思忖着道："咱们现在急需搞清楚的问题是，究竟是王天旺对咱们说了假话，还是卢倩倩骗了我们。"

"卢倩倩是谁？"曹亮一头雾水。苏晚晚就把自己沿着"琴琴"这条线索调查到的情况，简单跟他说了。

曹亮说："如果真是这样，那肯定是王天旺在说谎啊。因为我问过他家里人，他回家上吊的时间，是在今年 4 月，他被救活之后，人就疯了，然后又去精神病院一直住到上个月，也就是 9 月，才回家。如果他真的遇见过那个琴琴，只能是他 9 月从家里再次返回城里之后的事。而这个时间，那个琴琴，也就是卢倩倩，早就被关在监狱里了，怎么可能跑去跟他说什么被人用裸照要挟的事？"

"也对，"苏晚晚说，"卢倩倩今年 3 月就已经被警方抓住了，绝没可能出去跟王天旺见面。"

"那也就是说，王天旺没有对咱们说真话，对吧？"宋铎摸摸下巴，像是问两个下属，也像是在问自己。

苏晚晚说："宋队，我提议再次审讯王天旺。"宋铎思索片刻，点头同意："好，立即提审王天旺。"

犯罪嫌疑人王天旺很快就被从看守所提解出来，送进了审讯室。审讯仍然由苏晚晚主持，宋铎在单向玻璃外面看着。

王天旺对所有问题的回答，都跟上两次审讯一样，并没有向警方提供新的口供。

苏晚晚见他到了现在，仍然沉浸在对琴琴的热恋之中，不由得有些恼火，拍一下桌子，正要告诉他，他的女朋友琴琴其实是个诈骗犯，现在早已被关进牢里去了，但很快被外面的宋铎通过无线耳机阻止住。宋铎说："现在告诉他真相，只会让他神经更加错乱，对咱们的审讯会更加不利。"苏晚晚瞪了王天旺一眼，只好把涌到嘴边的话，又咽了回去。

"再问问他，到底是在什么时间、什么地点见到琴琴的。"宋铎在耳机里对苏晚晚说。

苏晚晚定定神，盯着王天旺问："你说你后来又见到过琴琴，对吧？那是什么时候的事？"

"应该是今年 7 月吧，哦不对，应该是在 8 月。"

"地点呢？"

"地点嘛，就在……"王天旺忽然想到什么，急忙闭上嘴巴。苏晚晚追问："地点在哪里？时间到底是 7 月，还是 8 月？"王天旺对着她翻翻白眼，说："这个不能告诉你哦。因为琴琴叫我不要对任何人说的，要不然会给她带来麻烦。"

苏晚晚朝单向玻璃那边看一眼，她在室内，看不到外面的队长，但宋铎却能读懂她的意思。无论是 7 月或是 8 月，卢倩倩都已经处在警方控制之下，绝不可能跑出去跟他见面。

苏晚晚决定主动试探一下嫌犯："王天旺，其实我们已经见过你女朋友琴琴了，她说她去年离开你之后，就再也没有见过你。"

王天旺忽然哈哈大笑起来："你当我家琴琴是傻子呀，她怎么会向你们承认跟我见过面呢？她这是在保护我，你懂不懂？"

苏晚晚气得差点把手里的茶杯向他砸过去。

从审讯室走出来，曹亮说："我觉得这个家伙根本就是在说谎，或者是花痴病又犯了，把自己幻想中的事，当成真的了。"

宋铎显然不同意他这个说法："如果真的是幻想中的事，他怎么可能找到现实中跟他毫无瓜葛的索海洲头上来？我倒觉得他说的很有可能是真话，只是他遇见的那个女人，显然不是真正的琴琴。"

苏晚晚扭头看着队长："你的意思是说，有人冒充琴琴，利用他对琴琴的一片痴心，怂恿他这个已经失去辨识能力的精神病人去杀索海洲？"

"是的，唆使精神病人杀人的案例，咱们也不是头一次遇见了。"宋铎问曹亮，"王天旺去精神病院治疗，具体是什么时候？"

曹亮掏出自己随身携带的记事本，翻开看一下："据其家里人说，他是今年 4 月下旬，被送去精神病院的，出来的时候，应该是 9 月初。"

苏晚晚顺着队长的思路往下说："如果他真的是在 7 月或 8 月遇见的'琴琴'，那只能是在精神病院里。"

"在精神病院里遇见自己的情人？"曹亮不由得笑起来，"莫非那个女人也被关在精神病院了？"

"宋队，"苏晚晚忽然叫住正要走下台阶的宋铎，"咱们最近办的这两起杀人案，凶手邱大龙和王天旺，都是精神病人，至少曾经是精神病人，作案时不能确定其有完全责任能力。你说其中，会不会存在某种关联？"

宋铎显然认可她的说法，脸上的表情一下就变得凝重起来："走，回办公室再说。"

三人急匆匆走回办公室，宋铎从电脑里调出邱大龙杀害董行一案的卷宗，快速地看了一遍，然后直起身说："也不是没有这个可能性啊，你们看，邱大龙和王天旺两人都曾在精神病院待过，邱大龙是今年 6 月份进去的，8 月份出来，住了三个月，王天旺是 4 月末住院，9 月初出院，住了将近五个月。两人至少在住院时间上有交集啊。"

"哎，等等，"苏晚晚在电脑里看到被害人董行的照片一闪而过，忽然叫了一声，自己操作鼠标，把前后两宗命案的受害人，董行和索海洲的照片放在一起，"宋队，你看出点什么来了吗？"

曹亮在后面早已叫起来："我去，这两个人，长得有点相似啊！"宋铎也低下头，认真看了，两名被害人，无论身材发型，高矮胖瘦，都十分相近，即便是脸形，乍一看，也有几分相似。

“难道这里面，真有什么玄机？”苏晚晚露出了难以置信的表情。

“你是怀疑，有人在精神病院暗中操控他们杀人？”宋铎扭头看向她。苏晚晚迎住队长的目光道:“难道你不是这样怀疑的？”宋铎不由得嘴角微扬，笑了起来：“我只能说，英雄所见略同。”

“不是我要打击你们，我感觉你们提出的这种可能性，微乎其微。”曹亮一边看着电脑里的资料，一边说，“上一桩案子，邱大龙去的是市精神病防治医院，就在咱们平京市西南角云峰山的半山腰上，是一家公办医疗机构，而我问过王天旺的家人，他去的那家医院叫作新希望精神卫生中心，在东郊森林公园边上，是一家私立医院。两家精神病院，一个在西南方向，一个在东部郊区，相距好几十公里呢。”

原来是这样！苏晚晚看看队长，说不出话来。既然两个人不是住在同一家精神病院，两个案子有关联的可能性，就大大降低了。他们刚才说的那些疑点，很可能只是一场巧合而已。

“既然这样，那还是按我们先前的思路来调查。”宋铎说，“目前可以基本确定的是，在今年 7 月或者是 8 月，王天旺在精神病院治疗期间，有一个女人冒充琴琴，教唆他出院之后，去杀索海洲。所以接下来，咱们应该从两方面着手调查：第一，找索海洲的老婆庞怡问一下，看看她老公平时是否跟什么人结过仇，能想出用这种方式杀索海洲的人，肯定是对他怀有极深恨意的人；第二，去王天旺住过的那家新希望精神卫生中心看看，查一下他在住院期间跟哪个女人有过接触。”

苏晚晚点头说：“好，我们马上去调查。”

她和曹亮一起，首先来到文理学院，再次找到庞怡，将案情的最新进展跟她说了，然后问她：“庞老师你好好想想，看有没有什么人对你丈夫怀有恨意，或者说他平时跟什么人结过仇？”

庞怡摇头说：“他平时很少得罪人，基本不跟别人结怨结仇，就算有人对他心怀恨意，那也只能是他们单位那几个跟他处在同一位置的副局长。他们单位包括他在内，一共有四个副局长，为了争夺局长的位置，前一阵内斗得特别厉害。不过现在上面空降了一位局长到他们单位，几个副局长之间你死我活的竞争早就结束了，大家一笑泯恩仇，又和好如初了，所以也不可能有人为这事大动干戈，甚至去杀人了。”

“那倒也是，官场上没有永远的朋友，也没有永远的敌人。”苏晚晚点点头，表示理解。

接着她又跟曹亮去了位于东郊森林公园附近的新希望精神卫生中心，这是一家集精神病疗养、精神病治疗和精神病托管于一体的专业精神病疗养中心，因为是私营医院，规模不算大，一路走过来，看到的病人也不是很多。

他们在医院办公室找到正坐在办公桌后面看一本财富杂志的院长。院长是个五十来岁的老女人，戴眼镜，目光犀利，仿佛只要轻轻瞄上你一眼，就能分辨出你是不是个精神病人，甚至还能看透你口袋里有多少钱，她能从你身上赚到多少治疗费。

苏晚晚向女院长道明来意，表示想了解一下一个名叫王天旺的患者在这里住院治疗的情况。

女院长看了一下电脑里的登记资料，说：“我们院确实曾经收治过这个病人，从治疗记录来看，他是今年 4 月 27 日入院接受治疗的，病愈出院时间是 9 月 5 日。”

“可是我们听说，他是因为后续治疗费用不够，被你们医院赶出去的？”问话的是曹亮。

女院长当即摇头否认：“绝对没有这样的事，我们不会因为拖欠治疗费而驱赶任何病人，这个王天旺是经过咱们专业医师的评估，觉得他已经基本恢复正常，可以回家静养，才让他出院的。”

苏晚晚朝曹亮摇摇头，示意他不必在这个问题上多作纠缠。她问院长：“你们这里，外来人员进来探访病人，都有登记吗？”

女院长说：“有的，我们有一整套完善的探访登记制度。”

“那请您帮我查一下，看看王天旺在住院期间，都有什么人来探访过他，尤其是女性探访者。”

女院长直接摇头说：“这个不用查了，这位病人的情况我非常了解，他在咱们这里住了几个月，从来没有人来探访过他。他家里有一个脑瘫妹妹，一天 24 小时都需要有人照顾，他父母就算想来探访他也抽不开身。”

“那他在医院里，有没有跟哪个女患者走得比较近？”

“这个好像也没有吧。我们这里男女病房是隔开的，当然，如果走出病房，到外面院子里散步，男女病人还是会混在一起。但我们知道这个病人是犯花痴病进来的，所以对他特别留意，为了不让他去骚扰女病人，旁边一直有护士看着。”女院长随手翻了一下住院登记簿，“实际上与他同期住在医院的女患者并不多，前后一共有七八位，其中有五个都是已经年近六旬的老人，另外三个，有一个是患有先天性精神病的八岁小女孩儿，一个是不能出病房的孕妇，还有一个是聋哑女人。所以我觉得如果他想在院子里骚扰其他女患者，应该也没有什么机会吧。”

曹亮忽然想到了什么，把头从记录本上抬起来，问：“那你们医院，一共有多少医护人员？”

女院长说：“加上我，有十来二十个吧，但女性医护人员并不多，加上我也就三五个，且都是我们的老员工。”

“王天旺的主治医生和护士都是男的吗？”

“当然，我知道他有花痴病，喜欢骚扰女人，总不可能安排一个年轻漂亮的女护士给他吧？”

苏晚晚与曹亮交换了一个眼神，两人都暗自摇头。如果这个女院长说的是真话，那王天旺在医院里接触到年轻女人的机会，就几乎没有了。那么他到底又是怎么见到他的“琴琴”的呢？这个“琴琴”到底是谁，为什么要教唆他去杀索海洲呢？

第十六章　倒卖病人

这天下午，陈觅上完庞怡教授的法律英语课，下课的时候，他快走几步，在楼道里跟上庞怡，问："庞老师，索局长的案子有结果了吗？我那天看见警察在女生浴室门口，把凶手抓住了。"

法律英语是陈觅的选修课，因为学生太多，以前庞怡并不记得他。但因为他是索海洲命案的第一目击证人，事后两人打过交道，才算是熟识了。庞怡回头看看他，叹口气说："还没有结果呢。"想到陈觅是这个案子的重要证人，她也就没怎么隐瞒，一边下楼，一边把警方向她通报过的案情跟他说了。

最后她说："凶手王天旺虽然抓住了，但警方说这个人可能患有精神疾病，作案时是否具有完全刑事责任能力，还有待司法精神医学鉴定中心鉴定。现在凶手已经认罪，但其作案动机，尚不明确。据说他是在精神病院住院治疗期间，被一个冒充他女朋友琴琴的女人所操控，让他出院后来杀我丈夫。现在警方正在想办法查找那个作为幕后凶手的神秘女人。"

"凶手也是精神病人？"陈觅吃了一惊，骤然想起了杀死董行的那个叫邱大龙的凶手，"难道这个王天旺，也是在云峰山的那家精神病防治医院住院治疗的？"

庞怡摇头说："听警方说，好像不是那一家，他去的是位于东郊森林公园附近的那家新希望精神卫生中心。他在那里治疗了好几个月，因为没有钱续交医药费，后来被医院赶出来了。唉，这样的医院也太不负责任了，如果不是这样还没治好就草草让他出院，我老公也不会……”

陈觅见她又伤心得几乎流下泪来，不敢再多问，忙安慰她几句，下楼后向她道别。

晚饭后，陈觅躺在宿舍的床上，想想这学期开学还不到两个月时间，竟然就发生了两起跟他们学校有关的命案，而且两桩命案的凶手，居然都是精神病人。第一桩命案，建筑系副教授董行被杀，凶手邱大龙被证实患有精神病，且在作案逃离过程中，被车撞死，最后草草结案。第二桩命案，学校教师家属索海洲在校园内，被人从七楼天台扔砖头砸死，事后虽然凶手王天旺被抓住，但据庞怡说，这又是一起精神病人杀人案，如果没有新的线索，很可能又会成为一件不了了之的悬案。

听庞教授说，是有人在背后操控王天旺杀人的。那第一个案子，董行被杀，邱大龙是否也是被人在背后操控作案的呢？这两个案子看起来很相似，很容易让人联想到，可能彼此之间有所关联。但是据警方调查，两个精神病人分别在不同的精神病院住院治疗，相互之间并无交集，很难找到二者之间有什么实质性的关联。

都是精神病人杀人，同样找不到明确的杀人动机，就算有幕后黑手，也很难追查到……

他躺在床上，正在胡思乱想着，手机忽然响了，是佟欢欢打来的。

她说：“我今天去你妈妈的鲜鱼档了，她说这两天要降温了，托我带了几件厚衣服给你。你什么时候过来拿？”陈觅说：“先放你那里吧，等我有空就过去拿。”

挂了电话，他看见手机微信里有通知，点开一看，原来是精神病防治医院官方公众号推送的新闻。自从宫小羽到这家医院之后，他就在微信里关注了他们的公众号，也许他是想用这种方式，让自己和宫小羽贴得更近一些吧。这个公众号推送的消息，大多是领导视察、医院又引进了什么新设备新疗法之类的内部新闻。

他点开消息进去看了，果然又是一条该院医生到北京参加某学术会议，提交的论文受到与会专家学者一致好评的图片新闻。

看完这条信息，他百无聊赖地顺手向上翻看着这个公众号的历史消息。当无意中浏览到今年8月份发出的一条《江副市长到我院调研医改工作进展情况》的新闻时，他不由得愣了一下，这条新闻配发的封面图片里，有一个人影让他感觉到有些熟悉。

他立即点击进去看了，新闻内容并无特别之处，只是有一张配图，江副市长亲切慰问病人，旁边走廊上还有几个穿病号服的患者好奇地探头围观，就是其中的一个围观者，让陈觅产生了似曾相识的感觉。他将图片放大后仔细一看，这不就是那天晚上，在女生浴室门口，被警察抓住的凶手王天旺吗？

他特意把那天晚上自己用手机拍摄的抓捕现场的照片拿出来，对比着看一下，可以肯定，当时被警察带走的嫌犯，就是这张照片中围观市长视察工作的那个患者。但是据警方调查，这个王天旺不是在东郊森林公园附近的另一家医院住院治疗的吗，怎么又跑到这家医院来了？

再上网一搜那家“新希望精神卫生中心”的名字，很快就跳出许多本地论坛的举报帖子，说这是一家黑医院。这家私立医院规模很小，却到处打广告，还常常派医生以下乡义诊的名义，到外面去拉生意，把患者收治进来，收取高额医疗费之后，再通过关系，低价把患者转诊到其他医院，自己从中赚取可观的差价。

陈觅当时就惊呆了，只听说过倒卖产品的，没听说还有医院倒卖病人的啊？这也太荒唐了吧！很显然，这家医院将王天旺高价收治进来之后，转手就“倒卖”给了市精神病防治医院。警察去这家医院调查的时候，院长自然不敢说实话，一直谎称患者是在自己医院接受治疗的。警方受此误导，这个案子自然就很难再有进展了。

既然邱大龙和王天旺，两人都曾在同一时间段内，在市精神病防治医院住院治疗，那两个人之间，就不能说不存在某种交集了。两个人刚离开精神病院不久，就开始动手杀人，而且杀的都是跟文理学院有关的人，第一个死者董行，是学校建筑系副教授，第二个死者索海洲虽然不是学校教职员，但是学校老师家属，经常住在学校里边。这两个案子，存在如此多的相似之处，就已不可能是仅仅用“巧合”这两个字解释得了的了。

他心中隐约觉得，这两个案子之间，似乎存在着某种看不见的关联。但到底存在什么关联，现在一时之间，却又想不明白。王天旺是受一个神秘女人教唆怂恿而杀人，那邱大龙是不是也是如此呢？这个神秘女人到底是谁？谁又能在精神病院里，同时靠近他们两个而不被人怀疑呢？这个神秘的幕后指使者，到底跟董行和索海洲有什么仇怨？

陈觅眉头紧皱，翻身起床，在宿舍里快速走动，脑子也像一个大转盘，高速运转起来。幸好几个舍友都出去打球了，要不然八卦大王牛军看到他这个样子，肯定要说他中邪了。

他在宿舍床铺间那狭小的空间里越走越快，脑子里堆积的疑问和悬念也越来越多，猛然间他感觉到两边太阳穴一阵刺痛，他知道不能再这样绞尽脑汁地苦思冥想下去，要不然整个脑袋都有可能会爆炸。他强迫自己坐下来，在所有疑问中，找出两个最需要解决的问题，在纸上写下来。

最后当他冷静下来时，草稿纸上出现的是这两个问题：第一，两个死者，董行和索海洲之间，有何交集，或者说，有什么相似之处？第二，什么样的女人，可以在精神病院同时接近邱大龙和王天旺，而不会让医生起疑心？

首先来解决第一个问题。两桩命案发生之后，他都利用业余时间，对两名被害人的身份背景做过一些调查。

第一个死者董行，是土生土长的本地人，在平京文理学院研究生毕业后留校任教，至今已有二十个年头，从表面看来，他是一个典型的书呆子形象，生活和交际圈子基本都在学校范围之内，即便是他放高利贷，也只针对本校女生。如果不算他利用女生裸照放高利贷的事，从其他方面看，别人对他的评价都比较正面，教学有方，热忱负责，在学生面前没有什么架子……自然也没有什么致命的仇家。而他因为裸贷事件被杀的可能性，已经被警方排除，因为找他贷款的人，并不知道他就是钱三多。

第二名死者索海洲，是一名政府官员，籍贯在邻市，原本在邻市一家单位上班，因为妻子庞怡在平京文理学院做教授，夫妻俩长期两地分居，五年前庞怡动用关系，将丈夫调到了自己身边，先是在市城建局当办公室主任，后来升任副局长。

董行和索海洲，除了都曾生活在文理学院这一点，其他方面的生活轨迹，并无交集。

陈觅打开电脑，查找两人的照片。因为董行的案子，已经在媒体曝光，所以他的照片，网上已经有了，打码的或不打码的，都能找到。但索海洲的照片，却不太好找。陈觅试着登录市城建局官网，点开里面的一些新闻报道，寻觅了大半天，终于找到了两张作为配图的副局长索海洲的照片。

他把两人的照片同时放在电脑屏幕上，不用细看，就已经能感觉到两人外表上的一些相似之处了，无论是身材高矮，还是体形胖瘦，都差不多，往脸上看，五官当然有区别，但脸形颇为相似，更绝的是，两人发际线都很高，且过早脱发，前额两角都光溜溜的，看不到一根头发。如果不是熟人，乍一看，还真有可能将两人搞混淆呢。

接下来是第二个问题，究竟是什么样的女人，可以在精神病院同时接触到邱大龙和王天旺，并且还没有让医院里的其他人起疑心。

首先是医院以外的人，通过探访的形式，到医院里去找这两个人。但是陈觅知道，这家医院门禁极严，凡是外来探访人员，进门时一律得凭身份证登记之后，才能入内。而且门口还有好几个高清摄像头，谁去过那里，一查视频就知道了。那个幕后凶手既然能想出借精神病人之手杀人的点子，智商自然不低，不可能想不到以探访者身份进入医院，必然会留下诸多痕迹，一旦案发，很容易让警方抓到把柄。所以那个神秘女人是院外探访者的可能性极低。

那么剩下的，能经常接触到这两名精神病人的，就只有医院的医护人员及同院患者了。看来要把这件事调查清楚，还是得去一趟精神病院。

第二天中午，他叫了辆出租车，直奔精神病防治医院。在门口，掏出身份证，先在门卫处做了登记，才被放行。

他先是到住院部三楼，去看望宫小羽。宫小羽正在吃午饭，发现门口站的有人，她抬起头，有些愕然地看着他，看了足足三十秒钟，忽然嘴角微翘，冲着他淡然一笑，嘴角眉间，竟有些许羞涩之意。

陈觅的心，骤地停跳了半拍。他明显地感觉到，她认出了自己，她终于记起自己是谁了。宫小羽没有说话，又低下头去，静静地吃饭。陈觅站在门口，就这么看着她一口一口扒着碗里的饭，竟然呆呆的，好半天没有挪动脚步。直到这时候，他才发现宫小羽今天没有穿医院的病号服，而是穿了一件白色的裙子。

“哎，你又来看你女朋友了？”护士李钰的声音忽然在身后响起，陈觅这才缓过神来，急忙侧身给她让出一条道。他红着脸说：“哦……不，我跟她只是同学而已……”

李钰不由得笑起来，看他一眼，说：“普通同学，能这么三天两头来看她吗？看你那一脸关切的表情，就知道她在你眼里，绝不只是普通同学那么简单了。”陈觅知道这事只会越描越黑，也就不再向她解释什么，只是问：“李护士，宫小羽她好些了吗？”

李钰一边手脚麻利地收拾着宫小羽面前的碗筷，一边说：“她的情况你也看到了，应该说比你上回来好多了吧。但是还是时而清醒，时而糊涂，清醒的时候跟正常人没什么区别，但犯病的时候，精神上还是有些障碍，医生正在调整治疗方案，估计用不了多久，她就可以出院了。”

“那她身上的衣服……”

“她呀，嫌咱们医院病号服太丑，不肯穿，非要穿她奶奶给她送来的裙子。你还别说，这姑娘穿着裙子，确实比穿病号服好看多了。”

陈觅站在门口，看着李钰在病房里忙了一圈走出来，才想起自己到这里来的目的。

他在走廊里跟上李钰的脚步，问她："李护士，我想向你打听点事，可以吗？"

"说吧！"李钰爽快地说。

陈觅问："就在前几个月，你们医院收治了两个男病人，一个叫邱大龙，一个叫王天旺，不知道你还有没有印象？"

"当然有啊。"李钰笑着说，"他们俩都是我负责的病人，能没印象吗？邱大龙是个武疯子，动不动就发狂打人，王天旺犯花痴，看见漂亮点的女人，就冲上去又抱又亲。"

"对对对，就是他们俩。"

"他们不是因为欠费，提前出院了吗，怎么，有什么问题吗？"李钰回头看着他。

看她的样子，显然并不知道这两个人出院后的所作所为。他也不便跟她说破，只是说："我有两个同学恰好是这两个人的亲戚，所以托我来问问。对了，这两个病人在这里住院期间，有跟哪个女性接触得比较多吗？"

"有啊。"

"谁？"

"那就是我啰。我是他们的护士，自然跟他们接触得最多了。"

陈觅不由得哑然失笑："除了你之外呢？"

"这个……好像没有了，你想啊，他们一个是武疯子，一个是花痴，哪个女的敢靠近啊？反正我护理他们这么久，是没怎么看到有女性病人跟他们接触的。"

陈觅"哦"了一声，脸上显出失望的表情。"哎，对了，"李钰像是忽然想起来，"你别看这两个人不好打交道，可是他们对宫小羽好像有点特别照顾的意思哦！"

“为什么这么说？”

“记得有一次，宫小羽在楼下院子里散步的时候，不小心碰到一个老头儿，老头儿凶巴巴地骂她，还要动手打她，结果邱大龙和王天旺居然上前护着宫小羽，邱大龙还一拳直接把那老头儿给打趴下了，从那以后，这里边再也没有人敢欺侮宫小羽了。”李钰脸上带着迷惑不解的表情，说，“这事我现在想起来，还觉得有些不可思议呢。”

陈觅听到这里，却是一阵心头狂跳，隐约觉得自己似乎找到了某个问题的答案。

他还想向李钰打听一点什么，她的手机忽然响了，她拿出手机看一下来电显示，神情显得有点紧张：“不好意思，是我男朋友的电话。”她按下接听键，走到一边接听电话。

陈觅稍觉意外，这位李护士看起来应该有三十好几快四十岁了吧，居然还没有结婚。他等了几分钟，见李钰的电话还没有讲完，只好自己一个人，又在精神病院里转了一圈。

坐在回学校的出租车上，陈觅掏出笔，在草稿纸上画了一个草图，左边写着“精神病院：邱大龙、王天旺”，右边写着“文理学院：董行、索海洲”，左右两边，本是各不相干的地名和人物，但是到底是什么人，让他们之间有了关联呢？

从他今天在精神病院调查的情况来看，能让左右两边产生联系的桥梁，只能是文理学院的学生、精神病院的病人宫小羽。除此之外，这所精神病院里，再也找不到能跟这所大学扯上半点关系的人了。

但是，他在图纸中间的空白处，打了一个大大的问号，这是为什么呢？宫小羽又有什么理由，指使邱大龙和王天旺在出院之后，去杀董行和索海洲呢？她跟两名死者之间，有什么仇怨？莫非董行化名钱三多暗中放高利贷，她也给他发过裸照，找他借过钱，而且已经知道董行就是钱三多？好吧，就算这一点能够成立，那么索海洲呢？索海洲根本不是这个学校的老师，他老婆庞怡也根本不教宫小羽任何课程，可以说他与宫小羽之间，完全扯不上任何关系啊，她为什么要杀他？这实在太让人匪夷所思了。

下午上课的时候，陈觅坐在教室最后面，教授在上面讲课，他一个字也没有听进去，心里乱糟糟的，就像缠了一团麻绳，怎么也理不出个头绪来。脑海里不断闪过今天宫小羽那回眸一笑，当他要去捕捉那笑容时，她的脸又变成了草稿纸上那个惊心醒目的问号。

他使劲地搔搔头，真是做梦也没有想到，这两桩命案，竟然会跟宫小羽扯上关系。可是他心底的另一个声音也在挣扎着告诉他，宫小羽要杀董行和索海洲，这说不通啊！

他低下头，悄悄摸出手机，放在课桌下，上网找出董行和索海洲的照片，再一次放在一起比对。对着这两张照片看了好久，他脑海里忽然没来由地闪出另一个人的影像来。仿佛有一道闪电从他脑子里划过，不对，并不是董行和索海洲相似，而是这两个人，都与学校的另一个人很相似，无论身高体形，还是那已经秃掉的前额发角。正是因为这一点，当他在学校外面人行道上看到董行倒地的身影，才会将他误认作了另一个人。

他"啊"地发出一声惊呼，蓦然站起身，也不理会旁边同学投来的异样目光，快速地跑出教室。

在走廊里，他从手机里翻出那个女刑警苏晚晚的电话，正要按下拨打键，却又停住。

他在走廊里来回走动着，这一个电话打过去，可就没有转还的余地了，如果自己的揣测是真的，那么宫小羽这一辈子，即使有机会离开精神病院，那也只能是在监狱里度过。

他犹豫了，眼前闪过的，是她今天嘴角微翘意味深长的笑容，还有那一袭白裙清新脱俗的身影。他是多么希望她能早点从医院康复，回到学校，让他亲手把那张校园卡还给她，感谢她十年前的救命之恩，然后听她微笑着说：我记得你啊！但是他知道，这件事绝没有这么简单，这虽然是他最希望的结果，但绝不是他最正确的选择。

他拿着手机，在走廊里犹豫徘徊了足足有十分钟时间，最后终于下定决心，打通了苏晚晚的电话：“喂，苏警官，我是陈觅，关于我们学校发生的两起命案，我有些新线索要提供给你们。二十分钟后，咱们三味食屋见！”他语速很快地说完这两句话，好像生怕自己反悔一样，立即挂断电话。

他扔下手机，双手抱头靠在墙边，身体无力地向下滑去，最后，整个人都坐在了冰冷的地板上。

二十分钟后，他来到三味食屋，那个叫苏晚晚的女刑警，已经坐在那里等着他，旁边还坐着她的同事曹亮。进门时，他没有理会佟欢欢跟他打招呼，表情呆滞，默默地走到苏晚晚对面的椅子上坐下。

“你怎么了？”给他端上热茶时，佟欢欢担心地问了一句。他仍旧没有吭声。

等佟欢欢离开后，苏晚晚才看着他问：“你说你有线索要提供给我们？”陈觅点点头说：“是的，与最近发生在我们学校的两起命案有关。”“两起命案？”曹亮愣了一下，“董行的案子，不是早已经结案了吗？”陈觅忽然一拍桌子，大声道：“结案了不可以重启调查吗？你们当警察的怎么办事的，查不下去的案子，就只能草草结案吗？”

“你说什么呢？”曹亮立即就火了，“呼”地一下站起身，正要当场发作，却被苏晚晚用眼神制止住，只好又气呼呼地坐下去。“说吧，你有什么线索？”苏晚晚喝了一口茶问。陈觅抬头看她一眼，又把目光移了开去，两只手掌抵在一起，反复搓揉着，犹豫好久，才开口把自己的调查经过，跟他们详细说了。

苏晚晚听后不由得大吃一惊：“你真的查到王天旺被那家民营医院倒卖到了精神病防治医院？”见陈觅默默点头，她又问，“你的意思是说，就是这个叫宫小羽的女孩儿，在精神病院里，暗中授意邱、王二人出院之后，杀死了董行和索海洲？”

陈觅点点头，又摇摇头。曹亮问：“你小子是什么意思？到底是‘是’，还是‘不是’？”

陈觅看了他俩一眼，问：“你们见过两名死者的照片吗？”曹亮脱口而出：“当然见过。”

陈觅问：“摆在一起看过吗？有没有什么发现？”苏晚晚心头一动，说：“我把两人照片摆在一起对比着看过，发现两个人身形外貌，乍一看，有几分相似。”

陈觅说：“并不是两人相似，而是这两个人，都跟我们学校的另一个人，有几分相似。”

“谁？”

“宁则高！”

苏晚晚犀利的目光猛地盯住他的脸：“你的意思是说……”

陈觅抬起眼皮看她一眼，紧抿双唇没有再说话，但他那复杂的眼神，已经说明了一切。

是的，宫小羽要杀的人，并不是董行和索海洲，而是宁则高！

“难道说宫小羽并没有发疯？”苏晚晚问。陈觅摇头：“她患精神分裂症，应该是真的，我在医院里亲眼所见，绝不可能是装出来的，只是很可能她被送进精神病院不久，人就清醒过来了，或者说有时糊涂，有时却是清醒的。”

宫小羽被送进精神病院不久，人就渐渐恢复了神志，她想对曾试图性侵自己，把自己逼疯的宁则高报仇，但是第一，她只是一个女生，担心自己不是宁则高的对手；第二，她如果直接找他报仇，事后自然也逃脱不了警方追查。最后她想出了一个借刀杀人的办法，就是继续在精神病院里装疯卖傻以精神病患者的身份住下去，然后在精神病院里面寻找合适的人选，让他们出去之后帮自己报仇，最后她选定了已经开始拖欠医药费，估计不久就会离开精神病院的邱大龙和王天旺。

王天旺估计是最容易接近的，只要冒充他日思夜念的“琴琴”，就可以让他心甘情愿乖乖听她的摆布。要接近武疯子邱大龙估计有点难，但不管她用了什么方法，她成功了。这两个男人都愿意为她做任何事情。这时候，宫小羽就拿出宁则高的照片——她入院后，她奶奶曾给她带去过几本文学杂志，其中一本杂志里就刊登了宁则高的照片和文章——她分别告诉邱大龙和王天旺，说这个人，是平京文理学院的老师，他欺侮过我，你们出去之后，一定要帮我报仇，最好是杀了他。邱大龙和王天旺自然一口应承。两人从精神病院出来之后，果然没有食言，都杀气腾腾直奔文理学院来了……

苏晚晚接着陈觅的推理往下说：“只是这两个人因为神经错乱，竟然认错了人，误将董行和索海洲，当成他们在照片上看到的那个坏蛋给杀死了。”

“是的，这个结果，肯定是宫小羽没有想到的。”陈觅表情阴郁地说。

“我说你们能跟我说下宫小羽到底是谁吗？”曹亮看看他，又看看苏晚晚，一头雾水的样子。

陈觅这才想起，自己还没有跟他说过宫小羽的事，就将宫小羽被她的班主任老师宁则高逼疯的事，简单说了。

“原来是这样，那咱们还等什么，赶紧去精神病院抓人啊！”曹亮性急地道。

“不行，这事必须得请示队长才行。”苏晚晚瞧他一眼，掏出手机给宋铎打电话，先是跟队长说了上个学期宫小羽发疯的事，然后又说了刚才的讨论结果。

宋铎在电话里说：“这个宫小羽现在还在精神病院住着，那她就是一名精神病患者，如果没有直接证据证明她是装疯，那咱们就不能去精神病院抓捕一个精神病人。因为一旦抓错，光是社会舆论就能把咱们喷死，知道不？”

苏晚晚觉得还是队长虑事周到：“那咱们该怎么办？”

宋铎说：“我叫你们不要去抓人，并没有叫你们不要去找这个宫小羽调查案情吧？你们可以去正面接触一下她，先试探一下再说。”

苏晚晚点头说：“明白。”把队长的指示跟曹亮说了，两人起身便走。

陈觅说：“我也要跟你们一起去。”苏晚晚犹豫一下，说：“行，但到了那里，你不准擅自行动。”陈觅说了一个“好”字，就跟他们一起跳上了警车。

第十七章　中毒

来到精神病防治医院，陈觅带着两个警察直上三楼。在病房里，只见宫小羽正躺在床上睡觉，屋里没有看到其他人。苏晚晚敲敲门框，宫小羽估计是睡得太熟，没有醒来。

三人走进去，正要叫醒宫小羽，陈觅却忽然“呀”的一声，惊叫起来：“宫小羽，你怎么了？”

苏晚晚掀起被子一看，只见那女孩儿和衣躺在床上，颜面潮红，呼吸急促，双目紧闭，牙齿打战，嘴角里竟然流出白沫来。陈觅扑到床前，连叫两声她的名字，已经毫无反应。

“医生，医生……”他冲到外面走廊，大声叫喊起来。很快，护士李钰就跟一名男医生一起跑进来。

医生翻开她的眼皮，用小手电筒照一下，稍做检查后说：“怎么会这样，快送抢救室！”

李钰推过来一辆手术推车，与陈觅一起，将身体僵直的宫小羽抬上车，一路推着，小跑出去。李钰说：“抢救室在一楼。”两人将推车推入电梯，下到一楼，然后紧急送进抢救室，很快又有几名医生赶了过来。但陈觅和苏晚晚、曹亮二人，则被拦在了门外。

十来分钟后，李钰急匆匆地从抢救室走出来。

陈觅上前问：“她怎么样了？”李钰摇头说：“情况不太乐观，已经陷入深度昏迷。”

陈觅抓住她的肩膀摇晃着：“怎么会这样？我中午才来看过她，那时她还好好的，怎么下午就……”

“这个我也不知道。她吃过午饭，就开始睡觉，我看她睡得挺香，就去忙别的了，如果不是你们刚才在病房外面叫唤，我还不知道她出事了……”

“那现在怎么办？医生怎么说？”

“我们这里没有相应的急救设备，必须转诊。我们已经联系人民医院，现在马上用救护车送她过去。”

宫小羽很快就被从抢救室推出来。这时整个人已经失去知觉，脸上戴着氧气罩，面对陈觅的呼唤，已经完全没有反应。医生将她推进救护车，拉着警报，一路往市区人民医院疾驰而去。

陈觅说：“苏警官，快，跟上！”苏晚晚点点头，开动警车，载着他和曹亮，紧紧跟在救护车后面。

大约半个小时后，救护车开进了人民医院。一名医生上前询问情况，又察看了一下患者症状，说：“情况危急，赶紧送 ICU！”后面跑上来两名护士，立即将宫小羽推进了重症监护室。

陈觅站在ICU外面的走廊里，看着表情凝重的医护人员不断地进进出出，一颗心，不由得提到了嗓子眼儿。

也不知道过了多久，他看见参与抢救的两名医生一边摘下口罩，一边从 ICU 走出来。

“医生，她怎么样了？”陈觅迎上去问。

医生说：“经过抢救，命算是保住了，不过她仍然处在重度昏迷中，能不能醒过来，什么时候能醒过来，还不知道。”

陈觅抓着医生的手问：“那她怎么会这样？是不是在精神病院过度治疗所致？”

医生摇头说：“应该不是，现在我们初步怀疑，她是中毒了。至于中的什么毒，还需要做进一步检验。你是她的家属吗？赶紧交押金，办住院手续去吧。”

陈觅表情木然地应着：“好的好的，谢谢医生。”等医生走后，他才想起应该给宫小羽的奶奶打电话。可是打通电话，他却还没有想好该怎么把这个消息告诉她，支吾了半天，最后还是把实情跟老人家说了。

汤奶奶听了，就“哎哟”一声，像是一屁股跌坐在地上。陈觅急忙在电话里叫了两声，汤奶奶才缓口气说：“我马上过来，你问问医生要交多少押金，我把家里的存折带过来。”挂了电话，陈觅的眼泪就不由自主地流了下来。

直到傍晚时候，宫小羽的奶奶才从乡下匆匆赶到。她一到医院，就嚷着一定要去病房看自己的孙女。护士将她拦在 ICU 门外，说病人现在还没有度过危险期，不能进去探望。汤奶奶就坐在病房门口放声大哭起来。

陈觅急忙将她扶到走廊的长凳上坐下，安慰她一阵，汤奶奶才渐渐止住悲声，又抓住他的手问：“我们家小羽，到底怎么了？我前几天去精神病院看她，她都活蹦乱跳的，医生说过不了多久她就可以回家了，怎么今天突然就……”

陈觅看着她那老泪纵横的脸，心里酸酸的，竟然回答不上来。

苏晚晚看看手表，对陈觅说：“时间不早了，我们先回局里了，如果宫小羽苏醒过来，一定要第一时间打电话给我们。”陈觅点头说：“好的。”又拉住她说：“苏警官，中午的时候，我去看她，都还好好的，怎么才过两三个小时，就突然中毒了呢？我怀疑一定是有人下毒想害死她。”苏晚晚说：“我也觉得其中有些蹊跷，你放心，我们一定会把这件事调查清楚的。”

待两个警察离开之后，陈觅才带着汤奶奶去给宫小羽办住院手续。又在医院里陪了她许久，并且将她晚上住的医院陪护床安排好，才回学校去。

第二天，他因为上午有两节大课，抽不开身，所以打算等中午吃过饭后，再去医院探望宫小羽，顺便给汤奶奶带一份午餐过去。不想第二节逻辑学课刚上到一半的时候，忽然听见外面走廊上有人叫他的名字，是学校保卫处长徐工。

他疑惑地走出教室，问："徐处长，您找我有事？"徐工嘴里叼着烟，眯着眼睛瞧他一眼，说："刑警大队的人在保卫处找你，你赶紧过去吧。"陈觅心中一动，暗想肯定是宫小羽被人下毒的事，调查得有眉目了。他急忙下楼，往保卫处跑去。

走进保卫处，果然看见苏晚晚在那里等着他。他喘着气问："苏警官，是不是查到谁给宫小羽下毒了？"

苏晚晚摇摇头，说："我们今天上午确实去精神病院调查宫小羽中毒的事了，但暂时还没有结果。据宫小羽的护士李钰介绍说，昨天上午 9 点宫小羽吃过她给的药，然后中午吃了午饭，本来下午给药时间是 4 点左右，但还没等她下午给药，宫小羽就出事了。"

陈觅明白了她的意思："所以，如果真的是人为投毒，那只能是把毒放在宫小羽吃的午饭里，对吧？"

"确实是这样。"

"那你们赶紧查啊，看看有谁在她吃午饭的时候，靠近过她。"

"据我们了解，宫小羽住的是二人间病房，但另一张床位的病人早就出院了，那个病床一直空着，所以吃午饭时候，病房里只有她一个人，除了你去探望过她。"苏晚晚严厉的目光，忽然朝他望过来。

"我？"陈觅愣了一下神，忽然明白她这么正式地通过学校保卫干部来找自己的原因了，"你怀疑是我给她下的毒？"

苏晚晚看着他，用完全没有顿挫感的语气说："我不是怀疑你，我只是想排除你作案的可能性。"

陈觅冷声道："针对你的怀疑，我只想说三点。第一，昨天中午，我确实去精神病院看望过宫小羽，但是我只是站在门口看了她一小会儿，并没有走进病房，所以我根本就没有机会给她下毒。第二，请问我给她下毒，想毒死她的动机是什么？你又不是不知道，这段时间以来，我一直在苦苦为她寻找真相，希望能早日将她从精神病院解救出来，你说，我怎么可能反过来害她？第三，我既然要下毒毒死她，昨天下午又怎么会恰好在那个时候带着你们两个警察去找她？我这不是拿自己往你们警察的枪口上撞吗？”

苏晚晚完全不理会他激动的情绪，盯着他看了好久，忽然脸上严肃的表情放松下来，淡然一笑，说：“我相信你说的是真话。我刚才已经说了，我们只是来排除一下。因为根据我们的调查，昨天一共有三个人去精神病院探望宫小羽，理论上说，这三个人都有作案嫌疑，但因为你正好是午饭时间去的，所以嫌疑最大，于公于私，我都必须当面找你调查核实。”

“你刚刚说有三个人？”陈觅不由得睁大了眼睛，“那除了我之外，还有谁？”

“根据门卫登记的资料显示，在你到达的两三个小时之前，你的好朋友、三味食屋的佟欢欢也去过那里。”

“佟欢欢？”陈觅一脸讶然，“她去那里干什么？”

苏晚晚摇头说：“我还没有去问她，目前还不清楚她去那里的目的。不过我稍微做了一些外围调查，佟欢欢从高中到现在，一直都在喜欢着你，这个你不否认吧？”

陈觅的脸红了一下：“可是我一直只是把她当成好朋友好哥们儿而已。”

“这只是你的想法。”苏晚晚看他的目光里大有深意，“也许在宫小羽出现之前，佟欢欢还有机会，但自从宫小羽出现之后，你的心思就完全放在了宫小羽身上，她出了这样的事，你一直在为调查真相而奔忙，甚至为了她，不惜公然与学校颇有名望的作家教授相抗衡。不管你承不承认，其实你已经爱上了宫小羽，对吧？”

“我……”陈觅一时说不出话来。她的话像一块石子投入他的心湖，荡起一圈一圈的波纹。他想向她解释，但是这时候任何解释的话语都已经显得那么苍白无力，因为他的行动，已经暴露他深藏内心的秘密。

苏晚晚像是看穿了他所有的心思：“你不用解释。佟欢欢虽然性格有点大大咧咧，但那并不代表她是傻瓜，你的心思，她绝不会看不出来。”

陈觅忽然抬起头盯着她看着：“你是怀疑，佟欢欢觉得我喜欢的人不是她，而是宫小羽，对宫小羽心生恨意，所以才会借探望的机会，给宫小羽下毒？”

苏晚晚不置可否地说：“这只是警方尚未调查清楚的所有可能性中的一种。”

“我相信佟欢欢不是这样的人。”陈觅说，“到底情况如何，咱们去问问她就知道了。”

两人从学校大门出来，走到街道对面的三味食屋。这时是上午 11 点左右，餐厅里还没有顾客上门，佟欢欢正和几个同事站在大门里边说说笑笑。看见陈觅领着那个熟悉的女警察走过来，她微觉一怔，不由自主地收起了脸上的笑容。

陈觅看见她旁边还有其他同事，不方便说话，就朝她招招手。佟欢欢快步朝他走过来。

陈觅脸上不带任何表情，说：“这位苏警官有些话想问问你。”

“问我？”佟欢欢有些错愕地望着苏晚晚。苏晚晚看看人来人往的街道，说：“这里太嘈杂，到我们车上再说吧。”

三人钻进停在路边的警车。佟欢欢有些不安地看看陈觅，又看看苏晚晚，问：“怎么了，到底有什么事？”

陈觅跟她一起坐在后排座位上，扭头看着她问：“昨天你是不是去精神病院找过宫小羽？”

佟欢欢一愣：“你怎么知道的？”

陈觅盯着她道：“别问我怎么知道的，你只要回答有还是没有？”

佟欢欢被他一脸严肃的表情给吓到了，点头说：“有啊，我是昨天上午 9 点多去到那里的。”

“你找她干什么？”

“不干什么啊，就是想看看她呗。”佟欢欢用故作轻松的语气说。

苏晚晚坐在前排驾驶位，回过头来看着她：“你是想看看这位让陈觅为之奔波全力维护的女孩儿，到底长什么样，对吧？”

佟欢欢的脸微微有些发红，说：“是呀，我就是想看看这个传说中的宫小羽，到底是一个什么样的女孩儿。哎，你别说，她还真漂亮呢，昨天穿着一袭白裙，文静舒雅，真的超有气质哦！”

陈觅接着问：“你只是看看她就走了吗？”

“对呀。”

“没做别的？”

“没有呀。”佟欢欢终于从两人凝重的表情里觉察到了什么，“怎么，她发生什么事情了吗？”

苏晚晚说：“她昨天下午中毒了，现在躺在医院里还没有醒过来，警方怀疑她是被人为投毒的。”

“啊？”佟欢欢惊愕地张开嘴，“怎么会这样，我去找她的时候，她不是还好好的吗？”

陈觅抓着她的手腕说：“你去到那里，都做了些什么，最好一五一十告诉苏警官。”

“呀，你干什么，抓疼我了啦！”佟欢欢夸张地嘟嘟嘴。陈觅这才放开她的手。

佟欢欢一边揉着手腕，一边将昨天到宫小羽病房的经过，详细跟他们说了。

她昨天上午到精神病院，找到三楼宫小羽病房的时候，正好有一个护士端着小药盘刚刚离开，病房里没有其他人，一个穿白裙子的女孩儿正坐在床边看一本文学杂志。她轻敲一下门框，女孩儿抬头看她。她问，你是宫小羽吗？女孩儿说是的，然后又问她是谁？她说我叫佟欢欢，是陈觅的高中同学。

宫小羽眉头微皱，问陈觅是谁？佟欢欢说你忘记了吗，陈觅就是在博物馆参观展览时，把上衣借给你围在腰间的那个男生啊，还有，大概十年前，你在老家水沟里救起的那个溺水的男孩子，也是他。她还掏出手机，打开陈觅的照片给她看。宫小羽看了好久，像是终于记起来了，说：“哦，原来他就是陈觅啊。”

佟欢欢说：“你出事之后，他为了查明真相，还你一个公道，一直在为你奔波调查呢。”宫小羽仰头看着她问：“我出了什么事吗？”佟欢欢说：“发生的那些事情，你真的一点都不记得了吗？”宫小羽摇摇头说：“我真的好像什么都不记得了。”

佟欢欢怕刺激到她，自然不敢对她细说详情，只是拉住她的手说：“以前发生什么事情，已经不重要了，重要的是你一定要快点好起来，重新回到学校。我就在你们学校对面的三味食屋当服务员，你有时间可以去那里找我玩，我们一定会成为好朋友的。”她离开的时候，宫小羽还跟她拉钩，说一定会去找她玩的。

听佟欢欢说完，陈觅想起昨天到病房门口，宫小羽宛如见到最熟悉的人一样，对他回眸一笑，他还以为是她认出了自己，原来是佟欢欢帮她恢复了对自己的记忆。只是从她与佟欢欢的对话中可以感觉到，她似乎并未记起那天在宁则高办公室发生的事。她到底是真的失忆，还是假装记不起来呢？如果她什么都忘记了，又怎么解释操控邱大龙和王天旺杀人，为自己报仇的事呢？他感觉到一个更大的谜团在眼前升起，难道宫小羽骗了所有的人，她并不像大家看到的那么简单？

“仅仅就是这样吗？”问话的是苏晚晚。她看着佟欢欢，“我们检查过医院门口的监控视频，你进去的时候，手里好像还提了什么东西吧？”

佟欢欢这才想起来：“哦，对了，我去的时候，还给她提了几个富士苹果，头一次去医院探望她，总不能空着双手去，对吧？但是我把苹果拿出来的时候，她只留下两个，说吃不完，余下几个，又让我提回来了。如果你们看过监控，就应该知道，我出来的时候，手里也提着一个同样的塑料袋。”

苏晚晚点头说："确实如此，我们仔细比对过你进去和离开时手里提着的塑料袋，发现出来的时候，袋子的鼓囊程度，明显要比进去时小，原来是这样。"

"你留下的两个苹果，放在什么地方了？"陈觅问。佟欢欢说："就放在病床前的床头柜上啊。"

"不对啊，"陈觅皱眉道，"我记得中午去看她的时候，床头柜上只摆着饭碗，并没有其他东西呀。"

苏晚晚说："这说明宫小羽已经把苹果吃了。"

"这倒是有可能。"陈觅点头。

"你的苹果在哪里买的？"苏晚晚目光炯炯，直视着佟欢欢，"是买了之后，就直接提去医院了吗？"

看着她脸上那怀疑的表情，佟欢欢这才明白，原来她是在调查是不是自己给宫小羽投毒的。她心里的火气一下就蹿到了脸上，满脸通红，说："苹果是从大超市买的，买了苹果后，我就直接上了出租车，将苹果提到了医院。宫小羽留下两个之后，剩下的苹果我拿回来自己吃了一个，宿舍里还剩下三个，你们要不要去检查一下看有没有毒？"

"这个倒不用，我只是想问清楚苹果的来源。"苏晚晚的语气缓和下来，"现在让我疑惑不解的是，宫小羽留下的那两个苹果，到底去哪儿了？难道真是她自己洗了吃掉了？"

正在这时，她的手机响了，一接听，是曹亮打来的。这个时候，曹亮正留在精神病院继续调查。曹亮在电话里说，他在宫小羽病房洗手间垃圾桶里找到一些苹果皮，还有两个吃剩下的苹果核。他问过护士李钰，苹果不是她削给宫小羽吃的。还有，据现场技术人员初步化验，苹果核上面没有发现投毒痕迹。

苏晚晚一边挂断电话，一边思索着案情，苹果不是护士削的，更加不可能是宫小羽自己削的，因为精神病院为防止病人自残自杀，是绝不允许带刀具进去的。那么，那个给她削苹果的人，只能是……

她回头看看佟欢欢，说："你别多心，我们只是例行调查。好了，现在你可以去上班了，有什么需要，我们再联系你。"

佟欢欢默默地看了陈觅一眼，跳下车，"叭"的一声，回手重重地合上车门。

"苏警官，你觉得她说的是真话吗？"等佟欢欢离开后，陈觅才问。

苏晚晚思索着说："我觉得是真话。如果她真的是在苹果里投毒，就不会这么明目张胆地提着苹果进医院。如果宫小羽真的因为吃了她的苹果而中毒，警方只要查一下监控，很快就能锁定是她作案。她应该不会犯如此低级的错误。"

"那么宫小羽吃掉的苹果，到底是谁给她削的呢？"陈觅忽然想起来，"对了，你不是说昨天一共有三个人去医院探视过宫小羽吗，除了我和佟欢欢，应该还有一个人吧？这个人是谁？"

"他是……"苏晚晚看他一眼，竟然有些犹豫。陈觅立即明白过来："是宁教授，对不对？"

苏晚晚叹口气，点头说："是的，从监控里看，他是在佟欢欢离开不久，就自己开车到医院，去探视宫小羽的。"

陈觅瞪着她冷声道："昨天去探视过宫小羽的总共有三个人，我、佟欢欢和宁则高，其实一看到这名单，你就已经知道三个人中，宁则高身上的嫌疑最大。可是他是你心目中的好老师，你不愿意相信这个事实，于是先从我和佟欢欢身上查起，希望能揪出那么一丁点线索，来减轻你对这位好老师的怀疑，对吧？"

苏晚晚被他说中心中顾虑，一时竟接不上话。陈觅大声道："现在我和佟欢欢身上嫌疑，都已经基本被排除了，你这位宁老师反而成了最可能给宫小羽投毒的人。到了现在，你仍然认为他是一个好老师，是一个好人，不可能去做坏事吗？"

苏晚晚避开他的目光，低头沉默半晌，才缓缓地道："我实在想不出，宁老师有什么理由，要去毒杀自己的学生，而且宫小羽还曾是他的得意弟子。"

陈觅说："你不是想不出理由，只是不敢相信而已。叫我说，他杀人的理由很简单，就是想杀人灭口。"

宁则高性侵宫小羽未遂，却直接导致宫小羽受惊过度神志失常，患上了精神分裂症，住进了精神病院。他自然是惶惶不可终日，生怕宫小羽清醒过来后说出真相，让他这位受人尊崇的著名作家大学教授身败名裂。他经常去精神病院看她，为的就是监视她的病情，看她是不是已经恢复记忆，是不是还能记得当日当时发生的事情。当看到宫小羽经过治疗，精神状态越来越好，他自然是越来越紧张。

索海洲在学校被杀之后，他通过某种渠道，了解到了这个案子的最新进展，先陈觅一步，想到了那两个凶手的真正目标，其实是自己，而那个指使两人杀人的幕后凶手，极有可能就是宫小羽。宫小羽是在用这种方法向他复仇。事已至此，无论是宫小羽病愈后从精神病院出来指证他，还是继续留在医院不断怂恿别的精神病人来杀他，对他来说，都是极大的麻烦。为了保全自己，他必须尽快让宫小羽从这个世界上永远消失。

昨天上午，他带了一些毒药到精神病院，正愁不知该怎么对其下毒，看见床头柜上有两个苹果，就用钥匙扣上带着的小刀，将苹果削给她吃，顺便把毒药放进了苹果里。因为带毒的苹果肉已经被宫小羽吃完，所以曹亮他们在现场留下的苹果核里自然查不出下毒的痕迹。更绝的是，他问过宫小羽，知道苹果是别人带来的，就算事后查出宫小羽是吃了苹果中毒，警方也很难怀疑到他头上。他给宫小羽下的，并不是立时毙命的毒药，他已经算好毒发时间，必须得等他离开医院几小时，完全没有嫌疑之后，宫小羽吃进体内的毒药才会发作。

"我觉得你这个推理，有一个很大的漏洞。"苏晚晚听完陈觅的推断之后说，"对于索海洲的案情，警方并未对外公布，凶手王天旺的情况，外人也并不知情，宁老师怎么可能了解得那么清楚呢？你不会告诉我说咱们警方有内鬼，私下向他透露了关键案情吧？”

“对于索海洲的案情，及凶手王天旺的详细情况，你们警方确实并未对外公布，但是你们曾告诉过死者家属庞怡。我就是从她那里打听到这个案子的详情的。我后来去问过庞老师，学校里很多领导和同事都对她极为关心，很多人都曾向她询问过案子的进展情况，这其中就包括宁则高。”

“原来是这样。”苏晚晚恍然大悟地点点头。

“其实咱们只要证实一点，就可以基本确认是宁则高在苹果里面投毒的了。”

“哪一点？”

“宁则高在病房里给宫小羽削苹果，一定要用到刀具，而精神病院绝对不允许病人带刀进去，所以宁则高用来削苹果的刀，一定是他自己的。但是他事前并不知道病房里有苹果，也不知道会要削苹果给宫小羽吃，所以绝不会事先准备好刀具带进去。”

“那他削苹果的刀，到底是哪里来的？”

“我刚才已经说了，唯一的可能，就是他钥匙扣上随身带着小刀。所以咱们只要找到宁则高，看看他挂在皮带上的钥匙扣，就能大概知道这件事，是不是他做的了。”

“那好吧，咱们现在去找他核实一下。”苏晚晚率先跳下警车。

两人又回到学校，来到文学院，找人问一下，说宁教授刚刚上完课，回办公室去了。

陈觅带着苏晚晚来到宁则高办公室门口，敲一敲门，屋里有人说了一句：“请进，门没锁！”

两人推门进去，只见宁则高正坐在书桌前一笔一画地批改学生作业，看见陈觅带着一名女警察走进来，他不由得惊愕地站起身：“你们……有事吗？”

苏晚晚上前两步，恭恭敬敬地叫了一声：“宁老师！”又握住他的手说，

“好多年没见您了！”

宁则高一脸茫然，上下打量着她：“你是……”苏晚晚露齿一笑，说：“我是您的学生，十年前您曾教过我。”

“哦，”宁则高往她脸上细看一眼，“你是不是苏晚晚，就是当年跟曾彦之谈过恋爱的那个女生？”

苏晚晚一脸羞赧地说：“都这么久的事了，您还记得啊？”

“当然记得啊，曾彦之是我当年教过的最有才气的学生，他的小说可是获过全国大奖的，”宁则高回忆着说，“他完全可以成为一个有成就的作家，只可惜后来……唉！”说到最后，摇摇头，只留下一声叹息。

“哎，不说这个了。”他瞧着苏晚晚身上的制服说，“你都当警察了呀？”

苏晚晚挺直身子说：“大学毕业没多久，我就通过公务员考试，当了一名警察，现在在市公安局刑警大队工作。”

“不错，都干上刑警了。”宁则高看看她，又看看陈觅，“那你们来找我……”

陈觅往他腰间看一下，一串钥匙正挂在皮带上。他说：“宁老师，可以把您的钥匙串，拿给咱们看一下吗？”

宁则高虽然不知道他葫芦里到底卖的什么药，但还是犹豫着，把皮带上的钥匙串解下来，递到他手里。陈觅接过一看，在一大串钥匙中间，果然夹着一把迷你折叠小刀。他不动声色地把钥匙串递给苏晚晚，苏晚晚打开小刀，刀身被擦得很干净，但刀柄缝隙里，还是残留着一些苹果皮屑。她与陈觅对视一眼，心就沉了下去。

“这个钥匙串，有什么问题吗？”宁则高一脸莫名其妙地看着他们。苏晚晚说：“您这小刀，用来削过苹果吧？”

宁则高笑道：“果然是干刑警的，这都被你瞧出来了。确实用来削过苹果，不过那是昨天上午的事了。”

“给谁削苹果？”苏晚晚抬头看着他，脸上的表情渐渐变得严肃起来。

宁则高愣了一下，看见她跟陈觅在一起，心中好像明白了什么，说："陈觅应该已经跟你说过了，我有个学生，叫宫小羽，也跟当年你的那位曾彦之一样，颇负才气，小说写得非常漂亮，但是因为受到一些刺激，得了精神分裂症，现在正在精神病院住院治疗。我昨天上午去看她，她恢复得很好，已经能认出我了。当时床头柜上放着两个苹果，她说是刚刚一个姐姐送给她的。又说想吃苹果，自己要拿去洗了吃。我怕苹果上面打了蜡，洗不干净，就说我来给你削吧，正好我钥匙扣上带着一把小刀。谁知削了一个苹果，她不肯吃，非要我再削一个，陪她一块儿吃。我拗不过她，只好一人吃了一个苹果。"

"您没在她吃的苹果里，放点什么东西吗？"陈觅突然问。

"放什么东西？"宁则高不答反问。

陈觅心想，都到这个时候了，还在这里装糊涂。于是干脆挑明话题："昨天下午，宫小羽突然出现中毒症状，陷入重度昏迷，现在还躺在人民医院 ICU 病房没有苏醒的迹象。警方怀疑有人给她投毒，想要害死她。"

"什么，她中毒了？"宁则高大吃一惊。苏晚晚点点头，说："是的，当时我也在场。"

"你们怀疑是我给她下的毒？"宁则高终于明白陈觅带着刑警找上门的原因了。

"昨天中午，她除了吃过医院的午饭，就只吃过你给她削的苹果。"陈觅上前一步，直盯着他，牙齿咬得咯咯作响，"你是唯一有机会给她下毒的人！"

"我没有，"宁则高退后一步，一屁股坐在椅子上，"就算苹果真的有毒，那也是送苹果的人下毒，不是我。"

"你开什么玩笑，送苹果的人下毒，怎么你吃了没事，宫小羽吃了却中毒了？难道下毒的人知道两个小时后，你会把哪个苹果削给宫小羽吃，所以单独在那个苹果里下毒？"

"这我怎么知道。"宁则高表情茫然，"我怎么知道她是怎么中毒的？

总之，我没有给她下毒。再说，我为什么要给她下毒？我还盼着她早点回学校上课呢。”

“你不是盼着她早点回学校，你是盼着她早点去见阎王爷吧？”陈觅越说越激动，声音也越来越大，“你怕她恢复记忆回到学校之后，把你的丑事都抖搂出来，你巴不得她永远待在精神病院别出来。而董行和索海洲的死，则让你切切实实感受到了致命的威胁，如果你以后还想安安稳稳当你的大教授，你就必须对宫小羽采取措施，让她永远闭上嘴巴，所以昨天你借探视她的机会，就在她吃的苹果里，给她下了毒。”

“我完全听不懂你说的是什么意思。”宁则高冷着脸说，“董行和索海洲的死，跟我有什么关系？为什么会让我感受到致命的威胁？”

陈觅觉得他是揣着明白装糊涂，不想再跟他废话，扭头问：“苏警官，在办案过程中，如果遇上像他这样嘴硬的犯罪嫌疑人，你们一般会怎么处理？”

苏晚晚犹豫一下，说：“会直接带回局里进一步问话。”陈觅故意用带着几分嘲讽的语气说：“宁教授虽然是教过你的老师，但现在也是给宫小羽投毒的犯罪嫌疑人，你可不能包庇他啊。”

苏晚晚狠狠瞪他一眼，转过头对宁则高说：“宁老师，不好意思，这事还得麻烦您跟我去一趟公安局，把情况说明一下。”宁则高仿佛明白了什么，目光从她脸上，又移到了陈觅身上，点点头说：“行，我跟你们去，要是我不去，你们还真把我当成投毒犯了。”他往身上披了件外套，拉开办公室的门，直接走出去。

就在苏晚晚也要跟着走出来时，她的手机忽然响了，一接听，是市人民医院的医生打过来的。

医生说，今天上午，他们会同法医对宫小羽做了深入检查，现在可以确认，她是因为服用过量苯妥英钠而引起的中毒。

她问医生，苯妥英钠是一种什么药？医生解释说，这个药临床上主要用于治疗癫痫大发作及精神运动性发作，但如果用药过量，极易引起中毒，成人最小致死量为 2 克。如果剂量过大，口服半个小时之内，就会出现急性中毒症状。宫小羽这次幸亏发现及时，要是再迟个十来分钟，只怕就连神仙也救不了她。

“这种药，一般人能从药店买到吗？”

“不能，苯妥英钠是处方药，不是随便可以买到的，一般来说，精神病院的医护人员对这类药物使用得比较多。”

挂断电话后，苏晚晚快速地计算了一下时间，他们发现宫小羽中毒，是在昨天下午 3 点左右，也就是说，她过量服下这个药品的时间，不会早于下午 2 点半。而宁则高到医院的时间是上午 10 点多，并于 11 点半左右离开，根本就没有作案时间，而且这种药，一般市民买不到。唯一的可能就是，精神病院的医护人员给宫小羽服用了过量的苯妥英钠。但是医生一般不会直接给病人服药，为病人给药，那是护士的事。

她跑到门外，追上宁则高说：“不好意思，宁老师，刚才是我们搞错了，您跟宫小羽中毒的事没关系。请您别介意！”

这倒是有点出乎宁则高的意料，他回头看着她：“这么快就搞清楚了？可不能因为我是你老师，就特殊对待。其实我没有做什么，你们把我叫到公安局调查一下也没有关系的。”他乜了后面的陈觅一眼，“如果不认真调查一下，只怕也很难打消某些人一直以来对我的怀疑。”

“您不用去公安局了，我们有了新线索，证实您不可能是那个投毒的人。我还要去精神病院查这个案子，就不跟您多说了，回头再打电话给您赔罪。”苏晚晚跟老师解释两句，甩头就走了。

陈觅在后面追上她，莫名其妙地问：“怎么了，干吗又不抓他了？”

苏晚晚回头瞪他一眼：“没事别瞎推理，我差点就被你害惨了。医院刚才打电话给我，说宫小羽是因为过量服用苯妥英钠而中毒，这个药管理得比较严，一般只有医护人员才能接触到。她毒发时间是昨天下午 3 点左右，服药时间应该不会早于下午 2 点半。”

陈觅停住脚步：“这个时间段，只有那个护士在她身边啊。”

“是的，我也是这么想。”苏晚晚脚步匆匆走向学校大门，“我得再去一趟精神病院。”

“我也跟你一起去。”

“你去干什么？”苏晚晚冷面相对，“是不是还想去给我们添乱啊？”陈觅脸一红，只好在学校门口止住脚步。苏晚晚甩掉他之后，快步跑过马路，跳上警车，一打方向盘，朝着精神病防治医院的方向，疾驰而去。

来到精神病院，已经是中午 1 点多。曹亮带着几个同事，已经检查完宫小羽的病房，正准备回市局，迎面碰见苏晚晚，不觉有些奇怪，问：“师姐，这里的活已经干完了，你怎么又回来了？”

苏晚晚一边快步往医院里走，一边问：“那个叫李钰的护士，在医院吗？”

曹亮说：“在啊，刚才还看见她来着。”

苏晚晚说：“赶紧把她拘起来。”

“啊？”曹亮一脸意外，“干吗抓她？”苏晚晚一边走，一边把情况跟他简单地说了。来到住院大楼三楼，正好看见护士李钰托着一个药盘，从一个病房里走出来。

“李钰！”苏晚晚大声叫她的名字。

李钰看到几个表情严肃的警察径直朝自己走来，吓得往后退一步，手里的药盘“咣当”一声，掉到地上。

苏晚晚说：“小亮，给她上铐子。”曹亮答应一声，快步上前，掏出手铐铐住李钰的两只手。

“知道为什么抓你吗？”苏晚晚缓步走向李钰。

“知、知道……”李钰哪里见过这般阵势，早已脸色苍白，浑身发抖，“因为我、我给宫小羽服用了过量的苯妥英钠，导致她急性中毒……”

她的反应，倒也在苏晚晚的意料之中：“说吧，你为什么要用这样的手段毒害宫小羽？”

“我、我……”李钰抬眼瞧瞧她，很快又把头低下去，“全都是因为我男朋友……”

据李钰交代，她已经三十五六岁了，因为一直在精神病院工作，一般人对她的职业都比较忌讳，一直没有交到合适的男朋友，慢慢地就成了一个大龄剩女。去年的时候，家里的亲戚给她介绍了一个男朋友，叫谭帅。谭帅比她年轻十岁，而且人如其名，个子高挑，人也长得比较帅，李钰很快就被这个比她小十岁的男朋友给迷住了。而谭帅，也对她的护士身份特别感兴趣，甚至有时候要求她下班后，在自己面前也穿上白色的护士装。

交往几个月后，李钰已经完全离不开这个年轻帅气的男朋友了，而谭帅却渐渐对她的护士装失去兴趣，要求她给自己找点更刺激的乐趣。李钰不知道什么才是他所要的“更刺激的乐趣”，谭帅就让她用手机拍摄他们医院年轻漂亮的女病人，然后将照片发给他，最好是偷拍女病人换衣服或洗澡时的照片。李钰觉得这样做有违医德，一旦被医院知道，自己肯定会被开除的。但谭帅说，如果你不做，我就找其他女人去做。李钰知道他这是在拿分手要挟她，她只好无奈地点头答应。一开始，她只是偷偷拍摄一些女病人模糊的照片，谭帅觉得不够刺激，要求她换像素更高的手机，拍摄那些年轻女病人的高清裸照。

宫小羽住院之后，自然也被李钰偷拍过。她本以为自己做得神不知鬼不觉，可是不久前的一天，宫小羽忽然问她：“你给我拍了那么多不穿衣服的照片，是干什么用的呀？”她这才知道，宫小羽早已觉察到自己偷拍她的事了。好在她的精神分裂症并未痊愈，还处在时而清醒，时而糊涂的状态。于是就骗她说，这是医生要求拍的，为的就是跟踪了解病人全面康复的情况。

但是随着宫小羽病情越来越好转，李钰知道自己的谎言迟早会被戳穿。她回去问男朋友该怎么办？谭帅说这还不简单，你每天给她服药，哪天给她服下一颗毒药，不就不声不响地把这个麻烦给解决了？李钰惊得一跳：“你这是让我去杀人啊？”谭帅说：“你不让她永远闭嘴，她一旦全面清醒过来，就会去告发咱们。我实话告诉你，那些裸照，我都拿去卖给那些黄色网站了。如果被警察抓到，咱们俩都得坐牢。”

一听要坐牢，李钰就吓得彻底没了主意，说我们医院只有救人的药，哪有什么毒药。谭帅说：“那还不简单，就算是救人的药，如果吃过量了，也能吃死人啊。反正你们医院也不是第一次死人了，再死一个也不会怎么引起别人的怀疑。”李钰一开始还是有点犹豫，但经不起男友再三怂恿，最后还是答应照他的话去做。

大约从十几天前开始，她就把医生给宫小羽开的苯妥英钠暗中藏起来，没有给她吃，等积攒到超过致死量将近一倍的药量的时候，就在今天下午 2 点多，趁住院大楼里没有什么人出来活动，她悄悄来到宫小羽的病房，叫醒正迷迷糊糊睡午觉的她，把这一堆药让她一次性服下。本以为宫小羽很快就会因为药物急性中毒悄无声息地死去，谁知半道上杀出个程咬金，陈觅带着两个警察突然来到医院找宫小羽，在最关键的时候，救了宫小羽一命……

李钰被带到公安局后，她男朋友谭帅也很快被抓到案。经过对谭帅突击审讯，证实李钰所言，完全属实。

第十八章　遇袭

几天后，陈觅再次到人民医院。这已经是宫小羽中毒昏迷后，他第三次来探视她。经过医生精心救治，宫小羽虽然仍然没有苏醒，但各项生命指征都有明显好转，甚至对她奶奶的呼唤，已经有稍许反应。她也被从重症监护室推出来，安排到了普通病房。她奶奶则一直留在医院里照顾她。

陈觅走进病房的时候，一个护士正在给宫小羽换吊瓶药水，她奶奶则在给她揉着脚板，医生说过多给病人按摩，将有助于她尽快从昏迷中苏醒。宫小羽躺在病床上，双目轻闭，脸上有一丝红润的颜色，乍一看，像是刚刚睡着一样。

等护士走后，陈觅才上前对宫小羽的奶奶说："您歇一会儿，我来给她按吧。"汤奶奶点点头，抹着额头上的细汗，坐到一边的椅子上，不断地反手捶着自己的老腰。陈觅侧坐在病床边，轻轻按摩宫小羽双脚。

汤奶奶感激地说："小觅啊，真是谢谢你了，难为你总是来看望我们家小羽。"

陈觅说："没什么的，正好我今天下午没课，就过来陪您和小羽说会儿话。"

汤四妹看看他，又看看躺在病床上的孙女，两只眼睛又湿润了。

正在这时，病房里又走进来一个人。陈觅扭头一看，居然是女警官苏晚晚。苏晚晚在这里看见他，并没有感觉到意外，朝他点一下头，算是打招呼。

然后对宫小羽的奶奶说："宫小羽被人投毒的事情，我们已经调查清楚了，这次来主要是想跟您通报一下案情。"说到这里，她看了陈觅一眼。

陈觅以为她是叫自己回避，立即从床边站起身，说："奶奶，没事我先走了。"

苏晚晚摆手说："别着急，我又没有赶你走的意思。你也为这案子出了不少力，就留下来听听吧。"她把精神病防治医院护士李钰，为了满足男朋友谭帅的变态要求，偷拍女病人裸照，感觉要被宫小羽发现之后，给她服下过量苯妥英钠，导致其急性药物中毒的前后经过，详细说了一遍。最后她说："你们放心，我们已经找到与谭帅有交易的那家网站，将宫小羽及其他女患者的照片都删除了，另外我们还联系了相关部门，很快就会关闭那家违法网站。"

"下毒的居然是护士李钰？"陈觅一脸难以置信的表情，"平时看她，好像是一个挺好的人啊，没想到她……"

苏晚晚说："人是有多面性的，很多人都不像你表面看到的那么简单。""那倒也是。"陈觅点点头，"就比如说你那位宁老师吧，他表面看来衣冠楚楚为人师表，但其实却是一个……"

苏晚晚显然不想在宫小羽奶奶面前谈论这件事，打断他的话说："好了，如果没有其他什么事，那我先走了。"

陈觅想一下，也匆忙向汤奶奶道别，在病房外面的走廊里追上苏晚晚说："苏警官，你有空吗？我想跟你说点事。"

苏晚晚在电梯门口停住脚步，回头看着他说："你是想说宫小羽和宁教授的事吗？"

"是的，向宫小羽投毒的，居然是她的护士李钰，这个很出乎我的意料。我承认关于投毒事件的推理，我完全错了。但在此之前的其他推断，我仍然坚持，我是对的。我建议你们沿着这条线索好好查下去。"

"你的意思是说，你坚持认为，宫小羽患上精神分裂症是被宁教授逼的，邱大龙和王天旺杀人，是受到了宫小羽某种程度上的暗示或者说操控，而董行和索海洲只是宁老师的替死鬼，对吧？”

“是的，我一直认为这个推断是没有错的。”

苏晚晚抿抿嘴唇，想了一下：“行，我回去跟队长说说，我们再深入调查一下。”正好这时电梯上来了，两人走进电梯，后面同时又进来好几个人，两人相互看一眼，再没有说话。

两天后，苏晚晚给陈觅打过来电话，说她已经把他提出的几大疑点，跟队里的领导说了，但是领导认为，这两个案子根本没有他说的那么复杂，就是两起单纯的精神病人杀人案，如果没有进一步的线索，就准备结案了。

“这就要结案了？”陈觅吃了一惊，“王天旺遇见的那个怂恿他杀人的‘琴琴’，不是至今还没有找到吗？”

“领导说，也许根本就没有这个女人，那些都是出自王天旺的幻想。”

“可是……”陈觅还想说什么，苏晚晚却已经挂断了电话。

这些当警察的，为了保住破案率，还真是什么都不顾了！陈觅心里有种想骂娘的冲动。他把手机揣进口袋，从宿舍楼里走出来，正是傍晚时分，也不知道什么时候突然降温了，一阵冷风刮过来，让只穿着一件单薄外套的他禁不住打了个寒战。

他这才想起，妈妈让佟欢欢捎给自己的毛衣，还没去拿呢。他从学校大门走出来，往三味食屋走去。

穿过街道的时候，为了躲避飕飕的冷风，他缩起脖子裹紧外套，快步走在人行横道上。结果一个不小心，竟然和对面走来的一个男人撞了个满怀。对方连声说“对不起”。他抬头一瞧，那人个子还真高，只怕足足有一米八五，背上背着一把吉他，长长的头发把耳朵都遮住了，看上去像极了某位在舞台上扯着嗓子唱摇滚音乐的歌手。

陈觅朝他低一下头，说：“没关系，是我走得太快了，抱歉！”对方愣了一下，好像是这年头难得遇上一个这么讲礼貌的人，不由得多看了他两眼。

陈觅朝他笑笑，两人错身而过。

陈觅又把脖子缩起来，走进了三味食屋。正是吃晚饭的时候，餐厅里很是热闹，正在忙碌着的佟欢欢看见他走进来，就像看见了一个透明人一样，把脸扭到一边。

陈觅知道，她还在为那天自己带着警察来调查她的事生气。他笑笑地朝她走过去，佟欢欢转身要走，他在旁边一张空桌子上坐下，向她招招手："给我来一份炒饭。"

旁边并没有其他服务员，这下佟欢欢不得不理他了。她将一份餐牌扔到桌上："我们这里有扬州炒饭、火腿肠炒饭、韩式辣椒酱泡菜炒饭、鸡丝香菇炒饭……请问你要点哪一个？"

陈觅说："还是跟以前一样吧。"

佟欢欢绷着脸说："以前一样，是哪样？"

陈觅有点无奈，说："来一份扬州炒饭。"

佟欢欢快速地在点餐单上记录一下，转身要走，陈觅拉住她说："欢欢，那天那个女警察并不是特别针对你的，只是例行调查而已，我和你，还有宁则高，三个去探视过宫小羽的人，都被她问了个遍。"

佟欢欢回头看着他："那到底有没有查出是谁下的毒啊？不会真是你们学校那个宁教授干的吧？"陈觅摇头说："警方已经调查清楚了，投毒者不是他。"

"那是谁？"佟欢欢的好奇心被他勾了起来。

"你先说，还生不生我的气？"

佟欢欢"扑哧"一声笑了："我不生气了，行了吧？快说，到底是谁下的毒？"

"是宫小羽的护士李钰。"陈觅知道她一定会接着往下问，所以又把李钰下毒的经过，简单跟她说了。

佟欢欢恍然大悟地点点头："原来是这样啊，还真是蛮复杂的，差点害得咱们替她背黑锅。”

扬州炒饭很快就端上来了。陈觅坐在窗户边的小桌前，低头吃饭，偶尔抬头看一下窗外的街景。这时天已经完全黑下来，天空中飘起丝丝细雨，路灯下，全是脚步匆匆的路人，还有一闪而过的汽车。

饭吃到一半的时候，他看见街道对面的学校门口，缓缓驶出一辆黑色奥迪。他认得，那正是宁则高的小车。甚至借着街灯的光亮，透过前挡风玻璃，还能看见坐在驾驶位上开车的宁则高。

不知道为什么，一看见宁则高，他就不由自主地攥紧了拳头，把吃进嘴里的炒饭，狠狠咽了下去。刚低下头去扒下一口饭，就听得外面街道上传来“砰”的一声响，等他抬起头时，就看见刚刚拐上学院路的宁则高的小车前倒着一个人。看样子，是撞到人了。

宁则高急忙停车，打开车门，跑到车头处查看。先是俯身询问伤者几句，然后又将伤者扶得靠边坐起。陈觅这才发现，被撞倒在地的，正是他在人行横道上遇见的背着吉他的高个子男人。

宁则高又弯腰向那男人询问了两句，高个子男人手捂胸口，痛苦地摇头，看起来伤得不轻。宁则高转过身，掏出手机，按了三个键，应该是准备叫 120 急救车。

就在这时，那个吉他男忽然站起身，从吉他与后背的缝隙间抽出一根四五十厘米长的钢管，猛地砸在宁则高头上。宁则高“啊”的一声，倒在地上，手机也被扔到一边。

吉他男又挥起钢管，往下砸了两下，因为被车头挡住，陈觅看不清具体砸在什么位置。

直到这个时候，周围的人才反应过来，有人尖声惊叫，有人抱头跑开。陈觅叫声“不好”，扔下筷子跑出去。

等他越过马路，赶到事发现场时，那个挥舞钢管的吉他男早已被学校门口的保安小雷和小安死死摁在地上。宁则高则横倒在一边，头部血流如注，已经昏死过去。陈觅没有犹豫，赶紧拨打 120 急救电话，然后又打了 110 报警电话。

最先赶到现场的，仍然是辖区派出所所长何建国。何建国一跳下警车，看见陈觅，立即就拉长了脸，说："我接到市局 110 指挥中心的指令，说是有一个叫陈觅的人报警，我就知道准没好事儿。"他拨开围观的人群，走进案发现场，先蹲下身，查看了宁则高的伤势。宁则高头部的伤口已经被好心人用毛巾包扎好，血已经流得没那么快了。

他看到宁则高胸口还有起伏，知道他还活着，不由得松了口气。陈觅跟在后面说："何所长，要不要把刑警大队的人叫来？"何建国回头瞪他一眼，"叫个屁啊，一没死人，二凶手没跑掉，被抓了个现行，案子直接就给破了，还用得着他们刑警大队的人出马吗？"

又过了几分钟，120 救护车来了，很快就把宁则高抬上车，送往医院去了。

"凶手在哪儿呢？"何建国一面指挥两个民警用警戒线把现场围起来，一面大声问两个保安。

保安小雷赶紧说："在这儿呢。"凶手早已被他和小安两个人用绳子绑在了旁边一根路灯柱子上。凶手脚边扔着一根带血的钢管，正是他刚才用来袭击宁则高的凶器。

旁边一些目击者已经七嘴八舌地把案发经过跟何建国说了，还说如果不是两个保安及时出手，宁则高很可能已经被当场打死了。何建国上前踢了凶手一脚："说，为什么当街行凶？"

吉他男忽然抬起头，冲着陈觅诡异一笑，说："对不起，没关系，对不起，没关系……"

何建国一愣，扭头问陈觅："弄了半天，你俩认识啊？"陈觅一脸莫名其妙，说："我根本就不认识他呀。"

保安小雷说："哎，不对吧，十几分钟前，我明明看见你们两个在人行横道过马路碰面的时候，还相互打招呼呢。"

何建国把脸一沉，盯着陈觅道：“到底怎么回事？这人是你朋友？或者，干脆你们是一伙的？”

“什么叫是一伙的？”陈觅也有些不乐意了。

何建国上下打量他一眼：“你仇视宁则高也不是一天两天了，你说他强奸你女朋友宫小羽，把她给逼疯了，前后几次报警，害得我们兴师动众，却连个屁也没查到。你找不到任何证据，最后没有办法，只好动用私刑，伙同这家伙，准备把宁则高给做了。可惜这小子太笨，既没能当场打死宁则高，也没能从现场逃走，让两个保安给抓了现行。这可真是应了那句话，不怕神一样的对手，就怕猪一样的队友。你摊上这么个队友，现在急于撇清关系也没有用，老子抓到他，迟早都要把你给审出来。”

陈觅鼻子都气歪了，这个糊涂虫办案不行，说起歪理来，倒是一套一套的。

他气呼呼地走到凶手跟前，说：“哥们儿，你看清楚，咱们俩是不是认识啊？”凶手抬眼瞧瞧他，嘴里还是不停地念叨着那句话，“对不起没关系，对不起没关系……”这个正是他俩在人行横道上撞在一起时的对话。

陈觅听到他嘴里翻来覆去就是这两句话，心中一动，好像忽然意识到什么，马上掏出手机给苏晚晚打电话：“苏警官，你赶紧到我们学校门口来，好像又出现第三个精神病人杀人了！”

没过多久，大街上再次响起警笛声，刑警大队大队长宋铎带着苏晚晚、曹亮等人赶到了现场。

还没等何建国上前做情况说明，陈觅就迎住苏晚晚，将今晚自己在人行横道碰到凶手，以及目睹凶手作案的整个过程，详细跟她说了。

苏晚晚瞧着他问：“那你说的，出现了第三个精神病人杀人，是什么意思？”

陈觅往吉他男那边瞧一眼，说：“凶手被捆在那里了，不过我觉得，他这里好像有点问题。”他用手朝自己脑袋指了指。苏晚晚明白过来：“所以你觉得，这很可能是董行、索海洲命案的延续？”陈觅点头说：“是的，而且这次他总算找对了正主儿。”

苏晚晚把情况跟队长说了，宋铎走到那个被绑在路灯杆的吉他男跟前，上下打量他一眼，问：“你叫什么名字？”吉他男说：“我叫郭亦鸣，今年36岁，家住碧桂园。”

宋铎没想到他回答得这么痛快，倒是有点意外：“说说，你为什么要袭击宁则高？”

郭亦鸣一脸茫然，问：“谁是宁则高？”苏晚晚站在旁边说：“就是被你打倒的那个人。”郭亦鸣问：“他死了没？”苏晚晚说：“重伤，已经送去医院急救，现在什么情况还不知道。”

郭亦鸣把后脑勺在路灯杆上碰得“砰砰”作响：“太可惜了，都怪那两个保安，本来我再往他头上补几棍，这事就成了。”很显然，他是想把宁则高往死里打。

宋铎又问了一遍，“你为什么要杀宁则高？你跟他有什么仇吗？”

“谁叫他欺侮人。”

“他怎么欺侮你了？”

“这个不能告诉你。”郭亦鸣的目光在警察身后找到了陈觅，忽然朝他嘻嘻一笑，“对不起，没关系，对不起，没关系……”

宋铎皱眉说：“莫不是真的又遇上了一个神经病吧？先带回去再说。”

苏晚晚和曹亮点点头，把郭亦鸣从路灯杆上解下来，给他上了铐子，然后将他推上警车，带回了刑警大队。

另一队人马，也很快查到了郭亦鸣具体的身份信息。这家伙今年确实是36岁，也确确实实住在碧桂园。他父亲叫郭长权，木匠出身，现在已经是旺角家具城的老板。郭亦鸣大学毕业后，并没有继承父亲的生意，他喜欢音乐，自己组建了一个摇滚乐队，在平京市音乐界还算是小有名气。

两年多前，郭亦鸣发现自己的老婆跟乐队贝斯手有奸情，并在情人节的晚上，将两人捉奸在床。他差点当场气疯，随手抄起一根铁棍，发疯般地往那贝斯手头上砸去。据事后他对警方说，他很爱自己的妻子，知道妻子是被那个男人引诱才跟他上床的，所以并不怪她，他本意只想打死那个王八蛋，但等他清醒过来的时候，才发现妻子和那个男人的头，都已经被他用铁棍砸得稀烂。他自责不已。从此以后，他就精神恍惚，见到谁都跟人家说对不起，对不起……

等到郭亦鸣杀妻案侦查结束，即将转入法院审判阶段时，他老爸郭长权忽然提出儿子曾经得过癫痫，要对儿子进行精神疾病司法鉴定。后来鉴定结果出来，郭亦鸣还真患有精神病，而且作案时由于严重的精神活动障碍，致使其不能控制自己行为，属于无刑事责任能力。正是因为这份鉴定结果，郭亦鸣最后被完全免于刑罚，只是由其监护人承担了全部民事责任，说白了就是赔钱了事。

但是根据刑事诉讼法规定，实施暴力行为，危害公共安全或者严重危害公民人身安全，经法定程序鉴定依法不负刑事责任的精神病人，有继续危害社会可能的，可以予以强制医疗。最后，郭亦鸣被强制送到精神病院进行治疗。当时社会上就有传言，说他并不是真的得了精神病，是他老爸花了大钱疏通关系，才把他“鉴定”成精神病人的。但传言终究是传言，并没有任何人去证实。

郭亦鸣在精神病院住了两年多时间，最近才被家里人托关系，从医院里“捞”出来。只是让人没有想到的是，他这才刚出院没几天，居然又拿着钢管当场袭击别人，还差点把人给打死了。

苏晚晚对郭亦鸣的审讯，也完全没有结果。郭亦鸣嘴里翻来覆去就一句话：“对不起，郑茹，我不是有意的，对不起……我知道是那个家伙勾引你，我不会放过他的……”

审讯结束后，苏晚晚在外面的办事大厅见到了闻讯赶来的郭亦鸣的母亲。她是来问儿子的情况的，苏晚晚把情况跟她简单地说了。郭母着急地说：“医生说他情况已经有了明显好转，我们才把他接回来的，想不到他刚出来，竟然又……”

苏晚晚问：“郑茹是谁？”

郭母说：“是他妻子，亦鸣很爱她，失手将她打死后，他很伤心，非常自责，一直在跟她说对不起对不起，如果你回他一句没关系，他就会把你当成郑茹……”

苏晚晚这才明白，为什么陈觅在人行横道上对郭亦鸣说一句“没关系”，他会有那么大反应。

她又问：“能告诉我们，你儿子是在哪家精神病院接受治疗的吗？”

郭母说：“是在平京市精神病防治医院，就在云峰山那边。”

苏晚晚虽然早已猜到这个答案，但现在从郭母嘴里得到进一步证实，她还是感觉到有些吃惊。案情越来越朝着陈觅推测的方向发展了。这起发生在他们学校门口的精神病人杀人事件——尽管未遂，极有可能是上两起杀人案的延续。如此一来，陈觅的推理就完全正确了。“难道宁老师真的对宫小羽做了什么过分的事，才引发她如此疯狂的报复？”这样一来，连她自己都对这位曾经教过她的老师的看法，有点动摇了。

她把情况跟队长做了汇报。宋铎看着她说：“你的意思是说，宫小羽一共在精神病院里指使三个精神病人来为自己报仇，前面两个，邱大龙和王天旺，都认错了对象，错杀了董行和索海洲，而这最后一个‘疯子杀手’郭亦鸣终于认对了人，却又失手并没有将宁则高彻底杀死，对吧？”

“我觉得完全有这个可能。”苏晚晚说，“当然，这其实并不是我的推理，是陈觅跟我说的。”

“陈觅？”宋铎有点意外，“那个学生？”

“是的。”

“想不到他还有这么强的推理能力，是块做警察的料。”宋铎笑了，“你有时间问问他，看他毕业后有没有兴趣到咱们警队来工作。”

苏晚晚也笑了：“行，下次碰见他，我问问他。”

“哎，好像有点不对吧，”宋铎好像这才想起来，“宫小羽不是好几天前就已经中毒昏迷住进了人民医院吗？她怎么还能叫郭亦鸣出来杀人呢？”

苏晚晚说：“很显然，她应该是在中毒之前，就已经完成了对郭亦鸣的操控，所以即使她中毒昏迷不在精神病院了，郭亦鸣也仍然按照她的话去做，从精神病院一出来，就立马来到文理学院，跟踪观察了几天时间，摸清了目标人物宁则高的行踪，于今天晚上正式动手。”

宋铎在办公室踱了几步，用谨慎的语气说：“宁则高受袭，是否真的跟前两案有关，我觉得还需要深入调查一下。”

“行，我也这么觉得，万一这真的仅仅只是巧合呢？”苏晚晚说，“明天我再跟曹亮去一趟精神病院，把郭亦鸣在那里住院的情况，再详细了解一下。”

第十九章　幕后真凶

第二天一早，苏晚晚就和曹尧一起，再次来到精神病防治医院，向院方了解郭亦鸣在这里住院的情况。

据医院负责人说，郭亦鸣是两年多前，由法院送来强制治疗的一名精神病患者。医院也知道他手上有两条人命，所以对他十分谨慎和重视，不但给他配备了专门的主治医生和护士，还安排了专门的病房。当然，一切费用都由其监护人支付。

经过两年多时间封闭式治疗，他的病情有了明显好转，但仍然未达到出院标准。可是就在几天前，郭亦鸣的家属突然提出要接他出院，因为他们已经办齐了相关手续，医院无法阻拦，只好签字同意，放他出院。

医院负责人也只知道这些情况，再问别的，他看到郭亦鸣的病历簿上没有登记，也什么都说不上来。苏晚晚就说："能把郭亦鸣的护士找来吗？我们还想调查一点别的情况。"医院负责人点头说："没问题，护理他的是一个男护士，叫小江，我马上叫他过来。"他操起办公桌上的电话，拨了一个号码，很快就有一个穿护士服的年轻小伙子跑步进入办公室。苏晚晚向他简单说明来意，然后问他："小江，请你回想一下，郭亦鸣平时有没有跟宫小羽接触过？"

"宫小羽是谁？"小江看看她，又看看院领导，一时愣住。

苏晚晚说："宫小羽也是你们医院的一名患者，就住在住院大楼三楼，就在郭亦鸣出院的两天前，她已因其他原因转院去人民医院进一步接受治疗。”

“哦，原来是这样。”小江笑着摇头说，“这个绝对没有可能，郭亦鸣是不可能跟你说的这个宫小羽有任何接触的。”

“为什么这么肯定？”苏晚晚皱了一下眉头，对他草率的回答表示不满。

小江有点不好意思地搔搔额头，向她解释说：“可能你还不太了解，因为郭亦鸣是因杀过人才被强制送医的，所以我们这边会对他有一个特别看护。你出去看一下就知道，我们医院其实分为两个部分，一边是普通患者治疗区间，另一边住的是像郭亦鸣这样身上有案子或者有严重暴力倾向的重症患者，因为怕他们蹿到另一边威胁到普通患者的人身安全，所以我们医院在两个治疗区中间砌了一堵高墙，将两边分隔开，墙上只有一道小门，两边都有保安守护，仅供医院医护人员出入，两边的患者非经特别批准，是绝对没有可能进出这道门，穿梭于两个治疗区之间的。”

“真的是这样吗？”苏晚晚将信将疑，“能不能带我去看看？”

小江说：“行啊。”带着他们来到医院最东边的一个角落里，那里确实有一堵两米多高的水泥墙，墙壁上有一道窄窄的铁门，铁门是锁上了的。小江让保安打开门，苏晚晚从小门进去看了一下，铁门两边都有保安把守。问了保安，可以确定除了本院医护人员，其他人想穿过这道门，都会被保安拦住。也就是说，郭亦鸣和宫小羽虽然同住一家医院，但却被分隔在了不同的治疗区，基本没有单独见面的可能，更别说有什么亲密接触的机会了。

曹亮看看苏晚晚，说：“师姐，情况跟咱们先前的推理，完全对不上号啊。这样一来，这个郭亦鸣杀人，就完全不可能是受到宫小羽的怂恿了。除非宫小羽会穿墙术，穿过这堵水泥墙跑到另一个治疗区去操控他。”

苏晚晚也点头说：“是的，如此一来，咱们先前所作的推理，就完全失去依据了。郭亦鸣案，并不是前两桩命案的延续，前面那两桩案子的性质也会随之改变，很可能是两桩并无关联的独立案件。”

“我觉得不会真的这么巧吧，郭亦鸣要杀的人是宁则高，而宁则高正好就是将宫小羽逼疯的潜在凶手，而郭亦鸣与宫小羽之间，竟然毫无关系。这一切，难道仅仅是巧合？”

“也许就是这么巧，正好郭亦鸣跟宁则高也有仇呢？”

“可是咱们昨天已经找郭亦鸣家里人调查过，他与被害人宁则高之间，完全扯不上关系，他母亲也无法解释郭亦鸣为什么会突然袭击宁则高呀。”曹亮疑惑地搔搔后脑勺，“除非他是无差别杀人，突然犯了精神病，在大街上随便找个人就往死里打，结果正好找上了倒霉的宁则高。而咱们则因为宁则高跟宫小羽的关系，硬生生把这起案子跟宫小羽扯在了一起。”

苏晚晚想了一下，说：“我也觉得这件事相当诡异，前后三个案子，如果拼到一起，有些情况无论如何说不通，但如果你说这是三个单独的，相互之间没有半点关系的案子，我又觉得其中有太多细节，已经不是能用巧合解释得了的。”

曹亮站在那道窄门中间，向左右两边看了看，再次向两名保安确认：“你们真的可以确定，这道门，无论什么时候，都只有医院的医生和护士可以进出吗？”

“当然，这个完全可以确定。”年长的那名中年保安认真地说，“无论是重症区的患者跑到普通患者这边来，还是普通患者跑进重症患者治疗区，对我们安保人员来说，都属于责任事故，一旦被发现，轻则扣奖金，重则开除，那可不是开玩笑的。”

“不过……”另一个年轻保安脸上现出犹豫的表情。苏晚晚瞧出了端倪，问他：“不过什么？”

那名保安说：“不过瑶姐是个例外。”“对对对，”中年保安也想了起来，“她算是咱们这里唯一的例外。”

苏晚晚问：“你们说的这个瑶姐，是谁？”

两名保安相互看一眼，很快就你一言我一语地说了起来。据他们所言，这个瑶姐，全名叫胡碧瑶，大约几个月前应聘到医院做保洁员，主要负责普通病患区的清洁卫生工作。她来到医院没多久，重症病患区这边有两个保洁员突然辞工走了，因为人手短缺，医院就让瑶姐同时兼顾一下重症病患区这边的保洁工作。瑶姐很爽快地答应了。于是有一段时间，她做完普通病患区的卫生保洁之后，又通过这道门，来到另一边的重症病患区协助这边的保洁员做清洁工作。所以当时她就成了除医生护士之外，唯一可以从这道窄门里穿梭往来两边的人。瑶姐三十六七岁的年纪，虽然一天到晚穿着蓝色工作服，但她那娇俏的身材，隆起的胸脯，姣好的面容，自是别有一番风韵，在这死气沉沉的医院里，也算是一道别样的风景线了。两名保安也常常跟她开一些不荤不素的玩笑，她也不恼，一笑而过。瑶姐两边兼顾的工作，大约做了一个月，后来重症病患区这边请到了保洁员，她就再也没有从这扇门里经过了。

“哎，你还别说，”年轻保安说，“我好像有一段日子没有看到她了，不知道是不是又辞工走了。”

中年保安感慨道：“她长得细皮白肉的，一看就不像做保洁的人，估计是嫌这活太累，就走了。像她那样的女人，长得不差，年纪又不算大，去哪儿不能找份轻松工作啊？”

苏晚晚与曹亮对视一眼，两人都从对方眼中看到一丝亮色。立即回到医院办公室，向院方负责人询问这个保洁员胡碧瑶的情况。

医院负责人告诉他们，这个胡碧瑶，是今年 6 月底的时候，应聘到医院来做保洁员的，中间大约有一个月时间，因为重症病患区那边缺少保洁人手，她两边都兼顾过一阵。但是她总共也只在医院干了两个多月时间，在 8 月底的时候，就辞职走了。

苏晚晚问：“这个女人在咱们医院，有什么让人觉得奇怪，或者说可疑的地方吗？”

医院负责人摇头说：“没有啊，医院保洁工作确实比较辛苦，干几个月就走人，也是很平常的。”

曹亮问：“医院还保留有她的照片吗？”

医院负责人说：“专门的照片，应该没有了，不过她辞职走人的时候，留下了工作牌，上面有她的工作照。”

苏晚晚说：“快拿给咱们看看。”

该名负责人低头在办公桌抽屉里找了好久，最后翻出一个蓝色工作牌，递给他们。

苏晚晚看了一下，工作牌上印着一个女人的大头照，从照片上看，女人眉眼俊俏，化着淡妆，颇有几分姿色。

“她入职的时候，应该登记过身份信息吧？”

“是的，她填写了员工入职表，还留下了身份证复印件。”医院负责人从文件柜资料盒里，找出一份用黑色钢笔填写好的表格，还有一张身份证复印件。

苏晚晚接过一看，身份证上的信息显示，这个名叫胡碧瑶的女人，今年38岁，户籍地在广东东莞。曹亮在旁边瞧着，不由得一愣：“广东人啊？怎么会跑到咱们这个小地方来当保洁员？”

医院负责人说：“这个女人我接触过，说话是本地口音，听上去不像是土生土长的广东人。你们知道的，如果是广东人，说话总会带点广东腔调的，对吧？”

曹亮思索着道：“那也就是说，这个胡碧瑶应该是咱们平京本地人，只是现在已经把户口迁到了广东东莞。”

苏晚晚反复看着那张身份证复印件和胡碧瑶的工作证，一直皱着眉头没有说话。

曹亮疑惑地看着她：“有什么发现吗？”

苏晚晚把胡碧瑶的工作证递到他眼前：“你仔细看看，这个女人长得像谁？”

曹亮歪着头认真看了一下，忽然一拍大腿：“哎，这个女人，跟宫小羽长得还挺像的呢，尤其是眉眼之间，那种神韵，几乎是一模一样的。”苏晚晚看着胡碧瑶的身份证复印件说：“我曾听宫小羽的奶奶说过，宫小羽的父亲出车祸死了，宫小羽的妈妈在广东东莞打工的时候，在那里改嫁了，一直没有再回来过。难道这个女人就是……”

“这个身份证复印件和工作证，我们先借用一下。”没待医院负责人回答，苏晚晚就已经拿着这两样东西，从精神病院跑出来，驱车直奔人民医院。

在病房里，他们见到了正在给孙女宫小羽擦拭身体的汤四妹。苏晚晚把她叫到一边，拿出那张身份证复印件和工作证，问她：“您认识照片上的这个女人吗？”

汤四妹眯着眼睛瞧一下，不由得愣住：“这、这不是胡蓉吗？”苏晚晚问：“胡蓉是谁？”汤四妹说：“就是小羽她妈。”苏晚晚心里已经有数，看来这个叫胡蓉的女人改嫁后，不但把户口迁走了，还给自己改了一个比较洋气的名字。

“她改嫁之后，就一直没有回来看过宫小羽吗？”曹亮问。汤四妹摇头说：“没有，只是偶尔给我打个电话，问一下小羽的情况，过年过节悄悄给我们汇点钱什么的。”

苏晚晚问：“那宫小羽出事之后，您打电话跟她说过吗？”汤四妹点头说：“说过的，小羽出了这么大的事，刚开始我都慌了神，一个人不知道该怎么办才好，唯一能打电话商量的人，就是她了。”

“那她有什么反应？”

“好像也没有什么反应啊，她说她丈夫对她管得很紧，她没办法回来，给我们打了些钱，叫我无论如何也要照顾好小羽。”汤四妹说到这里，抻起衣袖抹抹眼泪，然后又疑惑地看着两个警察，“我说你们，从哪里拿到她的照片的啊？怎么还改名字了？”

曹亮说：“经过我们警方调查发现，这个胡碧瑶，也就是宫小羽的母亲胡蓉，她最近曾经回来过，在宫小羽住过的精神病院里当了两个多月保洁员，不过现在已经辞工走了。”

“我就说呢，”汤四妹忽然一拍巴掌，把苏晚晚和曹亮吓了一跳，“每次我去精神病院探望小羽的时候，总有一个清洁工围着她转，帮她做这做那，对她很是照顾，只是她并没有跟我说过什么话，而且又一直穿着工作服，戴着口罩，我也没瞧出来，竟然是小羽她妈。她还知道回来照顾小羽，也算她还有点良心吧。”

曹亮本想告诉她，胡碧瑶可能牵涉到了警方正在调查的几起命案，但看到苏晚晚正悄悄冲自己摇头，就咳嗽一声，没有再说下去。他们从汤四妹那里拿到了胡碧瑶的电话号码，就离开了病房。

走出医院时，曹亮问：“师姐，你是怎么想的？”

苏晚晚抬起头，轻舒一口气，说：“案情已经基本明朗了，能同时跟邱大龙、王天旺和郭亦鸣三个精神病人接触，且又跟宫小羽有关系的，就只有这个胡碧瑶。很显然，咱们原先的思路大致上是对的，但把怀疑对象搞错了。操控三个精神病人杀人的，并不是宫小羽，而是她妈妈胡碧瑶。”

“我看你记下了胡碧瑶的电话号码，是要给她打电话吗？”

苏晚晚想一下，说：“还是不了，咱们先回去向宋队汇报一下，看他下一步的安排吧。”

两人回到刑警大队，将情况向队长做了汇报。宋铎皱起眉头说：“我现在最担心的，就是怕这个汤四妹会打电话告诉胡碧瑶你们在调查她，如果胡碧瑶事先得到消息畏罪潜逃，咱们就麻烦了。”

他掏出一支烟，叼在嘴里，点燃后猛吸一口：“不管怎样，咱们得立即采取行动，先向东莞警方发协查通报，请他们先将胡碧瑶控制起来，咱们再过去提人。”

苏晚晚点头说：“这个办法不错。”宋铎看了她和曹亮一眼，说：“已经快到午饭时间了，你们先去吃饭，我叫人向东莞警方发协查通报，有了消息，我再通知你们。”

中午的时候，苏晚晚正和曹亮在食堂吃饭，忽然手机响了，宋铎打电话给他们说：“东莞警方已经找到胡碧瑶，并将其控制起来了。你们俩辛苦一下，跟我去一趟东莞吧。”苏晚晚和曹亮扔下筷子，一抹嘴巴，起身就走。

三个人乘坐高铁到达广州，再转车到东莞，在东莞某派出所见到胡碧瑶，验明正身后，立即将其押上高铁。回到平京市，已经是半夜时分。宋铎问苏晚晚和曹亮，要不要先休息一下，等明天再审。苏晚晚和曹亮有些兴奋，说：“先审吧，要不然咱们回去也睡不着。”宋铎不由得哈哈一笑。

胡碧瑶很快就被带进了审讯室。审讯仍由苏晚晚主持，曹亮记录，宋铎在单向玻璃外面看着。

经过好几个小时的路途颠簸，胡碧瑶明显有了些疲态，脸色苍白，头发也凌乱地垂下来。当一名刑警要把她铐在审讯椅上时，她轻轻地说：“可以等我一分钟吗？”那名刑警一怔，抬头看向苏晚晚。苏晚晚微微点一下头。胡碧瑶把头上的发卡取下，将披散的头发一丝不苟地整理好，才向那名刑警点头致谢，并说：“可以了。”

“说老实话，我并没有想到你们居然能查到我头上来，更是做梦也没有想到，居然这么快就把我给抓住了。”

胡碧瑶把身子靠在审讯椅上，轻叹一口气，还没等苏晚晚开始审问，她就已经主动开口说了。

苏晚晚与曹亮交换了一个眼神，看来这一场审讯，并没有他们想象中的那么艰难。

“说说你的作案经过吧。”苏晚晚也放松下来。

“我对不起我女儿……”胡碧瑶的头缓缓垂下去，沉默了好久，才又重新开口说话。

就在女儿读小学四年级的时候，胡碧瑶的丈夫被车撞死了，司机肇事逃逸，死者家属没有拿到一分钱赔偿。后来为了生计，胡碧瑶跑到广东东莞去打工，在那边，她认识了一个做电子生意的比她大十多岁的本地男人，两人结婚后，她就将户口迁到了东莞，丈夫嫌她原来那个“胡蓉”的名字太老土，又叫她去派出所改了一个洋气的名字，叫胡碧瑶。婚后她陆续为丈夫生下两个孩子，一来婆家对她这个外来媳妇管得很严，要她断绝与老家的一切关系，更不能跟前夫的孩子有任何往来，二来自己带着两个孩子，也确实很忙，所以她这么多年，一直没有回过老家，只是偶尔背着丈夫跟宫小羽的奶奶打个电话，问一下女儿的情况，有时攒下一点私房钱，悄悄寄给她们。

就在今年6月中旬的时候，她忽然接到宫小羽奶奶打来的电话，说宫小羽在学校出事了，跳楼了，疯了，住进疯人院了。胡碧瑶一下子就蒙了，问到底是怎么回事，奶奶也说不出个所以然来。都说孩子是娘的心头肉，这么些年，胡碧瑶虽然因为种种原因没有回老家看过女儿，可是这个女儿，仍然是她在老家最大的牵挂啊。她跟丈夫说，自己有点急事，想回一趟老家，却遭到了丈夫及婆婆的反对。她知道这位婆婆在家里一向强势，就算是跪下来求她也没有用，于是第二天，她收拾了几件衣服，留下一封短信，就悄悄从家里跑出来，坐上了开往老家的高铁。

回到平京市，她立即去精神病院探望女儿，宫小羽看见她靠近，立即尖声惊叫，早已认不出她来了。看着披头散发、神志失常、不断狂呼乱叫的女儿，她的心像刀绞一般难受。好端端的一个孩子，怎么就变成疯子了呢？走出精神病院的时候，她撑不住靠在大门边的墙壁上，伤心恸哭起来。

她到女儿的学校一打听，才知道女儿是被一个叫陈觅的男生给害的，这个男生跟女儿谈恋爱，让小羽怀上了他的孩子，而他却甩手不管，想要跟她分手。小羽爬上学校五楼楼顶，以死相逼，想跟他复合，结果这个男生不但不同意，还动手将小羽从楼顶推下，直接导致小羽受到过大的刺激，患上了精神分裂症。

正在她怒气冲冲，想找这个叫陈觅的学生去讨个说法时，却又调查到，其实陈觅只是一个背黑锅的，真正将女儿逼疯的，是她的班主任宁则高。宁则高在自己办公室性侵小羽，导致她连惊带吓，受到强烈刺激，而神志失常，住进了疯人院。胡碧瑶不由得对这位宁老师恨得咬牙切齿，在文学院大楼附近转了两天，想一刀宰了这个衣冠禽兽，为女儿报仇雪恨，但是当宁则高真的出现在自己眼前时，却又不知道该如何下手。

胡碧瑶第二次去精神病院探望女儿的时候，在病房外面的走廊里碰到一个男病人，突然拉住她的手神情激动地说："琴琴，你终于来了！这么长时间，你都去哪儿了？让我找你找得好苦哇！你为什么要突然离开我，是不是有人逼你的？是不是别的男人欺侮你了？你告诉我他是谁，我很快就要从这破医院里出去了，我出去后，一定弄死他，为你报仇……"胡碧瑶吓了一跳，立即挣脱开去，踉踉跄跄地跑了。

跑到医院门口，胡碧瑶却又忽然停住，很显然，刚才这个男人认错人了，把她当成他那个叫琴琴的女人了，也不知道这个"琴琴"到底是谁，看起来跟这男人关系不一般，否则这男人也不会为"琴琴"要去弄死别人。当想到"弄死别人"这几个字时，她心里猛然一跳，如果真的能让他把我当成"琴琴"，然后告诉他欺侮我的那个臭男人就是宁则高……想到这里，她终于有了一个既能对付宁则高，为女儿报仇，却又不会让警方怀疑到自己身上的复仇计划。一抬头，正好看见医院门口贴着一张招聘保洁员的启事，她想一下，就走进医院办公室，应聘成了精神病院的一名保洁员。

她一边在医院做保洁，一边暗中打听那个名叫王天旺的精神病患者的情况，知道他家里经济困难，已经没有钱向医院支付后期治疗费，他很快就会被医院强制出院，就更加坚定了自己的想法。首先，她寻找机会接近王天旺，也不知道是她真的长得跟那个琴琴很相似，还是怎么的，王天旺一看见她，就纠缠住她，叫她琴琴，向她表白自己的心意，她也并没有拒绝，配合着他，把自己真的当成了她的未婚妻"琴琴"。

有一次，王天旺在走廊拐弯处抱住她，要亲她的时候，胡碧瑶忽然伤心地哭起来。王天旺急忙放开她，问她怎么了，胡碧瑶就说："你不是一直想知道我离开你的原因吗？那我现在就告诉你，我被一个大坏蛋拍了裸照，他用照片威胁我，叫我离开你，还把我关起来，叫我做他的地下情人，我不同意，他就打我，凌辱我。我是费了好大的劲才逃出来找你的。”

王天旺气得抡起拳头，狠狠地砸在墙上：“快告诉我，那个王八蛋是谁，我出去之后，一定要杀了他，只有杀了他，我们才能安安心心地在一起。”胡碧瑶见时机已到，就拿出手机，打开在文理学院偷拍到的宁则高的照片给他看：“就是这个男人，他是平京文理学院的老师。”王天旺盯着那张照片看了好久，像是要用眼睛里的怒火，烧死这个欺侮过“琴琴”的男人一样。

胡碧瑶为自己高明的复仇计划高兴了好久，可是后来一想，这个人毕竟是个精神病人，别看他当着她的面说得好好的，谁知道他出院之后，会不会真的向宁则高动手呢？不行，我得多找几个这样的“杀手”，只要他们之中，有一个人成功了，我的目的就算达到了。于是紧接着，她又找到了邱大龙。因为邱大龙也跟王天旺一样，拖欠了医院不少医疗费，估计再不交钱，就算病没治好，也很快就会被从医院赶出去。

她开始借助打扫卫生的机会，单独接触邱大龙，邱大龙虽然是个人见人怕的武疯子，但长这么大，还没有正儿八经谈过恋爱，更没有跟女人亲密接触过，虽然他脑子不太好使，但生理是正常的呀……这一来二去，就彻底迷上了胡碧瑶。胡碧瑶见时机已到，又故技重施，拿出手机打开宁则高的照片说：“这个男人，是文理学院的老师，一直在纠缠我，如果你想跟我一辈子在一起，就先替我把这个大麻烦给彻底解决。”邱大龙这时已经被她迷住心窍，当即点头答应，说：“行，我一出去，就一刀宰了这个王八蛋，看他以后还敢不敢来纠缠你。”

有一次，宫小羽被护士带出来，到外面院子里散步的时候，不小心弄脏了一个中年妇女的衣服，那个女病人居然大发雷霆，要动手殴打宫小羽。于是后来，胡碧瑶又私下里对王天旺和邱大龙说，宫小羽是她的亲戚，叫他们以后护着她一点。两人自然点头答应，后来再有人欺侮宫小羽，两人果然挺身而出，将她保护起来。

再后来，胡碧瑶被允许到重症患者治疗区去做清洁，一个叫郭亦鸣的杀人犯病人，一直在跟她说对不起对不起，她顺口回了一声“没关系”，不承想这个郭亦鸣就立即拉住她，将她抱在怀里，激动地说：“郑茹，你终于肯原谅我了，你终于肯跟我说‘没关系’了……”胡碧瑶曾经听说过他的事，知道他把她当成自己死而复生的妻子了，心里想着，这可不正是一个好机会吗？于是半推半就间，就被郭亦鸣压倒在了病床上。

后来胡碧瑶听郭亦鸣告诉她，家里人已经帮他疏通了关系，他很快就可以离开这个鬼地方了。于是她又拿出宁则高的照片，告诉他说：“我以前之所以会做出对不起你的事，全都是因为这个男人害的，他叫宁则高，是平京文理学院的老师，只要他还活在这世界上一天，我心里就总有一个疙瘩解不开。”郭亦鸣盯着照片上的宁则高说：“行，我出去之后，立即就去找他，这个王八蛋把咱们俩害得这么惨，我要是让他活着过大年，我就不姓郭了。”

胡碧瑶用相同的方法，在医院里为自己找了五名潜在的“杀手”，但实际上只有三个人出院之后，真的动手杀人了。最先出院的是邱大龙，然后是王天旺，可惜的是，他们凭着记忆里的照片，都认错人了，杀了跟宁则高长得有几分相似的董行和索海洲。直到郭亦鸣出手，才算是找到了真正的宁则高。

胡碧瑶在医院当保洁员，一直干到 8 月底，才辞职回广东。回去之后，她告诉丈夫说，自己回了一趟老家去看望女儿，坐火车回来的时候，没想到遇上人贩子将她迷晕，带到了一个深山里，被关了两个多月，她费了好大劲才逃出来。她还挽起衣袖，把身上那些自己弄出的伤痕露出来给丈夫看，说是人贩子打的。她丈夫将信将疑，还陪她去当地派出所报了警。

胡碧瑶觉得自己借刀杀人，操控精神病人为女儿报仇的计划，神不知鬼不觉，简直是天衣无缝，警方绝对查不到自己头上来，却没有想到，这才没过多久，警方居然就跑到广东把她给抓回来了。当她看到老家来的警察朝她亮出逮捕证，她就知道，一切都完了……

说到最后，胡碧瑶在审讯椅上坐正身子，抬头看看苏晚晚，问：“苏警官，那个宁则高……他死了吗？”

苏晚晚摇头说：“没有，但他被郭亦鸣打成重伤，现在还躺在医院里没有醒来。”

“老天无眼，这个畜生，把我女儿害成那样，他怎么不去死……”胡碧瑶忽然低下头去，放声大哭起来。

“问问她，还有两个隐藏的‘杀手’，是谁？”宋铎在无线耳机里对苏晚晚说。

苏晚晚点点头，待到胡碧瑶哭声渐止的时候，才问她：“你说你在精神病院里，一共唆使五名病人出来为你杀人，除了邱大龙、王天旺和郭亦鸣，还有两个人是谁？”胡碧瑶想了一下，才说出另外两个人的名字。

宋铎立即在审讯室外打电话到精神病防治医院，医院值班人员说，这两名患者均已出院。宋铎请他一定要通知到这两名患者家属，务必看管好这两名精神病人，以防再次发生精神病人伤人事件。对方很重视这个事，表示会马上跟这两名患者家属联系。

而审讯室里的工作，则仍然在继续。苏晚晚看着胡碧瑶问：“就因为你听信学校里的传言，以为是宁则高教授将你女儿逼疯的，于是就采取了这样疯狂的报复行动，最终导致两个无辜的人被杀，宁教授也重伤入院。你不觉得自己的行为太过草率了吗？”

“我完全没有想到，邱大龙和王天旺居然会认错人、杀错人，我、我很抱歉……”胡碧瑶很快又咬紧牙关道，“但是对于宁则高这个衣冠禽兽，我一点也没有冤枉他，他确实欺侮了我女儿，我们家小羽就是他逼疯的，他、他死有余辜！还有，我并不是听信了别人的传言，我是有证据的。”

“你有什么证据？”苏晚晚盯着她。

“是我女儿亲口说出来的。”

“你女儿说的？”苏晚晚和曹亮都感觉到有些意外。

“是的，我曾不止一次听见我女儿在睡梦中惊恐大叫‘你这个流氓，你别过来，你别碰我……放开我，放开我……啊……’我当时还用手机录了音，不信你们可以把我的手机拿过来，我放给你们听。”

苏晚晚点点头，叫人将她的手机拿过来。胡碧瑶从手机里翻出一段录音，点击播放，手机里很快传出一个少女惊恐的尖叫声：“你这个流氓，你想干什么，别扯我衣服，快放开我……别碰我，别碰我……啊……”最后那一声凄厉的惨叫，简直让人听得毛骨悚然。

苏晚晚并没有听过宫小羽的声音，无法判断这是否真的是她说的话，想了一下，还是把这段录音发送给陈觅，问他这是谁的声音？陈觅说：“这就是宫小羽的声音啊。”又问她，“这是怎么回事？你们是从哪里录到的她的叫喊声？”

苏晚晚觉得此案还在侦讯阶段，不宜向外公开，就说是有人碰巧录下了宫小羽说梦话的声音。

陈觅在电话里骂了一句脏话，说：“看来我并没有说错，宫小羽完全就是被宁则高这个王八蛋逼疯的。他现在躺在医院里，也算是报应，如果那个郭亦鸣下手再重一点就好了。”

苏晚晚虽然不大相信自己的老师竟然会做出这种有违师道的事，但面对种种证据，她对老师的信任，也开始渐渐动摇起来。也许真如陈觅所说，人总是会变的，这么些年不见，宁老师也许真的早已不是当初那个一身正气意气风发的宁老师了。

这场夜审，一直持续到凌晨3点多才结束。虽然通过审讯，先前的种种疑问，都有了合理的答案，但苏晚晚的心情，却显得有些沉重。

宋铎看到她眼睛里布满血丝，就说：“今天就到此为止，你跟曹亮赶紧回去休息，什么也不用想，好好睡一觉，明天上午不回单位上班也没关系。”

第二十章　性侵者

苏晚晚被手机铃声吵醒的时候，正是早上8点，她从枕头边抓起手机，眯着眼睛一看来电显示，是队长。她接通电话后说："宋队，你不是说今天上午让我们好好补充睡眠的吗？"

宋铎在电话里连声说抱歉："现在情况有了些变化。"

苏晚晚翻了个身，问："什么变化？"

"刚才医院给我打来电话，说宁则高已经醒过来，我想过去看看，如果情况允许，再顺便问他几个问题。不知道你有没有兴趣跟我一起去？"

"当然有啊，你等我，我马上到。"苏晚晚立即翻身起床。宋铎在电话里笑起来，说："那行，我在单位门口等你，你顺便也把曹亮叫上吧。"苏晚晚说好的，挂断电话后，又立即给曹亮打电话。

十多分钟后，她和曹亮同时赶回刑警大队，宋铎已经开着警车在大门口等着他俩。两人上车后，宋铎一打方向盘，将警车往第二人民医院方向开去。因为宁则高是严重颅脑损伤，被120救护车拉走后，很快就转到了拥有全市最顶尖脑外科专家的第二人民医院。

在病房里见到宁则高时，他整个头部都已经被厚厚的纱布包裹起来，只露出眼睛、鼻子和嘴巴在外面。医生说经过医院全力抢救，先后给他做了颅骨骨折手术、开颅血肿清除手术和头皮清创缝合手术，现在情况已经基本稳定下来。患者于今天早上自然苏醒，目前头脑清醒，可以跟人交流，但要注意控制时间，不能说话太久。

正在闭着眼睛休息的宁则高听到声音，微微睁开眼睛，看见来了几个警察，轻轻叹一口气，又把眼睛闭上了。

苏晚晚走到病床前，轻声问："宁老师，你感觉好些了吗？"

宁则高用虚弱的声音说："好多了，估计这条命是捡回来了。"

"打伤您的凶手，已经被我们当场抓住，据调查，凶手也是一名精神病人，刚刚从精神病防治医院出院。"

"又是一个精神病人？"宁则高睁开眼睛看着她，"难道陈觅的推理是对的，真的有人指使那些精神病人来杀我？"

苏晚晚点点头："是的，最近在文理学院发生的三起案件，三个凶手都曾在精神病防治医院住过院，都是受了别人的唆使，才来杀人的。三个人的目标都是你，只不过前面两个人认错了对象，错杀了董行和索海洲。与我们原来的推理唯一不符的地方是，那个幕后指使他们出院杀人的人，并不是宫小羽。"

"那是谁？"

"是宫小羽的妈妈胡碧瑶。"苏晚晚简单地把胡碧瑶的作案经过说了一遍。宁则高听完，又是一声叹息，闭上眼睛，陷入了长久的沉默。

宋铎盯着他问："宁教授，我们再问你一次，宫小羽坠楼当天，你究竟有没有对她有过性侵行为？她神志失常，到底是不是你逼的？"

宁则高并没有出声，也没有睁开眼睛，但他的眼睫毛快速地眨动两下，显示出他内心深处，正在做着某种激烈的思想斗争。

宋铎的声音变得冷峻起来："你想用沉默来逃避警方的调查，已经是不可能的了，我们现在已经掌握了一些证据，所以你最好是跟我们说实话。"他看看苏晚晚，苏晚晚明白队长的意思，立即拿出手机，将那个录音播放给宁则高听。

"你这个流氓，你想干什么，别扯我衣服，快放开我……别碰我，别碰我……啊……”

播放录音时，苏晚晚一直盯着宁则高看，虽然因为缠着纱布，看不清他脸上的表情，但当手机里传出宫小羽那一声凄厉得几近哀号的叫声时，宁则高闭合着的眼睑忽然剧烈颤动起来。

“你们不用再去调查了，”他忽然睁开双眼，眼睛里却是一片死灰的表情，“我承认，你们的推断是对的，那天在办公室，我确实想对宫小羽实施性侵，但遭到她激烈反抗。她还用指甲抓伤了我的脖子，我恼火地动手打了她，她从我办公室跑出来，然后就疯了……”说完最后一个字，他好像卸下了一副千斤重担，头往后一仰，长长地舒一口气。

宋铎看看两名下属，苏晚晚和曹亮也在看他，三人都从对方眼中看到一丝意外的表情。尽管这个结果他们早已猜到，但却没有料到，先前一直矢口否认的宁则高，这次居然会这么爽快地全盘招供。

宋铎把医生拉到一边，问：“他大概什么时候能出院？”

医生回头看一眼宁则高，有些为难地说：“这个就比较难说了，估计十天半月之后，他基本能恢复过来，但颅脑损伤对他造成的影响到底有多大，目前我们正在观测和评估中，至于他什么时候能完全康复，或者说能否恢复到以前的状态，现在还不好说。”

宋铎跟他握一下手：“那就辛苦你们了，等他基本恢复过来，能接受警方审讯的时候，麻烦你打个电话给我。”

从医院走出来的时候，他对曹亮说：“回头叫两个同事过来，轮流在宁则高病房门口守着，他现在是咱们这个连环案最关键的人物，可别让他从医院里溜走了。”

曹亮点头说：“好的。”

两天后，苏晚晚正在办公室对着电脑整理这起连环案的相关资料，准备写结案报告，手机忽然响了，是陈觅打过来的。

陈觅在电话里问：“苏警官，听说宁则高已经承认自己曾对宫小羽有过性侵行为，是吧？”

“你怎么知道的？”苏晚晚一怔，“这事警方好像还没有对外公布吧？”

“我们学校早就已经传开了。听说是学校有老师去医院探望宁教授时，听医院的医生说的。”

苏晚晚只好点头说：“是的，他已经承认了，过程跟你推断的差不多，他在办公室意欲性侵宫小羽，遭到宫小羽激烈反抗，他动手打了她，宫小羽受到刺激，精神就崩溃了。再后来，因为宫小羽母亲的参与，让这个案子变得更加复杂起来……”

“宫小羽的母亲？”陈觅在电话那头吃了一惊。

苏晚晚简单地跟他说了指使邱大龙等三名精神病人杀人的幕后真凶，并不是宫小羽，而是其母亲胡碧瑶的案情。最后她以略显轻松的口气说：“不管怎么样，这个案子总算有了个结果，我这儿正准备写结案报告呢。”

“那个……”陈觅在电话里犹豫一下，说，“苏警官，你先别急着写结案报告，能不能请你再过来一下，我这里还有些新情况，想跟警方反映一下。我在三味食屋等你，咱们不见不散！”

“你还有什么……”苏晚晚刚想问问具体情况，对方已经挂断电话。她只好苦笑着摇摇头，关了电脑，从办公室走出来，驱车来到文理学院。

她走进三味食屋时，陈觅果然已经在那里等着她。她坐下后才发现，陈觅身边还坐着一名戴眼镜的男生。

陈觅看到她脸上疑惑的表情，就解释说：“他叫辛浩，是咱们学校电子科学与技术系三年级学生。准确地说，是他有一些关于宁则高案的新线索，想要提供给警方。”

“是吗？”苏晚晚把目光转向那个男生。那个名叫辛浩的男生似乎有点害羞，脸红了一下，什么也没说，就拿出手机，点击打开一段视频，播放给她看。

苏晚晚身子前倾，往手机上看一下，也不知道那视频是用什么设备拍摄的，摇晃得厉害，还有嗡嗡的噪声。

视频里，先是出现了一片红白相间的马赛克，她看了好一会儿才明白过来，那其实是一堵贴着马赛克的墙壁。突然，镜头急速向下滑动，在一个窗帘没有完全拉上的窗户前一晃而过，窗户里面，似乎有人影在晃动。

苏晚晚完全没有看明白这是什么意思。辛浩又重新操作手机，将视频进行慢放，画面一帧一帧向前推进，苏晚晚这才看清楚，透过没有完全被窗帘遮住的窗户看进去，可以看到屋里有一个女孩儿，正被一名年轻男子压倒在地上，女孩儿在激烈挣扎，男子极力想控制住她……镜头只是一闪而过，正常播放的情况下，估计也就二三秒钟的时间。

"这个是……"苏晚晚看看辛浩，又看看陈觅，仍然是一脸莫名其妙的表情。

辛浩说："苏警官，情况是这样的，我学的是电子科技专业，平时喜欢玩点高科技什么的。今年 6 月的时候，我自己动手制作了一架遥控飞机，在上面安装了摄像头。那天早上，我正在试飞自己的飞机，不知道哪里出了故障，后来飞机失控，掉在了文学院教学大楼后面的花坛里。当时我也没怎么在意，把飞机捡回来，就锁在了宿舍的柜子里。直到今年国庆假期，我跟女朋友到公园去玩，带着这架飞机航拍了一些视频，回学校回看视频的时候，才发现上次飞机失控从文学院后面掉下来，居然凑巧拍到了一个这样的镜头。因为视频里事件发生的时间，已经过去好几个月，我也没怎么放在心上。直到两天前，我听人说了咱们学校宁则高教授在办公室性侵那个叫宫小羽的女生的事，才想起这一段视频来，又去电脑里看了一下回放，觉得这个镜头，好像就是从宁教授办公室后面拍到的，而且从视频右上角记录的时间来看，正是事发当天早上。后来我又特意到宁教授办公室后面窗户那里看了一下，可以确信的是，那个一闪而过的镜头，确实是从那个窗户前拍摄的。"

他说得太过急促，忽然捂着嘴，使劲咳嗽起来，苏晚晚急忙将桌上的茶杯递给他。

陈觅看看辛浩，接着他的话往下说："辛浩觉得他无意中拍摄到的这几秒钟的视频，很可能跟宁教授的事有关，但又不能百分之百确认，所以不敢直接跟警察说，想来想去，因为学校的人都知道我一直在调查宫小羽的事，所以他就拿着视频来找我。我看过之后，首先确认了三件事，就是时间、地点和人物。首先说地点，经过我们再三实地察看，那段视频确实是飞机从宁教授办公室后面失控坠落时，无意中抓拍到的。再从视频上面的时间记录来看，拍摄时间是今年 6 月 13 日早上 7 点 29 分，正是宫小羽进入宁则高办公室不久。再看人物，我们将视频截图放大后可以看到，那个被人压倒在地上的女生，确实就是宫小羽。”

说到这里，他又从辛浩手机里打开一张截图照片，放大后给苏晚晚看，苏晚晚仔细辨认，确实可以看得出来，那个倒在地上的女生，就是宫小羽。而那个压在她身上的年轻男子，虽然只露出一个侧脸，但看上去显然并不是宁则高。

苏晚晚似乎渐渐明白了他的意思，不由得皱起眉头说：“你的意思是说……”

陈觅点头说：“你想得没错，当天早上，在宁则高办公室性侵宫小羽的，很可能不是宁教授，而是这名年轻男子。”

“那这名年轻男子，又是谁？”

陈觅说：“对该名男子的身份，我稍微做过一些调查。宁则高教授很早就已经离婚了，至今没有再婚，他与前妻有一个儿子，名叫宁恒，今年 26 岁，在省城医科大学读完博士出来，刚刚进入省城一家大医院工作。他曾在 6 月中旬回咱们平京市看望宁教授。宁恒有个从小玩到大的好朋友，现在在咱们学校做助教。据这位助教说，宁恒回平京市的那天，是 6 月 12 日，当天晚上他和宁恒，还有其他几个朋友，一起相约到酒吧喝酒，后来又去 KTV 唱了一个晚上的歌，直到第二天，也即 6 月 13 日凌晨，两人才一起回到学校。他本来要找个安静的地方让宁恒休息，宁恒说没事，在他老爸办公室的沙发上躺一下就行了。而 6 月 13 日，正是宫小羽在宁则高办公室遭遇性侵的那一天。”

苏晚晚盯着他问：“你的意思是说，当时在办公室意欲性侵宫小羽的，并不是宁则高，而是他儿子宁恒？”

“是的，我从那个助教那里找到了宁恒的照片，你看看。”陈觅在自己手机里打开一张照片，照片上是一个戴黑框眼镜的年轻人，面庞清秀，一脸的书卷气。苏晚晚将这张照片，与辛浩手机里的视频截图对比着看一下，基本可以确认，视频中那个将宫小羽压倒在地上的年轻男子，就是宁恒。

陈觅关上手机后，说出了自己的推理：“6 月 13 日早上，宁教授把宫小羽叫到自己办公室谈事情，后来因为有什么急事，他短暂出去了一下，把宫小羽单独留在了自己的办公室。而就在这个时候，正好睡在办公室角落沙发里的宁恒醒了过来，借着一股酒意，就开始对宫小羽动手动脚，甚至将她按倒在地上，意图实施性侵，但遭到宫小羽拼命反抗。辛浩的视频，拍摄到的就是这个时候的情形。没过多久，宁则高回到办公室，制止了儿子的荒唐行为，并且要求宫小羽不要报警，不要把这件事说出去，宫小羽不听，于是这对父子就对她露出凶残面目，连打带骂地威胁她。宫小羽受此惊吓和刺激，最终精神崩溃，神志失常，住进了疯人院。后来我调查这件事，宁则高自然不敢说出实情，只能谎称宫小羽是因为投稿参赛没有获奖，心理落差太大，而患上精神分裂症的。及至后来，宫小羽的母亲胡碧瑶因操控精神病人杀人而落网，你们警方再次调查到宁则高头上，他才知道，这次是无论如何也糊弄不过去了，为了保护自己的儿子，他只好违心地承认，当日性侵宫小羽的人，是他自己。”

“原来如此。”苏晚晚听完他的推断，脸上露出恍然大悟的表情，好像心中某个困扰自己好久的疑团，终于得到了合理的解答，“我就说那天在医院，宁老帅为什么会那么直接而爽快地承认，宫小羽是他逼疯的，其实当时咱们手里只有几句宫小羽的梦话录音，里面也没有指名道姓说那个流氓就是他，咱们并没有直接证据指向他，如果他一定要矢口否认，咱们也拿他完全没有办法。他当时突然承认是他对宫小羽做了有违师德的事，我和队长都感觉到很意外。”

“这就对了，他是为了不让警方继续调查下去，以免查到他儿子宁恒头上，所以只好出此下策，连自己的老脸也不顾了，把一切罪责都承担下来。”陈觅仿佛为自己的推理找到了进一步的印证。

苏晚晚让他们把这个视频和照片发到自己手机上：“非常感谢你们给警方提供线索，我马上就回去跟队长汇报这个情况。”她招手叫来一名女服务员，替陈觅和辛浩点了餐，付款后说，“已经到午饭时间了，这顿我请。我还有事，先走了。”

她起身离开时，陈觅忽然叫住她，从后面赶上来说：“苏警官，如果你们对宁恒的调查有了结果，能不能通知我一声？我也很希望宫小羽的事情，能早日有个说法。”

苏晚晚看他一眼，爽快地点头答应：“行，没问题，你的推理，帮助咱们警方少走了许多弯路。如果案子有新的进展，只要纪律允许，我一定第一时间告诉你。”

她回到刑警大队，将这个线索，向队长做了汇报。宋铎摸着下巴说：“竟然有这样的事？看来咱们现在准备结案，还为时过早啊。”

旁边的曹亮听了之后，说：“宋队，原来宁则高这家伙根本就没有对咱们说实话，你说咱们要不要现在再去医院提审他？”

宋铎摆手说：“不用了，一是他现在身体还没有恢复过来，根本应付不了咱们的审讯，二是他既然抱定替儿子顶罪的决心，仅凭这段不到三秒钟的模糊视频，他也肯定不会对咱们说实话。”

苏晚晚问：“那咱们该怎么办？”

宋铎在办公室踱了一圈，抬头说：“我觉得这事，还得从他儿子宁恒身上打开缺口。对了，他儿子在哪里上班来着？”

苏晚晚说：“他刚读完博士，现在在省中医院做医生。”

宋铎把手一挥："行，你们跟我一起，咱们现在就去省城，会一会这个宁博士。"

三人坐上警车，由队里的专职司机周师傅开车，从平京市出来，上了高速，三个多小时之后，来到省城。又绕了几条街，来到了省中医院。先是通过门口的保安，跟医院保卫科打了招呼，再由保卫干部，把宁恒叫到医院一间僻静的办公室。

宁恒是个身形颀长、皮肤白净的小伙子，眉目之间，依稀有他父亲的影子，穿着一身白大褂，一阵风似的推门进来，听说有三个警察从老家跑过来找他，他很是有些意外。在办公室分别跟宋铎三人握一下手，见办公室没有办事员，就自己动手，一边给三人倒茶，一边问："不知道你们大老远过来找我，有什么事？"

宋铎先是跟他说了自己三人的身份，然后问他："你父亲出事了，你知道吗？"

宁恒的目光暗了一下，说："知道了。那天晚上，平京文理学院的人给我打电话，说我父亲被一个精神病人用铁棍打伤脑袋，住进了医院。我连夜赶回去，当时我父亲已因颅脑损伤，陷入重度昏迷，情况危在旦夕，是我签字把他转到治疗条件更好的第二人民医院去的。我在医院陪着他做完开颅血肿清除手术，他虽然没有清醒，但各项生命体征已经趋向平稳，应该已经没有生命危险，因为我工作的医院这边，还有几个急症病人在等我，所以我只在病房里陪了我父亲一天，就不得不赶回省城上班。我听说我父亲已经苏醒过来，情况正在好转，正准备这两天忙完手里的活，就回平京看他。怎么，你们来找我，是不是因为我父亲他……"

宋铎忙摆手说："你父亲没什么事，他现在还在医院，正在康复之中。不过，你知道打伤你父亲的凶手，是什么人吗？"

宁恒抬头看着他："不是说，凶手是一个流落街头的精神病人吗？"

宋铎点一下头："打他的确实是一个精神病人，但他袭击你父亲，并不是偶然事件。他是有准备，有目的的。”

“是吗？难道说他跟我父亲有仇？”

苏晚晚说：“你父亲跟他没有仇，他是受了别人的唆使，才会对你父亲下毒手的。唆使他袭击你父亲的，是一个名叫胡碧瑶的女人，胡碧瑶是宫小羽的母亲。”

“宫小羽？这个女孩儿我见过啊，她是我父亲的学生。”宁恒一脸茫然，“宫小羽的母亲，为什么要叫人袭击我父亲呢？”

宋铎盯着他问：“其中的原因，你真的不知道？”

宁恒摇摇头：“真的不知道啊。”

苏晚晚看看队长，宋铎也正在看她，两人都在心里说，看这家伙一脸无辜的表情，装得还真像啊！

苏晚晚说：“其中牵扯到的缘由，已经是上半年发生的事了，具体来说，是今年 6 月 13 日早上，你父亲把宫小羽叫到自己的办公室，没过多久，宫小羽就从他办公室跑出来，然后她就神志失常了。而宫小羽的母亲则认为，你父亲在办公室对宫小羽有过性侵行为，是你父亲将她女儿逼疯的，所以她就暗中指使几个精神病人来杀你父亲，为她女儿报仇。”

“你开玩笑的吧？”宁恒顿时瞪大了眼睛，“这怎么可能，我父亲怎么会对他的学生……”

宋铎冷声道：“很可惜，你想错了，你父亲已经向我们承认，他当时确实曾对宫小羽有过性侵行为，他觉得自己被打，一点也不冤。”

“这就更不可能了，”宁恒大声道，“除非我爸被那一棍子，把脑子给打坏了，才会说出这样的胡话。”

“我们也觉得他不可能做这样的事，”苏晚晚说，“但是他在医院里说出这番话时，脑子一点也不糊涂，相反地，他当时的神志十分清醒。一般来说，正常情况下，一个人是不可能承认自己没有犯过的罪行的，除非……”

“除非什么？”

“除非是为了掩盖更大的秘密。”

“更大的秘密？”宁恒愣了一下，“那是什么？”

宋铎踱到他跟前，盯着他一字一顿地道：“那就是，当天早上，在他办公室性侵宫小羽的人，不是他，而是他最为得意的儿子——你！为了不将你的丑行暴露出来，为了不影响你美好的前程，他只好站出来替你顶罪。”

“怎么还扯到我身上来了？”宁恒一副没有反应过来的表情。

苏晚晚拿出手机，将那段视频慢放给他看：“这是你爸学校的一个学生在玩自制的遥控飞机时，无意中从你父亲办公室后面窗户缝隙里拍摄到的。这应该是当时你正将宫小羽压倒在地上，对她实施性侵的场景吧？你肯定做梦也想不到，自己在干坏事的时候，居然被一架从天而降的遥控飞机无意中给拍到了吧？”

“你们不会想告诉我，这就是你们认定我性侵我父亲学生的证据吧？”宁恒指着手机，哈哈大笑起来，“你们这玩笑，也开得太大了一点。”

宋铎虎着脸说：“严肃点，你觉得我们是在开玩笑吗？”

宁恒收住笑说：“好了好了，我不跟你们说笑了，还是让我来告诉你们当时在我爸办公室里，到底发生了什么事吧。”

因为前一晚，跟几个朋友玩嗨了，闹腾了一个晚上，直到第二天，也就是 6 月 13 日早上，宁恒才来到文理学院，躺在父亲办公室后面的沙发上，睡了一觉。他父亲的办公室挺大的，前面有一张书桌，是办公的地方，中间横着一道两米多长的屏风，把后面隔出一小块，放着沙发和茶几，是休息的地方。当时他就是躺在屏风后面的沙发上睡觉的。

就在他睡得迷迷糊糊的时候，听见父亲带了一个女生到办公室谈话。说的好像是前一天晚上发生的一件什么事情，他父亲交代那个女生应该怎么去做，女生好像不太能接受。他们说话的声音不大，加上当时宁恒正睡得蒙眬，根本没有听见他们具体讲了些什么。

后来，那个女生不知怎么的，突然大叫起来，他父亲像是怕引起别人注意一样，急切间想去捂住她的嘴，谁知那个女生——后来宁恒才知道她叫宫小羽，却“扑通”一声倒在地上，翻着白眼，四肢乱抖，全身抽搐。他父亲顿时慌了神，忽然想起儿子是个医生，急忙跑到后面叫醒他，请他帮忙急救。

宁恒跑出来一看，很快就判断出宫小羽是由于受到刺激，情绪激动，而引发的癔症性癫痫，当即俯下身，对其进行急救。警方手里这个视频，拍摄到的场景，应该正是他俯身救护宫小羽的情景。而当时他父亲因为被屏风挡住，所以没有被拍摄进来。由于他施救得当，宫小羽很快就苏醒过来，恢复原状。他和父亲将她扶起，正要让她坐下休息，她忽然又狂躁地大喊大叫起来，他父亲怎么叫也叫不住她，后来她又一把推开他们，拉开门跑了出去。他父亲担心她出事，也跟着追出去，但跑得没有宫小羽快，很快就不见了她的踪影。他父亲没有办法，只好掉头回到办公室。然后没过多久，就听说那个女孩儿跳楼了……

作为一个医生，这种事虽然不太常见，但也不算是什么稀罕事儿，所以宁恒当时也并没有过多关注。当天下午，他就跟父亲告别，回到了省城。

最后，宁恒推推眼镜说：“在我的印象中，我爸叫学生到自己办公室谈事情，无论是男学生还是女学生，他一般都会敞开办公室的门，这次叫宫小羽进来，却关上了门，好像两人要谈什么秘密一样，这个确实有点出乎我的意料。但是你们要说我父亲当时对宫小羽有过性侵行为，我觉得这简直是荒天下之大谬。要知道当时我就睡在屏风后头，就算我父亲真要做什么见不得人的事，也不会挑儿子在旁边的时候做吧？”

“但是你自己呢？”苏晚晚又在手机里把那个视频看了一遍，“从视频画面来看，当时你正骑在宫小羽身上，一边控制住她的手，一边还在摆弄她的身体，这像是在抢救病患吗？”

宁恒不由得笑起来：“让我来给你们普及一下医疗常识吧，针对这种癔症性癫痫发作的病人，抢救时有两个要领，第一，不能让她咬着自己的舌头，第二，不要放任患者弯腰屈体。当时我是跨坐在患者双膝处，一方面尽量控制住她乱抓乱抖的手臂，另一方面尽量保持其身体伸直不要弯曲。你们再仔细看看视频，如果我真的要对她实施性侵，一只手控制住她双臂，另一只手就应该去扯掉她的衣服，而不是去将她的身体扳直。你们好好看一下，当时我有扯下她衣服的动作吗？”

宋铎又看了一遍视频，确实如他所言，他将宫小羽控制住之后，并没有撕扯她衣服的行为。

第二十一章　淹死的邻居

星期五晚上，陈觅回到家，刚吃罢晚饭，他妈妈就换上一件浅红色毛衣，洒上一身香水，骑着电动车匆匆出门了。陈觅想起上次在莲花湖公园阴暗处，看见的那个与老妈相似的身影，心里一动，急忙推出自行车，悄悄跟在老妈后面。

金慧芬骑着电动车，从丰和里小街行出来，经过南门桥，拐个弯，再前行不远，就到了莲花湖公园。她在公园外面停好车，快步走进公园。陈觅怕把老妈跟丢，来不及锁车，把自行车往草丛里一丢，就急手急脚跟了上去。

这时已经是晚上 7 点多，天色完全黑下来，公园里的景观灯次第亮起，将假山和树木照得朦朦胧胧，偶尔从黑暗中跳出一个浓妆艳抹的女人，吓得陈觅赶紧避而远之。他跟着老妈来到一座假山后面，那里的一张长凳上，已经坐了一个满头银发的干瘦老头儿，似乎正在等着他妈妈。

金慧芬看见老头儿，笑意盈盈地跟他打招呼，不知道对老头儿说了一句什么话，把老人逗得哈哈大笑起来。老人从腰包里掏出钱包，抽出几张钞票递给她。她接过钱，扶着老人的手臂，挨着他坐下，显得很亲热的样子……

陈觅气得浑身发抖，再也忍耐不住，突然从黑暗中跳出来，叫一声："妈，你……"

金慧芬被他吓了一跳，立即从老头儿身边站起来："小、小觅，你怎么来了？"

“我就觉得你最近有点怪怪的，原来……”陈觅气得连句完整的话都说不上来了。

那老头儿感觉有点奇怪，看着金慧芬问：“这是……”

金慧芬说：“他是我儿子。”

“哦，原来是陈觅呀。”老头儿笑吟吟地说，“你妈老跟我说起你呢，说你是个听话的孩子，她没操一点心，你就考上了大学……”

陈觅懒得搭理他，拉住老妈的手：“妈，你跟我回去。”

金慧芬把他扯到一边说：“你干什么呢，妈在上班呢。”

陈觅气愤地说：“我知道你在‘上班’。可是咱们家再缺钱，也不能干这个呀。”

“干这个怎么了？妈凭本事挣钱，又不丢人。”

“您不嫌丢人，我还知道丢人呢。谁不知道这里是站街女专门为老人服务的‘老人公园’呀。”

“儿子，你说什么呢？”金慧芬瞪他一眼，忽然自个儿忍不住“扑哧”一声笑起来，“原来你把你老妈当成在这里拉生意的‘站街女’了呀？”

陈觅看看她，又看看那老头儿：“难道不是吗？”

金慧芬推他一下，嗔笑道：“臭小子，你把你妈当成什么人了。”

她把儿子拉得坐下，然后才告诉他说，她的鲜鱼档里，有一位老顾客，姓鲁，是一家贸易公司的老板，也算是一个成功的商业人士了。这位鲁老板每次来店里买鲜鱼或水产什么的，都要跟她聊几句。几个月前的一天，这位鲁老板跟她说，自己的父亲退休在家，已经年近七十，因为他母亲去世得早，父亲一个人活得很孤单，虽然跟儿子住在一起，但因为他生意太忙，也没什么时间陪他说话，照顾他。老人最近很不开心，经常长吁短叹，而且与人交流时，甚至还出现了语言障碍，他怕再这样下去，父亲会得老年痴呆。经过接触，他觉得金慧芬这个人很好，待人热情，很会聊天，所以就跟她商量，想请她每天抽时间去陪他父亲聊聊天，逗他父亲开心一下，时间是每天晚上

7至9点，总共两个小时，时薪一百元。当时正是毛痞子上门逼债，叫她用房子做抵押之后不久，有这么好的挣钱方法，而且也不影响她白天做生意，金慧芬自然一口答应。从那时开始，她就白天开鲜鱼档，晚上换一身衣服，到这公园里来，陪鲁大爷说说话，拉拉家常，老人的性情逐渐开朗起来，时常能听到他爽朗的笑声。那个鲁老板也很是高兴。金慧芬开档之余，也能挣到一笔不菲的外快，自然也是越干越有劲头。唯一让她担心的是，她怕儿子觉得这个工作有点丢人，一直不敢告诉他。上次暑假的时候，陈觅和佟欢欢去看动漫展回来，他经过公园看到的那个陪老人坐在角落里的女人，就是金慧芬。当时金慧芬一想，坏了，被儿子发现了，赶紧抄近路抢在陈觅之前跑回家，让儿子觉得是他在公园里看错了人。

金慧芬拉着儿子的手说："这位鲁大爷人很好，不但准时给我发工资，而且十分有礼貌，非常尊重我，对了，他还是个老知识分子，正牌大学研究生毕业，你在学习上有什么不懂的，可以问问他。"

"妈，"陈觅搂着老妈的肩膀，差点哭起来，"你为什么不早点跟我说？这一惊一乍的，搞得我郁闷了好几个月，我还以为……"

"你还以为我为了还毛痞子的高利贷，出来做那种见不得人的事，对吧？"

"我都跟你说过了，我跟毛痞子已经达成协议，我帮过他一个忙，他答应把咱们家的债减免一半，而且几时有钱几时还，绝不会再来催债。你干吗还要这么辛苦地做两份工作呢？"

金慧芬白了他一眼："就算减半，那也要还人家十五万啊，对于咱们家来说，这也不是一个小数目了，也得老老实实挣钱还给人家不是？"

"早知道您这么辛苦，我当初就不该上大学，高中毕业就出去打工，还能给您分担一点负担。"

"哎，小觅，你这么说就不对了。"旁边的鲁大爷呵呵一笑，"你妈这么辛苦，什么事都一个人扛着，就是希望你学业有成，大学毕业后能找份好工作。到时候你再回过头来报答你妈，让你妈过几天舒坦日子，那多好啊。"

“是，大爷您批评的是。”陈觅看看老人，又看看妈妈，不好意思地低下了头。

老妈的事情，总算是彻底弄清楚了，陈觅放下了一件心事，晚上那一觉睡得特别香。第二天早上醒来，太阳已经升得老高。

他刚吃完早餐，苏晚晚就给他打过来电话，把警方昨天下午去省城调查宁恒的结果，跟他说了。“那你们觉得他说的是真话吗？”陈觅再次向她确认。

苏晚晚说：“当时我跟队长，还有曹亮都在场，基本可以确认，宁恒没有撒谎。”

“这么说来，他们父子，都没有对宫小羽有过性侵行为。”陈觅心里立即升起另一个疑团，“那么宫小羽为什么会受到那么大刺激，突然发疯呢？”

“据宁恒说，事发当天早上，他隐约听见，宁则高在办公室关上门，跟宫小羽在秘密谈论前一天晚上发生的事，然后宫小羽受到刺激，突发癫痫。”

“那也就是说，刺激宫小羽的，并不是当天发生的事，而是前一天晚上发生的事情，对吧？”

“是的，我们警方下一步的任务，就是要搞清楚前一天晚上，在宁则高和宫小羽之间，究竟发生了什么事。”

“这个要怎么才能搞清楚？直接去问宁则高吗？”

苏晚晚说：“就算现在去问他，估计他也不会说出实情，所以还得靠咱们自己去调查。我问过宁恒，事发前一天，也即 6 月 12 日，他回平京市看望父亲，晚上陪父亲吃饭，然后他就被几个朋友拉出去玩了，而他老爸则说，晚上要去看望一位以前的学生的父母亲。我们已经查到，这个学生叫曾彦之，他家住在麻豆坪五安村。我准备今天跟曹亮去五安村调查一下。”

陈觅犹豫一下，说：“那个村子，距离宫小羽家所在的六安村不远，我去宫小羽家时，曾经过那里，我认识路，要不我跟你们一起去吧。”

苏晚晚想了一下，说：“那也行。”

陈觅说：“你们在南门桥头等我，咱们在那里会合。”

他挂断电话，跑下楼跟老妈说一声，披一件外套在身上，就匆匆出门。走到南门桥头，等了几分钟，就看见一辆警车开过来。他招招手，警车很快在他身边停下。他拉开后面车门钻进去，发现开车的是曹亮，苏晚晚正坐在后排座位上。他把五安村的大致位置，跟曹亮说了。曹亮掉转车头，往城南方向开去。

陈觅扭头看看苏晚晚，她正低头看手机，手机屏幕显示的是一张照片，照片显然是对着一张旧照片翻拍的，还有一个白色的反光点。照片上是一个戴眼镜的年轻人，脸形很瘦，中分头，隐藏在镜片后面的两只眼睛里，透着一种说不出来的忧郁表情。

苏晚晚见他也在看自己手机里的照片，就望他一眼，说："这个男孩儿，就是曾彦之。"

"原来你认识他啊？"陈觅有点意外。

苏晚晚淡然一笑："当然认识，他曾经是我大学同班同学。在我们那一届中文系，他可是出了名的大才子，小说获过全国大奖，是宁老师最得意的门生。宁教授常在我们面前表扬曾彦之说：孺子可教也，将来必成大器！"

"曾彦之……"陈觅在嘴里反复念叨着这三个字，总感觉自己好像在哪里听到过这个名字，想一想，忽然记起来了，当初他跟苏晚晚一起，去找宁则高调查宫小羽中毒事件时，宁则高曾说起苏晚晚当年跟一个叫曾彦之的男生谈恋爱的事。

他恍然大悟似的"哦"了一声："他曾经是你男朋友，对吧？"

苏晚晚脸色微微一红："是啊，当年我也是一个标准的文学青年，对他这种青年才俊，自然是仰慕得紧，拿现在的话说，就是他的铁杆粉丝。我是给他写过情书的众多女粉丝之一，但是让我没有想到的是，他没有给任何人回信，却给我回了一封信。我马上又激动地给他写了一封长信，这一回，他却给我回了一首情诗……于是，我们就成了一对恋人……"说到这里，她脸颊上不自觉地露出了一丝青涩的笑容。

“我听宁教授当时说话的语气，好像是这个曾彦之，后来出了什么事，对吧？”

苏晚晚的目光黯淡下来：“曾彦之家境一般，后来他父亲给一家采石场打工，得了尘肺病，不能干重活，只能在家休息，家里失去重要的经济来源，日子就渐渐过得困难起来，有时候曾彦之连生活费都没办法找家里要到。而且他又喜欢看书，宁愿不吃饭，也要买些新出版的文学书籍回来充实自己。我至今还记得，他对书有洁癖，每买一本书回来，都会在上面写上‘本人藏书，概不外借’这样一行字，生怕别人借去会把他的书弄脏。正是因为家里穷，而他有点钱就拿去买书了，有一段时间，他连吃饭都困难。我想把自己的生活费借给他一些，却被他拒绝，他说他一定会想办法弄到钱的。一个星期后，他的银行卡上果然多了两千多元钱，我问他是怎么弄来的，他说是最近杂志社给他汇过来的一笔稿费。两天后，一辆警车开进学校，把他带走了。我这才知道，他那天晚上在学校外面偷了一辆摩托车，卖了两千多块钱。不过这事恰好被一个路人看见，路人报警后，警察很快就查到了他头上。结果他因为犯盗窃罪，被判三年有期徒刑。等他出狱之后，我们这一届的学生都已经毕业了，他也性情大变，完全不是我以前认识的那个曾彦之了。不久后，他又因为抢劫伤人，被判刑十年，现在都还在牢里待着呢。”

陈觅听完，不由得喟然长叹，说：“实在太可惜了，如果不是这样，说不定他早就成了著名作家，你也成了作家夫人。”

“或许这就是命吧。”苏晚晚摇头苦笑。

前面开车的曹亮，忽然扭头道：“师姐，这就是你至今没有找男朋友的原因吧？你是在等他出狱吗？”

苏晚晚在他头上不重不轻地敲一下：“就你嘴多，我这是忙得没时间谈恋爱好吧？”

“那你有去监狱探视过他吗？”陈觅问。

苏晚晚点头说：“他第一次坐牢的时候，我去过，可能是觉得不好意思吧，他直接拒绝了我的探视。后来我也就不好再去了。”

“那你也没有去过他家里？”

“没有，要不然也不会叫你带路了。”

说话间，警车已经驶出市区，走上了郊区的省道。没过多久，根据陈觅的指引，曹亮把警车开下省道，就到了麻豆坪，再往前不远，就是五安村了。这是一个小山村，背后靠着一座石头山，只不过山上的石头已经被开采得一干二净，乍一看，大山像是被人剖开了肚子的孕妇，了无生气地躺在那里。

苏晚晚和曹亮今天穿的是便装，他们将警车停在村子外面，步行进村，找人打听一下，很快就找到了曾彦之的家。

那是一栋墙面斑驳的旧房子，屋前用篱笆圈出一小块地，里面养着一些鸡和鸭，一个戴头巾的五十多岁的妇女正在用米糠喂鸡，旁边台阶下的躺椅上睡着一个干瘦男人，正盖着毛毯晒太阳。

苏晚晚他们走近的时候，干瘦男人突然发出一串剧烈的咳嗽声，把他们吓了一跳。

苏晚晚上前问那喂鸡的女人：“大婶，请问这儿是曾彦之的家吗？”

女人上下打量她一眼，点头说：“是的。”撒了一把鸡食，又疑惑地问，“你们……”

苏晚晚向她亮了一下证件，说：“我们是市公安局的。”

女人手一抖，手里端着的一个装米糠的铁脸盆“咣当”一声掉在地上：“是不是我们家彦之，在牢里出什么事了？”

苏晚晚忙摇头说：“不是，我们来跟曾彦之没有关系，是想调查一点其他事情。”

“其他事情？”女人愣了一下，问，“什么事？”

苏晚晚问：“你们认识宁则高吗？”

女人说：“认识啊，他是文理学院的老师，以前曾教过我们家彦之。彦之出事之后，他还经常过来看望咱们两口子，还帮咱们请律师，跟采石场打官司，让他们给我老公赔了十几万用来治疗他的尘肺病。”

“他最近一次到这里来，是什么时候？”

女人想了一下说：“他最近一段时间，好像没怎么来了，上一次来，应该是今年上半年吧。”

“能把时间说得具体一点吗？”

“是今年6月12日晚上。”躺在躺椅上闭目养神的干瘦男人忽然开了口，他说话的声音有点像在敲一面破锣，听来很是刺耳。

苏晚晚立即将目光转向他：“为什么记得这么清楚？”

男人说：“那天宁老师是来给我们送低保证的，他帮我们家跑上跑下，总算把低保证给办下来了，又亲自送过来，我们都很感激他，所以那个日子我记得很清楚。当时我还炒了两个小菜，陪他喝了点酒。”

“当天晚上他过来的时候，有什么跟平时不一样的地方吗？”

男人摇头说：“没有啊，他像平常一样，开着自己的黑色小车来的，先是问了一下我们家近况，然后把低保领取证拿给我们，还仔细告诉我们该去哪家银行、怎么领取低保金。唉，他真是个好人，更是一个好老师，可惜我们家彦之没有这个福分，不能在人家手底下读完大学。”

苏晚晚在他面前踱了两步，然后又问：“宁老师在你们家办完事，就回去了吗？”

男人说：“好像没有吧，当时已经快晚上9点了，我们本想留他多坐一会儿，他说不了，还要顺道去附近一个学生家里家访一下，然后就起身，开车走了。”

“他有说是去哪个学生家里家访吗？”

“没有说啊，只说那个学生住在咱们村旁边的六安村。”

苏晚晚“哦”了一声，与陈觅交换一个眼神，两人心里都已经明白过来，宫小羽就住在六安村，很显然，那天晚上，宁则高是去她家里家访了。而第二天早上，他们在办公室秘密谈论的那件事，应该就是当晚他对宫小羽进行家访过程中发生的。到底那天晚上发生了什么，竟然会导致他和宫小羽如此紧张，第二天还要一起商量应对之策，甚至还使宫小羽受到强烈刺激而神志失常了呢？

离开曾彦之家后，苏晚晚说："看来咱们还得去趟六安村，到宫小羽家里看看。"

曹亮说："去了也没有什么用吧，她奶奶现在在医院照顾她，家里一个人也没有。"

陈觅摇摇头，说："我昨天去医院看过，宫小羽仍处在昏迷之中，她奶奶因为家里一些季节性农活必须做了，所以托护士照顾孙女两天，她自己已经回家干活去了。"

"那行，咱们现在就去六安村看看。"苏晚晚一边钻进警车，一边说。

六安村，就在五安村旁边，两村之间，只隔着一片稻田。警车从稻田中间的乡村公路开过去，很快就进入了六安村。陈觅指引着警车沿着村尾的小湖边转了大半个圈，很快就来到了宫小羽家。

宫小羽的奶奶汤四妹这时正佝偻着身子，在家门口铺着的门板上面晒着刚从地里摘来的棉花。棉絮沾得她满头都是，她也浑然不觉。

陈觅看得心里酸酸的，走过去叫了一声奶奶。汤四妹转头看见他和两个警察，有点吃惊，说："你们怎么来了呢？"

陈觅说："我们还是在调查小羽的事。我听说今年 6 月 12 日，哦，也就是小羽在学校出事的前一天晚上，宁老师曾到家里来家访过，是吧？"

"嗯，好像是吧。"汤四妹见他们对自己的回答感觉到有些疑惑，就解释说，"是这样的，那天好像是星期日吧，我感冒了，很早就上床睡觉了。小羽给我吃了几粒感冒药，然后就在她自己房间里打开电脑写文章去了。后来也不知道是夜里几点钟，我睡得迷迷糊糊的时候，听到隔壁家的孙贵年在外面吵闹，他这个人，一喝醉酒，就耍酒疯，我也没在意。后来又隐约听到我孙女跟另一个人在外面老湖边——哦，对了，"汤奶奶指着门前那个小湖说，

“我们这里的人都把这个湖叫作老湖——我听到小羽在老湖这边跟一个人在说话。第二天早上，我问了小羽，才知道昨天晚上是宁老师来了，因为怕吵到我睡觉，她就带着宁老师一边在湖边吹着凉风散步，一边跟他说话。”

苏晚晚问：“宁老师经常到您家里来家访吗？”

“也不是经常吧，偶尔会来一次，看看咱们家的情况，问问小羽有什么困难，他还是蛮关心咱们家小羽的。”

“第二天早上，宫小羽只告诉您，宁老师来家访了，没有再说别的吗？”

汤奶奶摇头说：“没有呀，她跟我说完，就踩着自行车上学去了。”

但是陈觅却似乎更关心汤奶奶刚刚提及的那个邻居孙贵年，问她说：“您说那个孙贵年，晚上在外面吵闹，是怎么回事？”

“具体是个什么事情我不太清楚，就听见他在老湖这边吵吵闹闹骂骂咧咧的。”汤奶奶从晒棉花的门板边直起身子，用一只手轻轻捶着自己的老腰，“孙贵年这个人脾气不好，早年在外面到处流浪，后来回老家结婚，跟老婆又合不来，他老婆气得回了五安村的娘家，让他自己一个人住。孙贵年乐得一个人自由自在，经常叫些人到家里来大吃大喝，喝醉了酒就开始骂人，我们都已经习惯了。”

“孙贵年就是住这里吗？”苏晚晚朝旁边一户人家指了指。

汤奶奶说：“是的。”

苏晚晚走过去看一下，那户邻居家的大门上挂着一把大铁锁，台阶上落满树叶，看起来有一阵子没有人打扫过了。

她又四下里看看，这里已经是村子的最末端，老湖的这一边，只有这两户人家，除此之外，最近的邻居也在湖的另一边，就算是直线距离，只怕也有好几百米远。

“这家里，怎么没有人呢？”苏晚晚问。

汤奶奶说：“孙贵年死了，他这屋里早没人住了。”

“死了？”苏晚晚、陈觅和曹亮三人，都吃了一惊。陈觅忽然想起第一次来宫小羽家，看见邻居家里有道士在唱经作法事，就问："他是怎么死的？"

汤奶奶又用手指一下老湖："就是我感冒听见他吵闹的那天晚上，掉进湖里淹死的，尸体第二天中午才浮出水面被人发现，他老婆听到消息后，过来给他收尸。这事还惊动了派出所，两个警察过来看一下，后来又拍拍屁股走了。他老婆请道士在家里作了两天道场，就把尸体拉去火化了。"

陈觅暗暗算一下时间，那次他看到孙贵年家作法事，应该是宫小羽出事一个星期之后，也就是说，那是孙贵年的老婆在给丈夫作"头七"。

他朝苏晚晚望一眼，苏晚晚也正在看他，两人都从对方眼里看到了一丝怀疑的表情。6 月 12 日晚上，宁则高到宫小羽家里来家访，而孙贵年也在这天晚上溺水死亡，这只是一个巧合，还是两者之间，存在着某种关联？陈觅朝苏晚晚点一下头，意思是说，这事值得调查一下。

苏晚晚就问汤四妹，孙贵年的老婆叫什么名字？具体住在什么地方？

汤奶奶说："他老婆叫余凤仙，被丈夫赶出去之后，一直住在五安村娘家，不过她也是一个不着家的人。我今天早上还看见她在我们村马大脸家里打麻将来着，估计现在还坐在麻将桌上呢。"

"马大脸家在哪里？您能不能带我们过去找一下这个余凤仙？"

"行啊。"汤奶奶放下手里的棉花，跟他们一起上了警车。

曹亮把警车沿着湖堤，开到老湖另一边，那里一溜住着好几户人家。汤奶奶让曹亮把警车停在一间大门口有两棵桑树的屋子前，说："这里就是马大脸家。"

苏晚晚跳下车，看见那间屋子的两扇大门，一边开着，另一边却是关着的，她探头看一下，在关着的那扇大门背后，有几个男女，正围在一起打麻将。

她走进去的时候，几个打麻将的人都愣住了。汤奶奶朝正对大门坐着的一个三十多岁的女人努努嘴，意思是，这就是余凤仙。苏晚晚走过去，朝余凤仙亮一下证件，说："我们是警察，想找你了解一下，你丈夫孙贵年死亡的情况。”

余凤仙把嘴一撇，松了口气似的说：“我还以为你们是来抓赌的呢。这都是过去多久的事了，我男人早就化成灰了，还有什么好查的？”

苏晚晚耐着性子说：“我们怀疑他的死因，有可疑之处，所以必须得再调查一下。”

余凤仙显然被镇住了：“不会吧？尸体捞上来的时候，派出所的人也来看过，说是我丈夫前一天晚上喝醉了酒，在湖边歇凉的时候，失足落水，被溺身亡，并没有什么可疑的地方。两个警察在现场拍了几张照片，就走了。”

“那你觉得你丈夫是正常死亡吗？”

余凤仙说：“他本就是一个酒鬼，一喝多了就要酒疯，掉进老湖也不是一次两次了，只是以前都是大白天掉进去的，被人看见救了起来，而这一回是晚上落水，没人看见，也没有人救他，所以就淹死了。你们该不是怀疑是我把他推下水淹死的吧？”她看见这名女警察脸上的表情越来越严肃，心里顿时没了底。

“那到底是不是你推他下去的呢？”苏晚晚紧盯着她，顺嘴吓唬她一句。

余凤仙顿时从椅子上跳起来，连连摆手说：“我可没那个胆，再说他掉下水的那天晚上，我一直在我娘家五安村沈二毛家打麻将，打了一个通宵，其间除了上厕所，哪儿都没去过，不信你们可以去调查。”

苏晚晚绷着脸，点点头：“如果有必要，我们会去调查的。”她转身离去的时候，发现汤四妹正盯着余凤仙看着，目光落在她胸前一块用红绳子吊着的玉佩上面。余凤仙瞪她一眼，把玉佩塞进了衣服里。

从马大脸家里走出来，苏晚晚他们用警车将汤奶奶送回家，顺道在孙贵年出事的湖岸边看了一下，已经过去好几个月时间，自然不可能再看出什么现场痕迹来。曹亮找来一根长棍，往湖底戳一下，即便是靠近岸边的地方，也有两米多深，加上湖岸又特别陡峭，这人要是突然掉下去，确实很难再爬上来。

离开六安村后，三人又一路驱车，直奔麻豆坪镇派出所。在镇派出所，他们找到所长老邹，问起六安村村民孙贵年死亡的事，老邹就把当时出警的两名年轻民警叫了过来。

据当事民警回忆，当时他们接警后赶到六安村时，村里人已经将死者孙贵年的尸体打捞上岸，经过他们检查，发现死者呼吸道有溺液，尸斑呈淡红色，符合落水溺亡的特征。又走访过死者邻居家一位老大妈，她前一天晚上听见死者喝醉酒后在湖岸边耍酒疯，所以推断孙贵年应该是醉酒后在湖边乘凉时，不小心掉进湖里淹死的。当时孙贵年的家属也表示对警方的推断没有异议。所以派出所并没有再展开调查，他们在现场拍了些照片留证，记录在案，然后就返回了。

老邹在旁边说："咱们派出所人少事多任务重，所以有些事情，能简单处理的，就简单处理掉了。"

苏晚晚点点头，表示理解，然后问："我们想看一下当时出警时拍摄的现场照片，可以吗？"

"当然可以。"老邹叫人找来这个案子的卷宗，从档案袋里掏出一份出警记录，还有四五张照片。

苏晚晚先是看了出警记录，时间、地点和经过，都与民警刚才所言相符，只是记录得比较简单，并不能看出太多的现场信息。再看照片，拍摄的正是死者被打捞上岸后，尸体摆放在堤岸边的场景。经过一夜浸泡，尸体已经浮肿发胀，看起来十分吓人。但从尸体表面来看，确实看不出什么可疑之处。

正在老邹准备收起照片的时候，苏晚晚忽然"咦"了一声，拦住了他。她看见照片里，距离死者躺着的位置不远的地上，有一条小汽车的轮胎印。又看了其他几张照片，都从不同角度拍到了这个轮胎印。

陈觅也凑过来看了，说："这看着像是一道新鲜的小车轮胎印，那个地方已经是村子尽头，十分偏僻，一般不会有小车经过。所以我觉得，这条小车轮胎印，应该是前一天晚上，宁教授开车去宫小羽家路过湖边所留下的。”

苏晚晚点头表示同意他的看法，然后又问老邹，这些照片有电子版存档没？老邹说：“有的，都在电脑里保存着呢。”苏晚晚拿出一个优盘，将这几张照片都拷贝了下来。

第二十二章　最后的偷窥

回市区的路上，苏晚晚掏出手机，给文理学院保卫处徐工打电话，问他宁则高的小车在什么地方？徐工说，那天宁则高在学校门口被人打伤入院，他的那辆黑色奥迪已经被同事帮忙开回学校，现在就停在学校的停车场里。然后苏晚晚又给队长打电话，请他派两名痕迹检验员带上工具，到文理学院门口等她。

他们的警车开到文理学院门口的时候，两名痕迹检验员小江和老卢，已经在学校门口等着他们。两组人马会合之后，由徐工把他们领到学校停车场，找到了宁则高的那辆黑色奥迪小车。

苏晚晚用痕迹变检验员带来的手提电脑，打开从麻豆坪派出所拷贝来的照片，指着上面的小车轮胎印给两名痕检员看了，说："请你们勘验一下，看看照片上的轮胎印，是不是这辆小车留下的。"

小江和老卢点点头，马上戴着白色手套，开始工作。经过近半个小时的勘验和比对，老卢说："从车胎花纹及磨损程度来看，可以肯定照片上的轮胎印，就是这辆小车留下的。"

曹亮看着苏晚晚不解地说："师姐，这轮胎印不用想也知道，肯定就是当时宁则高开车到宫小羽家家访时留下的，还用得着这么大费周章地请痕检员来勘验比对吗？再说，就算这轮胎印是宁则高留下的，这也说明不了什么啊。"

苏晚晚扭头看他一眼，没有说话。陈觅却已经看出端倪，说：“曹警官，你没有理解苏警官的意思。你没看出来，照片上的车胎印，其实是一道急刹印记吗？”

“是吗，我怎么没看出来？”曹亮用询问的目光看向两名痕检员。

老卢说：“这个小伙子说得没错，照片上确实是一道刹车拖印带，而且现在已经可以肯定，就是这台奥迪车留下的印记。”

“这就有点奇怪了，”曹亮搔搔头，像是问别人，又像是在问自己，“那个时候，都已经是晚上 9 点多了，老湖边根本没有什么障碍物，也没有什么行人，路况也还过得去，怎么会突然在那个地方，来一个急刹呢？”

“谁说湖边没有人？”苏晚晚说，“至少目前我们已经知道，很可能那个时候，喝醉了酒的孙贵年，就在湖边吹凉风。”

“你的意思是说……”曹亮的目光一下变得闪亮起来，“宁则高在那里撞到了人，或者干脆说，就是在那个地方，他一不小心，撞到了在湖边乘凉的孙贵年，所以才会下意识地踩一脚急刹？”

“完全有这个可能，”说话的是陈觅，“也许他撞得并不重，并没有在孙贵年身上留下明显的撞伤痕迹，要不然后来派出所的警察查看孙贵年尸体时，也不会什么都看不出来。但孙贵年被他轻轻一撞，就掉进了老湖。那里的湖水，即使是靠近岸边的地方，也有两三米深，如果中间一点的地方，估计会更深。所以孙贵年入水之后，还没来得及扑腾几下，就快速地沉了下去。”

苏晚晚接着他的推理往下说：“而这一幕，恰好被接到老师电话，知道老师要来家访，已经走出门等候老师的宫小羽，全部看到了。因为宁则高之前在曾彦之家喝过酒，这种情况下撞死人，是要从重处罚的，所以他只能让宫小羽不要出声，不要把这件事告诉村里人。第二天宫小羽上学，宁则高还是有些不放心，又把她叫到自己办公室，小声叮嘱她，不要把昨天晚上看到的自己撞死人的事，告诉警察。估计是宫小羽觉得这是人命关天的事，不想替他隐瞒，甚至还想立即打电话报警，宁则高情急之下，立即对她翻脸，连打带骂地威胁她，结果宫小羽受不了这种强烈刺激，突发癔症性癫痫，被宁恒抢救过来之后没多久，就疯了。”

陈觅说：“难怪那天宁教授一直问我，宫小羽坠楼前，有没有对我说过什么话，他是怕她在坠楼前，把他酒后开车撞死人的事告诉了我。而后来，他经常去精神病院探视宫小羽，就是在密切关注她的病情，看看她什么时候能清醒过来，然后做出下一步的对策。”

苏晚晚说：“所以宁则高被郭亦鸣袭击住院，醒过来后面对警方的追查，他宁愿承认自己对宫小羽性侵未遂，也不愿意说出真相，那是因为性侵未遂面临的处罚，要远比酒驾或醉驾撞死人且隐瞒逃逸所受的刑罚轻得多。”

曹亮一拍脑袋：“这样一来，这个案子所有的疑点，都能解释得通了。”

“走，咱们这就去医院，再会一会宁则高，看看他现在还有什么话可说。”苏晚晚转身就走，曹亮和陈觅立即跟上来。

三人开着警车来到第二人民医院，进入病房时，宁则高正半躺在床上，一口一口吃着护士喂给他的流食，看见他们三人急匆匆走进来，好像预感到了什么，对护士说：“你先出去一下，等下我再吃。”

看到护士走出病房，苏晚晚关上房门，回过头问：“宁老师，您感觉好点了吗？”

宁则高微一颔首，说：“谢谢，我感觉好多了。如果你们现在要把我拉去审讯室，我想我还是撑得住的。”

苏晚晚走到病床前，摇头说：“不用了，事情简单明了，我们就在这里说了吧。”

“好，那我洗耳恭听。”宁则高把身子轻轻靠在床头，换了一个舒服点的姿势坐好。

苏晚晚说：“我们今天去宫小羽家里调查过，发现宫小羽家有个邻居，叫孙贵年，就在宫小羽坠楼的前一天晚上，他掉进门前老湖里，淹死了。而恰好那天晚上，你开车去宫小羽家里家访，且之前在曾彦之家里喝过酒……”

“所以呢？”

“我们在孙贵年出事地点的湖堤上，发现了你的小车轮胎印，是急刹车之后，留下的印记。现在我们怀疑，是你酒后驾车，将在湖边乘凉的孙贵年撞进水中，致其溺水身亡。而这一切，恰好被宫小羽看到。第二天早上，你把她叫到办公室，威胁她不要将这件事说出去，她因此受到惊吓和刺激，神志失常。上一次我们来找你，你怕我们再深挖下去，会查出你酒驾撞死人的事，所以才主动承认曾意欲性侵宫小羽，想避重就轻，早点让我们警方把这个案子了结。”

宁则高头上和脸上都还缠着纱布，无法看到他脸上的表情变化，但他露出的两只眼睛却快速眨动了几下，显示出他听到警方的这个推理，还是十分震惊和意外的。沉默半晌，他的目光缓缓抬起，停留在苏晚晚脸上：“你们有证据吗？”

苏晚晚摇摇头：“暂时还没有，不过我坚信自己的推理是合理的、正确的，只要咱们警方沿着这个方向深入调查下去，找到实证，只是迟早的事情。”她的话语中，透着一股满满的自信。

宁则高闭上眼睛，像是在思考她说的话，到底有几分可信。“宫小羽她怎么样了？”他没有睁开眼睛，问。

陈觅说：“她还躺在人民医院，不过医生说情况已经有明显好转，估计用不了多久，就可以清醒过来。”

宁则高闭上嘴巴，不再说话，病房里忽然安静下来，仿佛连吊瓶上药水滴下的吧嗒声，都能听得一清二楚。沉默了足足有两三分钟，宁则高才忽然睁开眼睛，目光从病床前三个人的脸上一一扫过，最后他用透着几分无奈的语气说：“那好吧，我承认，你们的推理是正确的，当时我确实没有想到在那个时间，那么偏僻的地方，居然还会有人，也怪我事前多喝了两杯，反应慢了，其实我的车也只是轻轻碰他一下，那个人就像个醉汉似的，‘扑通’一声掉进了湖水里。我赶紧踩了一脚急刹，然后下车查看，这个时候他已经沉到水底去了。我又不会游泳，只能眼睁睁看着他被淹死。等我清醒过来的时候，才发现宫小羽就站在前面不远处，吃惊地看着这一切……”

曹亮掏出笔记本，快速地把他说的话，都记录下来。宁则高的口供，与警方的推理基本一致。

苏晚晚走到一边，给队长打电话，将这边的情况，向他做了汇报。宋铎在电话里做了两点指示：“第一，你们辛苦了；第二，立即加派人手，看守好病房，一旦宁则高身体允许，马上对他收押提审。”

苏晚晚在病房里等了片刻，直到队长加派的两名年轻警员赶到，他们才离开医院。

将陈觅送回家时，苏晚晚对正要关上车门的陈觅说：“我代表警方谢谢你了，如果没有你的帮助，这个案子不可能这么快给破了。”

“不客气，你别嫌我添乱就行。”陈觅笑笑，抬手向她做了一个敬军礼的动作。

“毕业后，有兴趣到咱们警队来工作吗？”

“嗯，我考虑一下吧。”陈觅走了几步，然后又回头道，“其实我妈是想让我当一个律师。”

他回到家里，早已过了午饭时间，好在老妈给他留了饭菜，刚吃完一碗饭，手机又响了，他以为是苏晚晚打来的，一接听，才知道是宫小羽的奶奶。

“奶奶，您有什么事吗？”陈觅问。

汤四妹在电话里嗫嚅着说：“小觅，你、你有空吗？能不能到我们家里来一趟，奶奶有件事想请你帮个忙。”

“行，您在家里等着，我现在就过去。”他立即起身，推出老妈的电动车，一路往麻豆坪方向赶去。

来到六安村，已经是下午时分，宫小羽的奶奶一副心急火燎的样子，正在家门口踮着脚等着他。见到他来到，她老人家忽然又流下泪来。

陈觅吓了一跳，忙扶住她老人家，问：“奶奶，怎么了，发生什么事了？”

“奶奶有件事，想请你帮个忙。”宫小羽的奶奶擦擦眼泪，把叫他来家里的目的，跟他说了。

宫小羽上小学的时候，有一年生日，她爸爸送了她一块玉佩做生日礼物，因为她是属兔的，所以她爸爸特意给她挑选了一块玉兔，还在玉佩背面刻上了“小羽”两个字。宫小羽很喜欢这个生日礼物，从小到大，一直佩戴在身上。

但是她出事之后，汤四妹去医院看她，却发现她胸前的玉佩不见了，原本以为是她在学校弄丢了，可是今天上午，汤四妹跟着陈觅他们去找孙贵年的老婆余凤仙，忽然发现余凤仙胸前戴着一块玉佩，看起来跟孙女的玉佩一模一样。

等陈觅他们离开之后，她又跑到马大脸家，这时余凤仙又把那块玉佩戴在了衣服外面，她趁余凤仙专心打麻将没有注意的时候，凑近去仔细看了，果然正是她孙女戴过的那个玉兔。她想找余凤仙要回这块玉佩，谁知余凤仙打死不承认，还说这块玉佩是她自己的，天王老子来了，也不能拿走。

汤四妹回到家里，越想越气，一边独自垂泪，一边打电话给陈觅，想请他帮忙把这块玉佩要回来。

陈觅听了，不由得气愤地道：“竟然还有这样的事，偷了人家的玉佩，还敢这么嚣张，走，咱们找她去。”

两人来到马大脸家，堂屋里的麻将大战还在继续，可能是由于手气不好，余凤仙已经换了一个方位坐着。看见汤四妹和陈觅走进来，她只抬眼看一下，一脸嫌弃的表情。

陈觅站在她身边，指着她胸前的玉兔说：“汤奶奶怀疑你这块玉佩是她孙女宫小羽的，你能取下来给咱们看看吗？”

余凤仙白了他一眼，说：“这是我的玉佩，凭什么要拿给你们看？”

陈觅懒得跟她废话，走到一边，掏出手机，做出打电话状。余凤仙问：“你干什么？”

陈觅说：“现在我怀疑这块玉佩，是你从别人那里偷窃来的，我打电话叫派出所的人过来抓贼。”

余凤仙知道他上午曾跟警察一块儿来过，看起来跟警方关系不一般，一听他说要叫警察，心里就有些发慌，说：“别报警了，我拿给你们看就是了。”她从脖子上取下玉佩，递给陈觅。

陈觅拿给汤四妹看了，汤四妹点头说：“没错，这就是咱们家小羽的玉佩，你看这后面，还刻着咱们小羽的名字呢。”

陈觅拿着玉佩认真看看，背面一个不起眼的地方，果然写着“小羽”两个小字，如果不仔细看，还真看不出来。

他瞪着余凤仙说：“这块玉佩肯定不是你的，快说，你到底是从哪里偷来的？”

“什么偷来的，干吗说得这么难听，”余凤仙一边摸着麻将，一边说，“我、我捡来的，还不行吗？”

陈觅追问道：“在哪里捡的？”

这一把余凤仙点了个炮，她气得把面前的麻将一推：“好了好了，吵得烦死了，害得我输钱。实话对你们说吧，这块玉佩，是从我老公手里拿来的。”

“你老公？孙贵年？”

“那天我老公尸体从老湖里浮起来，我赶紧叫人把他打捞上来，后来却发现他手里攥着一块玉佩，看起来品相不错，我觉得应该能值点钱，就悄悄拿下来，揣进了自己口袋。过了一两个月，我才换了一根红绳子，把玉佩系起来，自己戴着。”

陈觅眉头一皱，“你确定你老公尸体打捞上岸的时候，他手里就攥着这个玉佩？”

“当然可以确定啊，要不然你还真以为是我偷别人的，对吧？”

陈觅说：“那行，这块玉佩我们先拿走了。”

回宫小羽家的路上，汤四妹不住地感谢他帮自己要回了孙女的玉佩：“这是小羽她爸留给她的唯一念想，如果小羽醒过来不见了这个玉佩，一定会很伤心的。”她老人家唠叨着说。但陈觅却一句话也没有说，眉头皱得紧紧的，心里一时间转过了万般念头。

将宫小羽的奶奶送回家后，他又围着门前的老湖转了一圈，最后停留在警方确认的，孙贵年出事的大致位置上。看着平静的湖面，想象着那天晚上，孙贵年掉进湖水里的场景。他已经感觉到，警方先前的调查，似乎出现了某种偏差。

他坐在小湖边，犹豫很久，才拿起手机给苏晚晚打电话，在电话里，他将玉佩的事情跟她说了。

苏晚晚显然也意识到了这件事情的重点：“你真的确认，那块玉佩是攥在孙贵年手里的？”

陈觅点头说：“他老婆就是这么说的，应该错不了。”

苏晚晚在电话那头沉默了一下。陈觅又说：“其实我心里，一直还有一个疑点没有解开，那就是宫小羽说的那句话，‘你这个流氓，你想干什么，别扯我衣服，快放开我……别碰我，别碰我……啊……’，现在经过警方调查，可以确认事实上她并没有遭遇宁则高或者宁恒的性侵，那她怎么又会在睡梦中总是惊恐地喊出这句话呢？”

“那你的意思是……”

陈觅沉思片刻，说：“我觉得她这句话，应该是在6月12日晚上，在小湖边对孙贵年说的。”

“是吗？”苏晚晚的语气里，透出一种思路被突然打开的惊讶。她已经完全明白陈觅的意思，说：“你现在在宫小羽家是吧？你在那里等着，我马上跟曹亮一起过去，在我们到来之前，你千万不要擅自行动。”

大约半个小时后，苏晚晚和曹亮开着警车，再次来到老湖边，陈觅正坐在湖堤上等着他们。

曹亮跳下车，冲着他嚷道：“到底什么情况，上午不是才来过吗？怎么又到这里来了？宁则高不是已经都招了吗？还有什么好查的？”

陈觅看看苏晚晚，两人相视点头，都已经明白对方心中所想。

三人再次来到宫小羽家，宫小羽的奶奶瞧见他们，感觉到有点意外。陈觅上前说："奶奶，警察同志还有点事情想找您问一下。您再仔细回想一下，6 月 12 日，也就是小羽出事的前一天晚上，您睡在床上，听见孙贵年在外面老湖边吵闹，现在还能想起来，他当时都吵了些什么吗？"

汤奶奶说："哎哟，这可记不住啰，当时我睡得昏昏沉沉的，只听见他好像是在骂人，还说什么偷鬼之类的。"

"偷鬼？"苏晚晚一怔。

陈觅想了一下，说："应该是'偷窥'吧？"

汤四妹一拍大腿："对对对，就是偷窥，就是偷窥，他当时就是这么说的，但是具体偷什么，窥什么，我可没听清楚。"

"你们家的洗澡间，在什么地方？"苏晚晚一听到"偷窥"这两个字，立即就想起在文理学院发生的精神病人王天旺躲进女生浴室偷窥女生洗澡的事。

汤四妹用手往屋里指一下："就在那里，最后一间。"

苏晚晚从堂屋穿过去，经过厨房后，看见最后面有一间小屋，被从中间隔开，外面是洗澡间，里面是厕所。如果不开灯的话，屋里光线十分昏暗，距离地面两米左右的墙壁上，开着一扇小窗，约二十厘米见方，中间还竖着两根生锈的钢筋。很显然，不可能有人能从这窗户里爬进来。

她又从堂屋后门走出去，绕到后面看一下，厕所外墙下，紧贴着一条水沟，如果有人想在洗手间外面通过近两米高的窗户向屋里偷窥，基本没有可能。

她只好又回到堂屋里，问宫小羽的卧室是哪间？汤四妹指给她看了，她走进卧室，那是一间不到二十平方米的小房间，里面的家具也比较简单，一张书桌，一张木床，一个大书架，但收拾得十分整洁。卧室里只有一扇窗户，向正前方开着，窗户外面就是大门口的台阶，窗户里面放着一张书桌，书桌上有一台旧笔记本电脑，如果是透过这扇窗户来进行偷窥，那就实在太明目张胆了，而且屋里的宫小羽一抬头就能发现。

既不是厕所和洗澡间，也不是卧室，那偷窥到底发生在什么地方呢？苏晚晚不由得为难地皱起了眉头。正在她暗自疑惑的时候，陈觅忽然叫起来：“苏警官，快过来看看！”

苏晚晚走到他旁边，陈觅正站在靠墙摆放的书架前，书架上摆满了各种各样的文学书籍，每一排都摆放得整整齐齐，唯有中间一排，有两三本书放得有些凌乱，从两本书的缝隙间看进去，隐约能看到里面的墙壁上有个黑点。

苏晚晚拿开那几本书，才看清那并不是一个黑点，而是一个手指般大小的墙洞。这面墙壁与邻居孙贵年家的外墙紧贴在一起，把眼睛凑到洞口一瞧，竟然可以直接看到对面邻居家的情景。

曹亮站在后面，忍不住骂起来：“我去，凿壁偷窥，这个孙贵年也太他妈龌龊了！”

苏晚晚立即让陈觅去把还在马大脸家打麻将的余凤仙叫过来，让她拿出钥匙，打开隔壁家的门，走进贴近宫小羽家这边的那个房间，发现那里是一个小厅，里面摆着沙发、桌子、冰箱、电视机什么的，墙壁上还挂着一台空调。就在空调下面，斑驳的墙壁上，胡乱拉着几根电线、电话线和电视线，就在纵横交错的线路中间，隐藏着一个不特别注意去看，就很难发现的小孔。

余凤仙往小孔里瞄一眼，居然能直接看到对面宫小羽的卧室。她顿时明白过来，喷着唾沫星子大骂：“这个姓孙的王八蛋，喝醉了酒跟女人在家里鬼混也就算了，想不到他居然还好这一口，对面可是一个小姑娘家呀……”

曹亮终于明白过来，立即拿出手机，拍照取证。苏晚晚和陈觅从孙贵年家里走出来，两人谁也没有说话，但心里已然明白整件事情的来龙去脉。

孙贵年不但是一个酒鬼，而且还是一个色鬼，因为对邻家女孩儿宫小羽心怀鬼胎，所以趁她上学的时候，在墙壁上凿了一个小洞，通过这个墙洞来窥视宫小羽。终于在 6 月 12 日晚上，宫小羽从书架上取书时，无意中发现了这个墙洞，洞悉了他的卑劣行径，于是怒气冲冲地去找他，最终两人在外面的小湖边争吵起来。宫小羽胆子小，不敢大声嚷嚷，孙贵年则翻脸不认人，对她破口大骂，还说出“老子就是偷窥你了，怎么了”之类的无赖话，甚至最后酒壮色胆，他还冲着宫小羽动手动脚，想要强奸她，宫小羽一边反抗，一边骂他，你这个流氓，你想干什么，别扯我衣服，放开我……啊……

最后那一声惊叫，并不是她被孙贵年性侵得手，而是她在挣扎反抗的过程中，失手将孙贵年推到了老湖里。孙贵年落水之际，双手乱抓，正好将她胸前的玉佩给扯了下来，然后这块玉佩就被他像救命稻草一样攥在手里，一同沉入了湖底。

恰好这个时候，宁则高开车来到小湖边，车灯所照之处，刚好看见了宫小羽将孙贵年推下水的那一幕，立即一脚急刹，下车查看。这时候，水面上已经看不到孙贵年的影子，想要救人也已经来不及了。

宁则高问宫小羽发生了什么事，惊魂未定的宫小羽早已吓得浑身发抖，带着哭腔把事情的经过跟他说了。这个时候的宁则高，十分的冷静，他先是关闭车灯，然后四下里看看，乡村的夜晚，外面根本看不到一个人影，这里距离湖对岸的村民家最少也有几百米远，黑漆漆的夜里，根本不可能有人看见刚才发生的事情。于是他极力安慰自己的学生，叫她不要对任何人说起这件事，哪怕是对她奶奶，都不能说，这件事只有他们两人知道，只要他们不说出去，就永远不会有人知道。他见宫小羽的情绪渐渐平复下来，就让她先回家好好睡一觉，什么也不要想，有什么事明天到学校再进一步商量。

第二天在学校，宁则高将宫小羽叫到自己办公室，关上门后，小声地交代她不要跟别人说起昨天晚上发生的事，又帮她想好对策，万一被警察问到，应该如何如何回答。本来宫小羽昨晚失手杀人之后，神经紧绷，精神已经高度紧张，这时也不知道宁则高哪一句话，甚至是哪一个词语，刺激到了她，使得并没有癫痫病史的她，突发癔症性癫痫，被宁恒救醒之后，她就已经情绪失控，甚至把他们父子二人当成了孙贵年，一边叫着你别碰我，你别过来，一边开门逃出来，然后就跳楼发疯……

陈觅说："只是让我没有想到的是，今天上午我们做出错误的推理，在医院找到宁则高，推断是他开车将孙贵年撞进水里淹死的，他居然并没有反驳，反而还满口承认他就是害死孙贵年的凶手。"

苏晚晚苦笑一声，说："以我对老师的了解，倒是觉得他这么做，并不奇怪。你还记得我跟你说的曾彦之的故事吗？"

"当然记得啊，你说他是个大才子，你们谈过恋爱，他还给你写过情诗，只可惜后来因为家里太穷，他偷了别人一辆摩托车卖了两千多元钱做生活费，结果被人看见并向警方告发他，他也因此坐牢了……"

苏晚晚踢着脚边一块石子，叹息着说："是啊，如果他不偷车，或者说不被那个人告发，他现在的生活，也许就会是另外一个模样。所以我当时非常想知道，那个向警方举报他的人，到底是谁。可是这个属于警方的侦查秘密，不可能轻易告诉别人。可以说后来我之所以去考警察，有很大一个原因，就是想查出这个举报者到底是谁。我当上警察后，查看旧档案就非常容易了，后来我特意去看了曾彦之盗窃案的卷宗，这才知道，当年那个举报他的人，居然就是……"

"是谁？"陈觅忍不住扭过头来看着她。

"是宁教授。"

"是他？"陈觅吃了一惊，侧转身，看着低头沉默着的苏晚晚，一瞬间，似乎对这位性情果断，办事风风火火的女刑警，又多了一分了解和理解。难怪在调查宁则高性侵宫小羽的案子时，她说宁教授是个富有正义感，眼睛里揉不进沙子的人，绝不会对宫小羽做出有违师德的事。"你当上警察之后，一直不肯回母校看望曾经教过你的宁老师，只怕也是这个原因吧？"他问。

苏晚晚抬起头来，看着不远处的小湖，还有湖边已经开始落叶的杨柳，幽幽地道："是的，从法理上来讲，宁老师当然做得对，看到别人偷东西，肯定要报警，但从情理上来说，我还是很难接受，心里自然会对他有些想法，所以也就不想回母校再见到他。当然，这并不是我现在要说的重点。”

“那你的重点是？”

“你都已经看到了，宁教授现在对曾彦之的父母非常照顾，经常去家里看望他们，帮他们解决一些生活中的困难。这说明了什么？”

陈觅想一下，已经明白她的意思：“今天的宁老师，一定很后悔当初做出的那个决定，如果他不举报自己的学生，那曾彦之全家的生活，肯定与现在完全不同。说不定他真的已经成了一个大作家，而他的爸爸妈妈早就跟他一起搬进城市，过着体面的生活，根本用不着像现在这样，为了生活下去，到处求人帮忙办低保。”

“是的，所以当他看见宫小羽失手将孙贵年推下水淹死的时候，他实际上又站在了当年那个令他左右为难的情与法的十字路口。要么报警，宫小羽已经是成年人，即便是过失杀人，三五年，甚至是七年的牢狱之灾肯定是逃不了的。作为一个风华正茂，才华横溢，已经在文坛崭露头角的女大学生，一场牢狱之灾对她意味着什么，已经是不言而喻的事。只要他拿起手机，按下110这三个数字，宫小羽就会成为第二个曾彦之。而如果他选择另一种可能，当作什么事情也没有发生过，帮助她把这件事情隐瞒下来，等事情过去之后，她的人生之路，仍然可以朝着美好的方向前进……”

“所以今天上午，面对警方紧追不舍的调查，他突然做出了一个也许连他自己都没有想到的抉择，那就是承认孙贵年是他杀死的，他要替宫小羽把所有罪责都承担下来。”

苏晚晚点点头，把目光从远处收回来，眼睛里已经盈满泪水。

第二十三章　尾声

“那宁教授最后怎么样了，他承认你们的推断了吗？”

一个星期后，陈觅坐在三味食屋，禁不住佟欢欢再三追问，一边喝着温暖的奶茶，一边把这个案子的最终调查结果，跟她简单地说了。佟欢欢坐在他对面，双手托腮，立即好奇地追问一句。

陈觅叹口气说：“警方已经把案情调查得一清二楚，就算他有心替宫小羽隐瞒，也已经无济于事了。”

佟欢欢把身子向他这边探过来，近距离地瞧着他：“那宫小羽呢？”

“昨天我去医院看过她，她已经苏醒过来，精神也已经恢复正常，只是……”

“只是什么？”

“只是她什么都不记得了，医生说，她很可能是失忆了。”

“哈，”佟欢欢一脸幸灾乐祸的表情，“你为她做了这么多事，人家可是什么都不记得了。”

陈觅轻舒一口气，说：“没关系，只要她身体恢复过来，人没事就好，我一定会让她记住我的，哪怕是她真的去坐牢也没关系。”

佟欢欢脸上的表情，落寞了一下，但只是一闪而过，很快又笑了：“那就祝你成功哦！”她将一个白色袋子递给他，“这是上次你妈托我拿给你的衣服，一直没时间给你，再不拿给你，冬天都快过去了。”

陈觅接过衣服，看了一下，里面有两件秋衣和一件红色的毛衣。“谢谢！”他说。正好这时，旁边桌子上有顾客朝佟欢欢招手，她朝陈觅笑笑，又迈着风一样的脚步，忙去了。

陈觅喝完杯子里最后一口奶茶，在等待续杯的时候，他拎起旁边的电脑包，拿出里面的手提电脑，放在桌子上，按下开机键。这是宫小羽的电脑，经过她奶奶允许，他拿了过来，准备等到宫小羽在医院恢复好身体，需要用电脑的时候，再拿去给她。他请学校计算机系的一个同学帮忙，很快就破解了开机密码。

他再次点击打开宫小羽最近编辑过的那个Word文档，那是一篇没有写完的小说，题目就叫《别人的生活——贵》。文章的开头，是宫小羽写的一段题记：

> 自从我那篇《别人的生活》的小说获奖之后，我的老师宁教授就鼓励我将这个小说当成一个系列，继续写下去，名字就叫作“别人的生活”系列，以旁观者的角度，用冷静克制的叙事方法，去描摹别人的生活，解读他们的人生，展现在时代浪潮冲击下现代人的困惑与挣扎、悲伤与欢乐……我问老师，要怎样才能写好别人的生活？老师说，无他，唯细心观察尔！老师还跟我说了发生在他身上的一件趣事。他年轻的时候，为了写好村里一个养猪专业户是怎样喂猪的，他曾披着稻草躲在猪圈里两天两夜，偷偷观察，用心记录，最后终于在小说中成功塑造出一个新时期“养猪佬”的形象。我总结老师的心得，那就是用“偷窥”的眼睛，去观察人与生活。是的，就是偷窥……

下面是小说的内容，只写了几千字，大概只是一个开头而已。写的是“我”有一个叫贵的邻居，每天都叫一帮男人和女人到家里打牌喝酒，晚上还和几个女人在一起胡搞，过着花天酒地的生活。“我”很好奇，贵每天都不用去工作，他哪里来的经济收入呢？是不是这花天酒地的生活下，还隐藏着他别的秘密呢？为了搞清楚这个问题，“我”决定偷窥贵的生活……

“您的奶茶！”一名女服务员将续满的奶茶放在他桌子上。陈觅点头说声“谢谢”，顺手关上电脑。

他一边喝着奶茶，一边看着窗外的街景，脑海里却又闪现出三天前他去宫小羽家，打着手电，再次察看那个连接宫小羽卧室与孙贵年家客厅的墙洞时所发现的秘密，从墙洞内壁的痕迹来看，那个隐蔽的小洞，其实是从宫小羽的卧室，往邻居家方向凿过去的……

天很快就冷起来，佟欢欢拿给陈觅的衣服派上了用场。这天下午，当陈觅缩着脖子避着冷风，走进三味食屋时，却并没有像往常一样在餐厅里看到佟欢欢忙碌的身影。他找了个熟悉的女服务员问了一下。

女服务员说：“佟姐已经辞工走了。”

“她辞职了？”陈觅一怔，“什么时候的事，我怎么不知道？”

女服务员说：“是前天走的。对了，她留下了一封信，托我转交给你。”她从口袋里拿出一个白色信封递给他。

陈觅急忙在小桌边坐下，拆开信，里面有一封手写的短信，还有一张银行卡。佟欢欢在信里说：

陈觅，我决定了，去深圳闯一闯！

我会永远记住，在我伤心哭泣的时候，那个红着脸递给我纸巾的男孩子。虽然你现在成长了，因为宫小羽的案子，你从一个性格腼腆，见着生人就会脸红的小男孩，成长成了一个胆大心细，勇敢正直，敢跟学校著名教授叫板，敢跟刑警一起查案的大男生。但是我还是喜欢你一跟女生说话就脸红的样子。哈哈！

其实我不怕告诉你，我就是为了能天天见到你，才到你们学校门口的餐厅打工的。多谢你送我的雪影娃娃，多谢你陪我度过了这么多快乐开心的日子！但是你在成长，我也必须学会独自面对生活，对吗？所以为了锻炼自己，我决定插上翅膀，去更广阔的天空翱翔。

对了，我爸在破产之前，悄悄给我留了一笔生活费，一共有二十万。我自己拿了五万，剩下十五万，都在这张银行卡里，你拿去帮你妈妈还债吧。银行卡的密码，是你的出生日期。

祝你早日让宫小羽记住你！

不要太想我哦！

拿着这封信和银行卡，看着这间已经没有佟欢欢那欢快身影的餐厅，陈觅心里怅然若失。他昨天已经问过老妈，她只托佟欢欢交给他两件秋衣，那件崭新的红毛衣，其实是佟欢欢自己织给他的……

（全文完）